Esta Noite ou Nunca

Marcos Rey

Esta Noite ou Nunca

São Paulo
2009

© Palma B. Donato, 2008

1ª A 4ª EDIÇÕES, EDITORA ÁTICA, 1997
5ª EDIÇÃO, GLOBAL EDITORA, SÃO PAULO 2009

Diretor Editorial
JEFFERSON L. ALVES

Gerente de Produção
FLÁVIO SAMUEL

Coordenadora Editorial
ANA PAULA RIBEIRO

Assistente Editorial
JOÃO REYNALDO DE PAIVA

Revisão
AGNALDO ALVES DE OLIVEIRA
LUCAS PUNTEL CARRASCO

Projeto de Capa
VICTOR BURTON

Foto de Capa
ROMULO FIALDINI

Editoração Eletrônica
ANTONIO SILVIO LOPES

Dados Internacionais de Catalogação na Publicação (CIP)
(Câmara Brasileira do Livro, SP, Brasil)

Rey, Marcos, 1925-1999.
 Esta noite ou nunca / Marcos Rey. – São Paulo : Global, 2009.

 ISBN 978-85-260-1341-4

 1. Ficção brasileira I. Título.

08-11158   CDD–869.93

Índices para catálogo sistemático:
1. Ficção : Literatura brasileira   869.93

Direitos Reservados

**GLOBAL EDITORA E
DISTRIBUIDORA LTDA.**

Rua Pirapitingui, 111 – Liberdade
CEP 01508-020 – São Paulo – SP
Tel.: (11) 3277-7999 – Fax: (11) 3277-8141
e-mail: global@globaleditora.com.br
www.globaleditora.com.br

Obra atualizada conforme o
Novo Acordo Ortográfico da Língua Portuguesa

Colabore com a produção científica e cultural.
Proibida a reprodução total ou parcial desta obra
sem a autorização do editor.

Nº DE CATÁLOGO: **3021**

Esta Noite ou Nunca

Esta noite ou nunca
ou A maldição da Rua do Triumpho

*T*odo meu esforço foi no sentido de que *Esta noite ou nunca* não resultasse num romance-reportagem. Um dos sobreviventes da Rua do Triumpho, entre 70 e 74, período negro de minha vida, acabei sendo o roteirista de filmes mais solicitado no quarteirão do bar-restaurante Soberano. A Triumpho, vocês sabem, é a Hollywood dos pobres, mais um retrato do subdesenvolvimento latino-americano, onde se reúnem (ou reuniam) quase todas as produtoras cinematográficas paulistanas. Mas havia até idealistas aqui, embora massacrados pela censura ditatorial, pelo cinema americano e por uma vigilante crítica elitista. Alguém disse que pesava sobre o quarteirão uma maldição: "A maldição da Rua do *Triumpho*", aliás o primeiro título que dei ao romance. Realmente, a luta pela sobrevivência, as concessões que tínhamos de fazer para conquistar uma parcela do público e o perigo constante representado pelos censores, sempre de tesoura em punho, cortando cenas e mutilando filmes inteiros, criavam um ambiente de baixo-astral capaz de enlouquecer o próprio Nathanael West, que em seu *O dia do gafanhoto* descreveu o pesadelo californiano dos extras de Hollywood.

Apesar da carga de informações, de ser um da rua, rejeitei a primeira versão do romance, jornalística demais e portanto fria.

Parti para uma segunda, em sentido oposto, romantizada, que apenas não se tornou uma história açucarada ou rósea porque não cheguei a colocar o ponto final. Uma terceira versão, lúcida em excesso, entre o informativo e o ficcional, em doses medidas, resultou num romance de visão dupla em que o clima do quarteirão da Triumpho se perdia e a parte romântica parecia estar sobrando, enxertada artificialmente no contexto geral.

A solução, comum nesses casos de desorientação, foi a gaveta, onde *Esta noite ou nunca* repousou alguns anos, o já acontecido com *Café na cama* e *Memórias de um gigolô*, para que o distanciamento, possibilitando uma visão geral do quadro, me reorientasse.

Na quarta versão, porém, não segui rumos preestabelecidos. Deixei a massa fluir, convencido de que somente um certo toque de improviso poderia captar o caótico e o patético, a maldição mesmo, que o tema sugeria. Assim, soltos no papel, personagens e enredo caminhavam em liberdade, obedientes apenas aos impulsos de sua natureza. Liberdade que imprimiu ao romance diversos formatos ou gêneros: o *show* de um homem só, monologado, a comédia de (maus) costumes, o *vaudeville* (com cortinas rápidas para troca de cenário), o balé ao ar livre, a ópera livre, o cinema pornô (com três sinopses completas) e para encerramento a apoteose duma revista musical como nos idos de Walter Pinto. Em suma, uma curtição literária para quem se fartou do comedido e das velhas receitas. Um tema sério como o de *Esta noite ou nunca*, quase trágico, permite essas coisas.

Entregue às livrarias em 1986 pela Editora Ática, *Esta noite ou nunca* obteve três edições e como outros romances meus foi traduzido no exterior. Nos Estados Unidos, vertido por Clifford E. Landers, *Tonight or never* aguarda lançamento em *hardcover* e *pocket*. Mas vê-lo relançado pelo Círculo do Livro, com toda sua classe editorial, como já aconteceu com *Café na cama*, *Malditos paulistas*, *Ópera de sabão*, *O enterro da cafetina* e *Memórias de um gigolô*, me emociona particularmente, pois mesmo para mim, o autor, readquiri o sabor de novidade.

1

Os nus de Eliana Brandão tinham alguma relação com?

O som estereofônico do Elevado (Minhocão) seria a causa?

Era qualquer força ou contraforça que advinha do bronze triunfal?

Ou pretendia simplesmente descartar o Lorca e o Jardim como um cartunista que enjoa de suas tiras e rasga tudo?

Foi um mês ou mais de perguntas assim, feitas todas e todas as vezes numa das três camas daquele quarto-e-sala de frente para a expressa via aérea. Precisava de resposta, breve, única e seca com um ponto final bem preto e do tamanho duma bola de sinuca para bloquear hesitações. Ela, porém, a aguardada resposta, teria de vir com suas próprias pernas à minha cama, donde não me sentia capaz de sair ou escorregar – o fato. Não que estivesse doente ou enfraquecido, tinha os abacates de Lorca, sempre alguns sobre o criado-mudo. Hoje, acho, não afirmo, que estava em eclipse, vítima da sombra duma grande lua de isopor não prevista pelo zodíaco. O quadro mostrava um enfarado com uma revista *for men* nas mãos, o dia inteiro e parte da noite, conferindo detalhes obscenos e imaginando recessos que a objetiva do artista não alcançara. Ora, centenas de milhares de vedores compravam mensalmente a publicação, mas apenas eu (refiro-me ao nº 37) deixara de contemplar o mundo, de espiar a vida, para concentrar-me nas fotos.

A diabólica sequência de impactos coloridos começava já na capa, onde a rainha do cinema pornô entrava num enorme tacho de cobre – *made in* Inferno – vestida só de fumaça a segurar um decorativo tridente. Nas páginas interiores a versátil Eliana aparecia assim:

num austero escritório, britanizado, como executiva de óculos, completamente nua, a dar ordens urgentes a uma jovem equipe de secretários engravatados e solenes;

entrando nua e desinibida no elevador panorâmico dum *shopping center*;

surfando pelada numa praia do Guarujá sobre uma prancha, seguida de perto pela dum guarda rodoviário com apito na boca disposto a multá-la por excesso de velocidade;

jogando pingue-ponge, em trajes de Eva, tendo uma freira idosa, quiçá madre superiora, como adversária;

em nu frontal, fotografando-se diante dum espelho redondo;

numa aula prática de primeiros-socorros aplicando um boca-a-boca num bonecão negro de inflar com o detalhe indecente do sexo de borracha enrijecendo ao sopro salvador da ninfa, sinal inconteste do êxito da missão;

disputando (naturalmente como Deus a fez) quebra-de-braço com um simpático gorila vestido de marinheiro.

E na página dupla, a da garota do mês, abril, sobre um fundo vermelho aveludado, um belo *flash* de intimidade erótica, o maior responsável por tantas semanas inúteis: (tentem mais ver do que ler) Eliana, usando apenas sapatos altos, bem altos e brancos, de costas para a câmera, joelhos no chão, à procura de algum objeto perdido sob um divã rasteiro.
No alto da página, preso com adesivo, um *sex*-óculos, bicolor para efeitos tridimensionais, que tornava sensacional o já sensacional em duas dimensões.
Em página especial, como norma da revista, ao lado de uma coletânea de fotos em preto e branco da pré-infância à primeira comunhão, Eliana manuscrevia suas preferências gerais: churrasco

e chimarrão (era gaúcha); dançar a chula na fazenda do papai; cachorros dálmatas; papear com amigos até o nascer do sol, todos de pilequinho; autores favoritos: Harold Robbins e Marcel Proust; sonhos: ter uma Pollaroid e ser dirigida por Fellini; fraquezas: não entendia o mundo sem sua empregada Rita de Cássia; ódios definitivos: pernilongos e bolivianos.

Quem sabe essa obsessão pelo "ver" era culpa do Elevado, que – o mais alto índice de poluição sonora do planeta – me impedia de ouvir e de quase falar! Eu, o Lorca e o Jardim vivíamos com algodão nos ouvidos para salvar os tímpanos e comunicávamo-nos usandos mímicas e movimentos labiais, daí, suponho, a desmedida valorização das formas, cores e volumes. O balanço e contrabalanço dos sentidos, Eliana Brandão, o guichê de ouro das pornochanchadas, representando a salvação, a volta à normalidade pelo visual e pela tactilidade.

Lendo-me (ou imaginando-me) como um homem horizontal cuja solitária vontade resumia-se em folhear uma revista, horas a fio, com a persistência de quem reza o terço, aceito como natural esta pergunta: mas você, moço, não trabalhava?

– Não, pessoa, o mês era do Jardim.

Havíamos chegado a um acordo inédito em grandes ou pequenas comunidades: o rodízio trabalhista, partindo do consenso de que seria aflitivo e mesmo desumano sairmos os três diariamente na luta pelo dinheiro. A responsabilidade pelo aluguel e as demais despesas caberia a um só de cada vez. Certamente os vícios, entre eles o de comer, não se incluíam nessa rotatividade. Mas eu, durante o eclipse, não me preocupara com a alimentação, graças à habilidade que o Lorca desenvolvera de escamotear abacates nas feiras. Pianista de boates, ele preferia *tecladista*, não convinha desacostumar as mãos aos lances rápidos e permitir que os dedos enferrujassem. Educadamente, porém, nunca perguntei ao Lorca como agia, qual a sua técnica e nem mesmo por que abacate e não outra fruta, ao menos para variar. Tínhamos defeitos, reconhecíamos, mas a indiscrição não constava dessa breve lista.

O mês era do Jardim, o que não significava que estivesse empregado. Pelo que sei, na declaração do imposto sobre a renda, o espaço reservado à *ocupação principal* sempre deixara em branco. Era um detetive particular avulso, sem registro, embora com especialidades claras: flagrantes adulterinos e procura de desaparecidos, maridos que fugiam das mulheres ou mulheres que fugiam dos maridos. Acontecia, contudo, dele próprio, exato, o Jardim, comprovar a maleabilidade da profissão escondendo no apartamento ou alhures as pessoas que devia encontrar. Então, com um cala-boca no bolso, sentava-se e redigia seu relatório.

O mês seguinte seria do Lorca, quando percorreria todas as boates, caves e inferninhos da Vila Buarque, substituindo pianistas faltosos ou em férias. Porém só lhe davam vez nos endereços que repetiam êxitos de setenta e oito rotações, ecos musicais dos anos 50, boleros, samboleros e outros ritmos que saíram de moda no momento em que alguém bebeu o último cuba-libre. Mesmo assim, onze. Mas a escassez do repertório não lhe causaria desastres financeiros se fosse proporcional à sua sede. Tocar e beber eram para o Lorca verbos de conjugação simultânea; quando tocava, bebia muito, e mesmo se o estabelecimento estivesse vazio ou fechando as portas, continuava a tocar. Geralmente, patrão e garçons tinham que arrancá-lo do piano e jogá-lo na rua. Nem todos amam a música.

Depois, sim, viria o meu mês, cabendo-me pagar o aluguel e o condomínio, despesas que não assustavam o maníaco das revistas eróticas, graças a *mister* William Ken Taylor, falso escritor norte-americano, de Chicago, cujas ficções policiais eu assinava como tradutor.

2

– Metade agora, metade contra a entrega.

Era a voz do Aranha, o amado Aranha. O governo, com sua tara de cobrar impostos, podia ter queixas dele; eu não. Dono duma editora pirata de fundo de quintal, a Meia-Noite, que publicava livrecos de cem páginas, capa mole, para vendas nas bancas de jornais da periferia e do ABC, o Aranha conseguira comprar, talvez do próprio Gutenberg, uma impressora cujas peças ainda se ajustavam por obra da pressão e aderência de barbantes, esparadrapos e fitas colantes. O papel de suas edições, pouco mais resistente do que o higiênico, embora capaz de substituí-lo nas emergências, era lhe cedido da cota do proprietário de um jornaleco do interior, seu compadre. A distribuição, parte mais árdua do trabalho, fazia-a numa caminhonete dum biscateiro apaixonado pela sua literatura. Lançando um livro por mês, dos gêneros terra, mar e sexo, ilustrados evidentemente em preto e branco, o editor vivia disso desde os tempos do Estado Novo. Sabia-se que algum fiscal xereta já aparecera por lá, mas o Aranha abrira a gaveta ligeiro, e tudo não passara duma ida ao bar, onde o contraventor explicou as dificuldades que enfrentam as pessoas idealistas ocupadas com a difusão cultural.

Eu saíra da cadeia, suspeito de atuação subversiva, quando um velho que lembrava um palhaço desempregado bateu à porta da pensão:

— Quer escrever um livro para mim? Sou dos que pagam. Metade agora, metade contra a entrega.

Cheirava a tabaco, logo existia. Miragens não cheiram.

— Que gênero de livro?

— Policial. Meu nome é Aranha — e tirou do bolso um exemplar mirrado de suas edições. — Este tamanho, nem uma página a mais. Agora, tem uma coisa: quero dinamite.

Não era minha especialidade, mas qual era minha especialidade?

— Prazo?

— Três semanas.

— Quem escrevia antes?

— Um tal Canabrava, mas esvaziou.

O primeiro enigma da série policial precisava ser elucidado.

— Quem indicou meu nome?

— Um grande amigo seu.

Lembrei-me de cinco, mas eram pequenos amigos.

— Nome?

— Odilon.

Devia haver muitos Odilons circulando pelas ruas, porém não conhecia nenhum.

— Como vai ele?

— O de sempre.

Contentei-me com isso. Num mundo em que todos mudam, o Odilon continuava o mesmo. É o melhor que se pode dizer de alguém.

— Você topa?

Eu já escrevera há alguns anos um livro que merecera o bronze mencionado – escritor revelação do ano! –, mas tivera um longo período de laboratório. Seria capaz de fazer outro, embora menor, em três semanas? Mesmo antes de completar essa auto-pergunta, respondi:

— Negócio feito, patrão.

— Mas tem uma coisa – advertiu o Aranha, já com o talão de cheques na mão. – Seu nome constará apenas como tradutor.

— Tradutor?

— Nomes estrangeiros ganham o jogo – esclareceu o editor. – Há um respeito maior pelas consoantes.

Extraí uma conclusão lógica:

— Então o livro precisa acontecer noutra cidade.

— Chicago – determinou o Aranha. – Não há lugar melhor. Conhece outro?

Preocupei-me imediatamente com a primeira tarefa:

— Tenho de inventar um nome.

O Aranha trouxera a solução na boca.

— Anotei um que soa bem: William Ken Taylor (recitou).

— William Ken Taylor? – repeti em cima. – Creio que já ouvi esse nome.

— Isso é bom: estrangeiro, mas não estranho. William Ken Taylor é seu, use-o. E inclua para a contracapa alguns dados biográficos do autor e rápidos comentários da crítica norte-americana. O leitor gosta de saber que o autor existe. Muito humano, não?

Antes de fixar-me em qualquer enredo, corri ao banco: o cheque tinha fundos. Voltei à pensão com uma fita nova de máquina e ocupei-me inicialmente da biografia de meu companheiro de quarto.

Eis a orelha da obra:

"William Ken Taylor nasceu num dos bairros mais pobres de Chicago. Na infância e juventude exerceu as mais variadas profissões: ascensorista de hotel, moleque de recado de gângsters durante a Lei Seca, garçom de prostíbulos, mecânico de caça-níqueis, aqualouco, detetive de *drugstores*, ilusionista num parque de diversões, dublador de desenhos animados (foi a voz da raposa no *Pinocchio* de Walt Disney) e empresário de corridas de cachorros. Durante a guerra prendeu sozinho todos os ocupantes dum tanque alemão, disfarçado de general nazista. É possível vê-lo em fotos, entrando na Paris reconquistada, ao lado de Charles de Gaulle (ele é o mais baixo). Terminado o conflito, voltou aos Estados Unidos e, a conselho dum amigo detetive, dedicou-se à literatura policial. Ao lançar o livro que ora publicamos, imediatamente conquistou fama e fortuna. Hoje William Ken Taylor mora em Malibu, num verdadeiro palácio, casado com uma atriz de telecine, a fascinante Gloria Stevens."

A contracapa:
Dez Milhões de Exemplares Vendidos!!!
Este moço começa por onde termino eu – Hemingway.

O resto foi a história de um assassino cego que se apaixonava por vozes noturnas de locutoras de rádio, as quais estripava impiedosamente depois de conduzido por um cão-guia. Não deu tempo para reescrever nem mesmo para cortar demasias. As vírgulas não eram pensadas, mas jogadas como confetes. Expondo-me a críticas como tradutor, não burilei frases ou parágrafos. Em William, o que valia era a espontaneidade, a força interior. O ponto final foi pingado a caminho.

Ao ver-me entrar na editora, o Aranha deixou a prensa.

– O Odilon bem que disse que você é pontual. Como se chama a coisa?

– *Assassinatos pelo alfabeto braile.*

– Curioso, William.

Dessa vez até a última, o Aranha sempre me chamaria de William. O nome verdadeiro só para os cheques. Por sinal, preencheu logo o segundo, pedindo que eu voltasse na quarta para possíveis consertos e para que conhecesse o ilustrador, John T. White.

— T de quê?

— Apenas T, William.

Na quarta, voltei. O editor me olhou como se eu fosse uma arca de tesouro aberta. Desde Robert Louis Stevenson que gosto de piratas.

— Meu *feeling* diz que acertou na mosca.

Feeling era a única palavra estrangeira que o Aranha sabia dizer. Mas lhe servia tanto, que aprender outra seria exagero.

— Não preciso mudar ou acrescentar nada?

— Apenas eliminei algumas palavras que pedem dicionário. Quanto à primeira vítima do cego, eu mesmo dei um jeito. Você disse que ela usava penhoar preto. Cortei.

— Não gosta da cor preta?

— Cortei o penhoar. Cadáveres nus também excitam. O mundo está assim.

Surgiu então com a mão espalmada para o aperto da apresentação o desenhista John T. White, pseudônimo imposto ao simpático e esquelético mulato Guanabara. Aranha me mostrou suas capas. Seu traço era duro e premeditado, de quem confundia ação com pressa de acabar. Esbanjador de ângulos retíssimos, suas figuras se expandiam num mundo triangular e pontudo. Mas, garantia o editor, não havia ninguém melhor para desenhar cadáveres, caras de delegados e seios. Sim, ele, que devia trabalhar com régua, obsessão mesmo se desenhasse uma laranja ou coco, rompia essa tendência ou rotina se houvesse mulher na ilustração. Seios assim, apenas Dale Arden, a princesa Narda e Daisy Mae possuíam, sem falar de Eliana Brandão, já a caminho, dentro do caos.

— Escreva outro — pediu o Aranha. — Dá pé?

Desde a prisão, eu nada conseguia nos jornais e agências de publicidade, a não ser uns raros "frilas", dependentes da boa vontade dos editores e sujeitos ao guichê de espera. Meu impulso de gratidão foi muscular: abraçar o Aranha. Mas o americano que eu já encarnara apenas murmurou:

— *Yes*.

Um mês depois, passando diante duma banca de jornais, lá estava, editado em tempo recorde, meu *Assassinatos pelo alfabeto braile*, com uma capa no personalíssimo estilo do Guanabara, linhas retas despencando sobre um seio que lembrava um artefato de metal. Comprei um exemplar como quem passa e pára atraído ou agarrado pelo título e pela ilustração. Passei os olhos pela orelha e contracapa. A biografia de William Ken Taylor pareceu-me sincera. Li uma página, estava quente: a dinamite solicitada pelo Aranha. Perguntei ao jornaleiro se o livro tinha saída. Respondeu-me que vendia como pipoca. Informação feliz, as pipocas pipocando, o óptico e o ótico, um caldeirão cheio delas caindo pela sarjeta, imagem de fartura que me deu a convicção de que, enquanto o fisco não interrompesse a pipocação, eu estaria seguro.

Uma visita ao Aranha confirmou o dito pelo jornaleiro. William Ken Taylor agradava. O tradutor talvez pudesse ser desancado; o autor jamais.

— Já começou o próximo?

Aproveitando o bom convívio, perguntei ao Aranha por que sendo tão bem-sucedido nas edições não regularizava o negócio, passando a trabalhar de cara limpa, queixo erguido. Não respondeu daquela vez e não responderia em outras. Seria o mesmo que indagar a um pirata da perna-de-pau, tapa-olho e papagaio no ombro por que não ingressava na Marinha.

— Vamos tomar uma cerveja.

Com a cama e o teto pagos, sobrou-me dinheiro inclusive para frequentar o Paribar, enquanto a imaginação viajava para Chicago. Foi numa dessas noites, já sentado e servido, que olhei de lado e reencontrei o Lorca e o Jardim. Para ser franco, fiz que não os vi, mas enquanto eu fazia isso, ambos mudavam para minha mesa.

— Verdade que esteve em cana, irmão?

3

Lorca vivia um drama: fora despejado do Hotel Continental, um lixo onde morava há dez anos. Para dormir, frequentava um cine-pulgueiro. Já não suportava mais ser acordado pelos tiros de John Wayne. Odiava-o. Um filho da puta.

— Um homem sem CEP não é uma pessoa digna de respeito — disse.

Jardim havia sido expulso do apartamento pela amante. Ela já fizera isso dezessete vezes, mas desta não pintava reconciliação. Chegara de joelhos à porta, mas levara um balde de água.

— O jeito é arrumarmos um apartamento para três.

— Também querem me expulsar da pensão porque escrevo à máquina de noite — eu disse.

— Sei onde tem um apartamento mobiliado para alugar — lembrou o Jardim.

Bolada a rotatividade, o Jardim cuidou do contrato. Como conseguiu fiador, ainda hoje me parece inacreditável. Assim que entramos no apartamento, eu, com meus trastes, entendi por que o aluguel era um quase-nada. Diante da janela estava o famoso Elevado paulistano. Indo e vindo, quinhentos veículos por minuto ou trinta mil por hora, caso sintam necessidade de dramatização numérica.

— Não suporto esse barulho — protestei. — Fechem a janela!

— Está fechada — esclareceu o Jardim.

— Assim não dá para conversar — observei.

— Quando se tratar dum assunto sério, a gente se reúne no banheiro — contemporizou o Lorca. — Além do mais, podemos fazer um curso breve de mímica. Quem estiver de acordo levante o braço.

Saindo da sala fui ver o quarto, a cozinha e o banheiro. Lorca tinha razão: no banheiro havia menos ruído, principalmente quando se apertava o botão da descarga. Mas alguns móveis compensavam a infernal sonoplastia do Elevado. O ex-inquilino, ancião introvertido, acometido por um acesso de loucura, suicidara-se, deixando todos aqueles trens. Na verdade, fora atropelado ao correr em cuecas pela via aérea a exigir em altos brados que os carros parassem. Podia ser pilhéria, porém o mais sensato era esquecer essa história.

— Sou um escritor e minha imaginação não funciona quando não ouço o que estou pensando.

— Por que não escreve sem pensar? — sugeriu o Lorca.
— Vou ter de tentar isso — admiti.
O Jardim, de todos o mais feliz:
— Acho morar aqui muito divertido!
— O que pode haver de divertido nesta panela de pressão?!
— Então, vejam — pediu o Jardim, tirando a roupa.
— Onde é a praia? — perguntei.

Completamente despido, Jardim subiu na mesa da sala, diante da janela, postando-se de costas para o Elevado. Depois, improvisando um gracioso turbante com a cueca, pôs-se a rebolar. Notamos que, no Elevado, um entre três motoristas que passavam tirava o pé do acelerador. Dois entre quatro passageiros saltavam no banco, girando o pescoço. Quando o carro era dirigido por mulher havia um quase-engavetamento.

— Isso vai funcionar maravilhosamente com uma peruca loura — propôs o Jardim, bolando o aprimoramento do espetáculo.

Certo o Jardim! Não seria possível melhor entretenimento num espaço tão reduzido.

O Lorca não resistiu; apanhou uma toalha e também subiu na mesa, de costas para a janela. Mas um trio, como nos velhos musicais eróticos de Walter Pinto, teria mais força. Tirei a roupa e saltei. Creio que o Jardim era o mais excitante; eu e o Lorca fazíamos apenas o possível. Imaginamos que o resultado seria um desastre de grandes proporções, mas o que houve foi um sem-fim e buzinado engarrafamento. Aquilo pedia um *grand finale*, qualquer diretor mambembe o reconheceria. À contagem de um-dois--três, voltamo-nos, ao mesmo tempo, de frente para a janela, sexo na mão esquerda, enquanto, com a direita, como se tivéssemos ensaiado, arrancamos os turbantes.

Nenhum de nós tinha a planejada peruca loura, mas o Jardim conseguiu uma, e graças a ela, num *one woman show* sobre a mesa, houve o maior engarrafamento da história do Elevado. E Jardim persistiu em apresentar esses espetáculos mesmo quando já haviam perdido a graça. Ele aborrecia tanto quanto a poluição sonora, ainda mais quando fumava maconha. Às vezes, eu o odiava; outras vezes, o Lorca ou nós o odiávamos. E acontecia de nós três o odiarmos, pois, como ele próprio confessou, também costumava odiar-se.

4

O período Aranha, apesar de exigir muito de minha imaginação e consumir muitas fitas de máquina, permitiu-me o doce prazer de viajar pela cidade. Equilibrava o ser com o não-ser, fuçando tudo, inclusive desfiles vespertinos da moda feminina, onde adoráveis manecas exibiam o bom do inverno ou do verão ao compasso sincopado dum piano. E se houvesse serviço de bar, tudo ficava melhor com gim-tônica-limão e essa maravilha que é o gelo picado. Mas essas tardes de tons e sons não eram assim tão frequentes. Meu itinerário passava por e cruzava ruas e endereços sem requintes, úteis apenas para ativar a imaginação de William Ken Taylor.

Numa dessas viagens *off* Elevado, meus olhos bateram num cartaz de enormes proporções com um título em vermelho e um corpo de mulher seminu abandonado numa hipnótica horizontal. Antes de ler o nome da atriz, já sabia quem era: Eliana Brandão! O queixo apoiado na mão, a boca entreaberta e o mesmo olhar da revista fixo na caótica rua da São Paulo antiga. Parei e meus sentidos também pararam. Não era, porém, o único homem que estacara, embasbacado, à entrada do cinema, vítima de igual atração. Apesar do *slogan* triunfalista da cidade que não pode parar, muitos desativavam as pernas. Com a diferença que uns, após breve satisfação visual, prosseguiam seu caminho, enquanto outros iam conferir os encantos da atriz nos *displays* da bilheteria. Foi o que fiz, e como me pareceu pouco, entrei no cinema.

O filme, *A ilha do pecado*, era apenas uma vitrina para exposição da estrela, o tempo todo quase nua e assediada a cores por três tarados, náufragos do veleiro dum clube litorâneo. Lá estava minha gama! Mesmo um diretor que a odiasse não conseguiria prejudicá-la, ela era demais! Conferi em duas sessões: possuía todas as curvas do catálogo. Lembrou-me as mulheres das capas do Guanabara, sempre pivôs dum crime. Detalhes: jamais vi alguém mover-se com tanto equilíbrio e elegância na praia, por mais solta e traiçoeira que fosse a areia. Calçada ou descalça, dominava perfeitamente a arte de pisar, só totalmente assimilada pelos animais. E sentar-se era outra coisa que sabia; numa poltrona, tronco de árvore ou formigueiro sentia-se num gostoso à-vontade. Aqui cortei alguns parágrafos da descrição. Sobrou apenas a palavra elasticidade, muito prática para auxiliar a imaginação mórbida dos interessados.

Voltei ao Elevado e abri a revista. Faltou-lhe desta vez o *tchã* do movimento. Pedi um baseado ao Lorca. Mas minha percepção não pôde ir além do que já fora. Devolvi-lhe o material pela metade. Depois, me embrulhei no lençol de escritor-fantasma e comecei mais um livro para a Meia-Noite, intitulado *Com licença, vim para matá-lo*, história dum homem tímido e de educação esmerada que assassinava pessoas que o humilharam na infância por meio dum saca-rolha de cabo de madrepérola.

O período Aranha fez de mim escritor sem frescuras, aquele que escreve o que o patrão manda, sem ideais vagos nem objetivos concretos, oposto mesmo àquele que fui, o da Idade do Bronze, a revelação literária do ano. Com grandes compromissos trimestrais, minha realidade eram as teclas; meu alvo, o público; meu sonho, o cheque no final do trabalho. Depois de *Assassinatos pelo alfabeto braile*, escrevi outros, de que não me lembro mais. Dos que me lembro:
– *O assassino que sempre esquecia o chapéu*, drama promocional de um fabricante de chapéus, interessado em relançar, através do crime, um uso social posto fora de moda;
– *A sequência de crimes da dupla caipira*, quase um roteiro de horror envolvendo os simpáticos irmãos Toninho e Tinhão, que, em defesa dos ritmos nacionais, assassinavam astros e empresários do *rock'n'roll*;
– *O defunto que mascava chiclete*, que apresentava um crime quase perfeito, não fora o pernicioso hábito dum assassino que se fez passar por cadáver;
– *O papagaio que cantava "La cumparsita"*, cem páginas sobre um prodigioso e alegre psitaciforme que aprendera a música identificadora de perigoso assassino e rei do acordeão.

Desses livros, apenas *A sequência de crimes da dupla caipira* acontecera no Brasil, país onde William Ken Taylor passara férias, incógnito.

5

Foi com o Lorca que aprendi um pouco da arte de estar no mundo. Ele me ensinou o bar, a aproveitar o tempo para não fazer nada – às vezes até com certa pressa – e a improvisar quando o dinheiro estava curto. Soube dele que uma boa cara-de-pau pode substituir uma especialização, e que ele já fora até médico naturalista, com consultório e tudo, em dias negros. Em Catanduva arrancara dentes, tantos e tão bem, que quase se candidatara a vereador. Leitor razoável, principalmente de livros da série *Faça você mesmo* ou *Seja seu próprio mestre*, catava conhecimentos gerais aqui e ali, beneficiado por uma memória fotográfica, somente anos mais tarde superada pelo computador.

Possuindo apenas dois ternos no guarda-roupa, embora ninguém soubesse onde era esse guarda-roupa, Lorca conseguia apresentar-se sempre bem vestido, passadinho, atento principalmente aos detalhes alvos: dentes, colarinho e punhos. O lustro que obtinha de seus velhos sapatos era quase profissional. Gravatas, sim, tinha diversas, presenteadas por mulheres de suas relações. E a gomalina que usava nos cabelos, de odor enjoativo, daria aspecto roliço e suave até a um porco-espinho. Nunca flagrei um fio de cabelo do Lorca fora do lugar ou exposto ao vento. Mesmo como figurante do filme O *tufão*, sua cabeleira se mantivera una e coesa, apesar do *décor* duma onda que remontava aos idos dos salões de baile da quarta década.

Se já imaginaram o Lorca, revirem tudo e terão o Jardim, um desmazelado de ponta a ponta, desses cujas roupas estão sempre soltando fios, desfazendo-se, e os botões, pendentes, bailando nos caseados, num cai-não-cai angustiante para os observadores. Além dos fios e da derrocada dos botões, visual dum homem solto num espaço, feio no Jardim eram também as extremidades: lapelas, bolsos, colarinho, mangas, barra de calças, tudo desbeiçado, dobrado, picotado ou mesmo inexistente. Suas roupas eram invariavelmente cinzentas ou acabavam ficando cinzentas pelo desbotamento. Era talvez o último mamífero da cidade que usava prendedor de gravata, no seu caso suponho útil. Se lhe arrancassem o prendedor, todo ele – carne, ossos e pano, sem nada para segurar – implodiria como um prédio dinamitado.

Assim eles eram quando os conheci, e mais do que assim continuavam sendo na noite do reencontro no bar.

– Bateram em você na cadeia?
– Não havia espaço para isso.
– Como fazia para arranjar bebida?
– Não pensava em bebida, Jardim.
– Não pode ser. Devem ter prendido outra pessoa por engano.

Isso de ter sido preso era história antiga, duma época em que eu morava numa *kitch* de três peças: porta, janela e privada. A janela, a mais importante, o buraco por onde via o mundo: um grupo de edifícios iguais como se fosse um único refletido num jogo de espelhos. Não via o céu, mas não fazia falta, a guerra era embaixo.

Acontecera em 68. Havia muita gente nas ruas, principalmente estudantes, querendo derrubar o regime militar com passeatas e canções. Eu, pela calçada, acompanhava a indignação itinerante que acontecia no meio da rua. Se não participava, queria ao menos ter os olhos na coisa, ver para contar. Desde o golpe militar não havia povo, apenas transeuntes, e essa novidade de marchas e cartazes punha milhares de rostos nas janelas, desapressava os paulistanos e esvaziava os bares. Havia um verde pouco e lento, mas de repente, naquela tarde, toda a esperança voltou.

Acho que caminhei uma hora pelas calçadas, seguindo a passeata sob uma chuva de papéis picados dos edifícios. O desafio virava festa. Voltei depois à *kitch* para concluir uma reportagem sobre rãs. Daquele dia, não vi o resto. Na manhã seguinte bateram à porta. Espiei. O olho mágico me piscou uma advertência. Dois homens. Entraram.

– Polícia!
– Que desejam?
– Dar uma olhada.

Foram direto à biblioteca e começaram a retirar livros: *O vermelho e o negro*, *A safra vermelha*, *Um estudo em vermelho*, *O cubismo* e um livro dum cronista estreante, Carlos Marques.

– Foi esse que escreveu o tal *O capital e o trabalho* – um esclareceu ao outro.

Eu, os tiras e a pilha de livros fomos à delegacia.

– Esses livros não são subversivos – garanti ao delegado.

– É o que todos dizem – replicou a autoridade.

– Nunca participei de nenhum partido político.

– Também é o que dizem.

Percebi que esse repique era um bumerangue de borracha para efeitos cênicos.

– Nem ao menos conheço um subversivo.

– Levem a peça.

Fui levado a uma cela para cinco detentos, mas onde havia trinta. Só sei fazer literatura sobre espaços abertos e, quando não, nos meus cenários jamais dispenso o ar condicionado. Portanto, se tentasse descrever meu novo aposento fracassaria. Era mais parecido com a fila de espera dum ônibus cuja companhia estivesse em greve. De tudo que quis esquecer, e que não consegui, foi um charuto fumado o tempo todo por alguém que não tinha motivo algum para comemorações. Não havia cama nem cadeiras, embora nenhuma ordem nos impedisse de deitar ou sentar. O dia era uma coisa toda igual. À noite, a monotonia ficava escura e só.

Eu e o homem do charuto fomos os últimos a cair fora. Boa pessoa, comprava no bar uma caixa de Suerdick quando o apanharam, confundido com um deputado de esquerda. Ambos eram muito diferentes, mas fumavam a mesma marca de charutos.

O delegado apontou os livros: podia levá-los.

– Não, doutor. Nunca mais lerei livros subversivos.

Ao entrar na *kitch*, tive a impressão de que os tiras tocariam a campainha outra vez. Peguei as roupas, a máquina de escrever, a calçadeira, e fui procurar uma pensão.

Seguiram-se dias azarados. Nenhum empregador queria nada com subversivos. Lembrei-me, então, do Lorca, que, nas más circunstâncias, ensinava:

– É preciso saber chegar.

A frase, em primeira audição, me soou banal e nebulosa. Engano. O saber chegar, teatro dum ato só, significava vencer por antecipação, empurrar a porta triunfalmente, pisar com ruído e selecionar o tom de voz de quem soluciona, não de quem suplica.

Seguindo o mandamento do Lorca, cheguei certo num jornal de bairro, mal informado, que desconhecia o terrível terrorista. Era um salão de modas, necessitando de textos para o pré-verão, num tabloide de turismo. Porém, o dia de sorte, os fados, o destino, a hora da virada, como quiserem chamar o imponderável, é coisa que nada tem a ver com projetos e desejos. Que sabemos desta bola louca e colorida? Não tive de chegar bem para encontrar o Aranha. Ele é que veio. Aí, eu, o otimista, vi o Odilon, sorridente, entrando, a conduzir pelo braço, para apresentar-me, Eliana Brandão.

6

– Verdade que virou comuna?

Havia um dia para tio Bruno, geralmente o primeiro domingo do mês, que invariavelmente eu transferia para o último ou deixava para o mês seguinte. Falo do tio Bruno para que eu não pareça um sem-eira-nem-beira, filho do acaso, quando em casa tivemos até um carro La Salle e a primeira geladeira do bairro. Mas o que restou, de tudo e de todos, foi tio Bruno, irmão de minha mãe, um dos duzentos internos do Lar Santo Agostinho, bonito conjunto de rampas, jardins e pavilhões para idosos de ambos os sexos, necessitados de assistência psiquiátrica.

Tio Bruno não era italiano, nascera no Brás, mas durante a invasão da Abissínia partiu para a Itália, já fascista, depois de assistir ao filme *Luciano Serra – piloto*. Em Roma, entrou para o partido e passou a integrar a fila do gargarejo dos discursos do Duce. Chegou a ir de Roma a Milão, de bicicleta, para ouvi-lo. Começada a guerra, não teve o privilégio de embarcar para a Cirenaica. Sorte: lá, o general Grazziani, com todo o respeito, só fez cagada. Mas foi para a Grécia, na esperança de fazer uma expedição mais cultural do que bélica. Nas Termópilas levou um estilhaço na bunda. Mais tarde, numa destroçada divisão comandada pelo general Sandro Melcchiori, a caminho do Pó, caiu prisioneiro. Num campo de concentração de prisioneiros, ele e o general tornaram-se grandes amigos, pois Melcchiori queria saber tudo sobre o Brasil, onde pretendia viver após a guerra.

Quando Sandro, a mulher e uma filha vieram para o Brasil, com muitas liras, tio Bruno decidiu permanecer na Itália. Logo, porém, descobriu que a democracia, assim como o fascismo, só tem graça para quem manda. Voltou à pátria, procurou o general, já proprietário duma construtora de casas populares, e trabalhou com ele vinte anos, até a morte da mulher de Sandro, quando então as atividades da empresa foram encerradas. Já estava aposentado, e tudo bem com titio, mas sua cabeça, desconcentrada do trabalho, começou a fazer estática e pifou. O general foi um pai. Arranjou para ele o confortável Lar Santo Agostinho, assumiu as despesas e visitava-o em carro com motorista algumas vezes por ano. Iam, então, a bons restaurantes, onde, com macarrão e vinho, corrigiam com trinta anos de atraso os erros militares cometidos durante a guerra.

Fora dos muros do Lar, tio Bruno era uma pessoa normal, capaz de ligar palavras e expressar emoções, atento às perguntas e pronto nas respostas; mas bastava voltar, para seu olhar perder a direção e seus gestos esquecerem a naturalidade da rua. Com o crachá da loucura na lapela, mesmo quando chovia torrencialmente passeava sozinho pelo imenso pátio sem guarda-chuva nem amigos. Outras vezes, sempre em setembro, fugia do sanatório. Aí eu e o general éramos avisados, e juntamente com a polícia começávamos uma aflita procura. Nunca voltava espontaneamente, mas, ao ser encontrado, acompanhava docilmente seu Stanley no retorno ao Lar.

Nesse domingo de que falo, tio Bruno parecia bem. Sua loucura era restrita ao olhar, mais detectável quando fixava objetos metálicos ou pássaros. Mas não rasgava dinheiro, nunca afirmara (nem em sigilo) ser Napoleão e jamais usara camisa-de-força. Continuava, sim, como um fascista derrotado, um camicase cujo avião não decolara por falta de gasolina.

– Tudo vai bem, tio?
– Verdade que virou comuna?
– Não acredite nisso.
Bruno chutou uma lata de cerveja vazia.
– Eles que mataram Mussolini, os comunas.
– Sei.
– Sabe, mas não estava lá. Praça Loreto. Vi quando penduraram ele e a moça, de cabeça pra baixo, numa árvore.
– Ninguém viu o senhor?
– Eu estava de padre. Mas me agarraram.
– Como, tio?
– Um deles desconfiou, acho que os comunas conhecem os padres pelo cheiro. E me fizeram uma pergunta em latim.
– E o senhor não sabe latim.
– E eu não sei latim. Quase me enforcam também, mas me entregaram aos ingleses em troca de cigarros e chocolates. Aí fui para o campo. Sandro já estava lá.
– Que tal a vida lá?
– Ganhei um campeonato de dominó.
Tio Bruno ia dar um passo além, mas parou, obstado por uma súbita ventania. Com os cabelos esvoaçando, abriu os braços e recitou:
– *Dal mare soffia il libeccio, che è un vento improvviso, violento, pazzo e ladro. Vien dal Marocco, vien dalla Spagna, è un vento scappato di galera, e si rifà come può della lunga prigionia.*
– Malaparte?
– Sim, Curzio.
Alcançou a lata e deu novo chute.
– Malaparte não era fascista, tio.
Bruno, se ouviu, fez que não, mas deve ter ouvido, sim, porque o terceiro chute na lata, com a determinação de quem bate um pênalti, lançou-a sobre a muro do sanatório, tão longe que o ruído tilintante da queda ficou para o dia seguinte.
– E o general, tem vindo?
– Está doente, muito doente. O coração.
Essa informação me preocupou, e tanto que não quis saber mais nada.

– Tchau, tio. Precisa de alguma coisa?

Não respondeu, fez outra pergunta:

– Conhece Marieta?

– Que Marieta, tio?

– A filha do general.

– Não conheço. Boa pessoa?

– Se algum dia algo me acontecer, procure ela – disse. – Tchau.

"E se algo acontecer ao general?", perguntei-me, sem uma lata para chutar. Pergunta incômoda e pesada, que mal coube no táxi que me levou de volta ao Elevado.

7

Isto não é um diário, mas antes fosse. Nos diários tudo cabe em vinte e quatro horas. A pergunta que trouxe do Lar Santo Agostinho – E se algo acontecer ao general? – repetiu-se uma semana em meus ouvidos, mesmo durante os momentos de pique da poluição sonora do Elevado. Ela não suscitava resposta, porém impunha outra pergunta: Como eu faria para sustentar tio Bruno? Eu, perigoso terrorista, e desempregado?

8

Um pesadelo pode durar uma semana, mas os sonhos são momentâneos. Sonhei que habitava uma ampla mansão, quase toda de vidro, feita para exibir a felicidade de seus moradores aos que passavam na rua. Eu era William Ken Taylor, de Malibu, escritor do Primeiro Mundo, que acabara de concluir mais um de seus livros, o qual certamente venderia milhões de exemplares em todos os continentes, inclusive, num distante país, chamado

"Brazil", paraíso para índios, cobras e ditadores. Vi-me, então, diante duma piscina residencial, ensolarada, dum azul exclusivo para ricos. Mergulhei e, ao voltar à tona e ao sol, vi e sorri para quem acabara de chegar: Gloria Stevens. Egressa dum *script* de Hollywood, ela fez cair o vestido, descalçou os sapatos, e em poucos fotogramas foi juntar sua fama de atriz à do marido, dentro da água. Houve, então, um longo beijo aquático, enquanto descíamos para o fundo do ladrilho. Ao subirmos, o efeito-surpresa do cinema: Gloria Stevens era Eliana Brandão, ou, para mais pronta visualização, Eliana Brandão era Gloria Stevens. Lembrei-me, então, de que não sabia nadar e acordei para não morrer.

9

Não sei se aconteceu aqui ou se aconteceu além, mas aconteceu. Era manhã e decidi passar pelo Aranha para combinarmos o próximo livro de William. Tinha uma ideia sobre uma empresa que assassinava milionários por solicitação de seus herdeiros e queria expô-la ao editor. Lá sempre encontrava o mulato Guanabara, e íamos tomar cerveja no bar, indubitavelmente o melhor da manhã.

Diante do portão da editora pirata vi um caminhão que estava sendo carregado de livros e reservas de papel. Pensando que o Aranha estivesse se mudando, entrei. Encontrei o editor largado num banco, diante de sua prensa, enquanto três homens levavam tudo para a rua, inclusive o constante entusiasmo do proprietário.

– O que houve, Aranha?

– A vida tem dessas coisas, William – respondeu, olhando para o chão. – Há os fiscais. Me pregaram uma multa do tamanho dum bonde. Preferi entregar a casa.

– Vão levar a prensa também?

– Se quiserem, que levem até minha alma. Cabe muita coisa naquele caminhão.

Isso era importante. Perguntei com dor:

– Vai montar outra editora?

O Aranha sacudiu a cabeça como se tentasse desparafusá-la do pescoço.

– Para mim, acabou.

Fiquei observando o transporte da papelada e da prensa como se assistisse ao enterro de William Ken Taylor, morto, afogado em Malibu. (Com quem se casaria agora Gloria Stevens?) Mas foi uma cerimônia breve porque o Aranha se levantou para sair.

– Viu? O que adiantou o que fiz pela cultura? Nascemos num país errado, William.

– Mas se tivesse legalizado a coisa...

– Não reconheceram meu esforço. É o Brasil!

Aranha foi caminhando lentamente até o portão, enquanto lançava o derradeiro e muito triste olhar para o barracão editorial. Paramos à saída, ele com os cinco dedos já prontos para o adeus.

– Até um dia – disse ele.

– Estou desolado, patrão.

– Não lhe devo nada?

– Não.

Ele já me negara melhor paga; elogios, nunca.

– Saiba, para mim você é o maior escritor do País, William.

– Ninguém sabe disso.

– Saberão dentro de um século.

– Um século?

– Digamos, cinquenta anos – corrigiu.

E desapareceu.

10

Virada a última página do período Aranha, mandei um telegrama para a viúva de William Ken Taylor e voltei a pensar no pão. Felizmente o mês não era o meu, no rodízio.

30

Visitei inúmeros jornais. E sempre fui bem recebido como visitante. Emprego não podiam me dar porque meu nome comprometeria. Fui visto inúmeras vezes entrando e saindo de agências de publicidade. Apenas uma delas, a Mênfis, me ofereceu alguma coisa. Um copo d'água gelada. Num tabloide escrevi um artigo sobre uma esquadrillha e discos voadores que sobrevoava o bairro da Casa Verde, e que afirmei ter visto. E um conto, "Mamãe, quem é esse homem?", para uma editora pornô, logo fechada pela polícia porque fotomontava rostos de atrizes da televisão no corpo de mulheres nuas. Na mesma ocasião, um boletim religioso me aceitou para redigir uma série de artigos contra o álcool: "Alcoólatra, doente ou pecador?", todos bem escritos segundo o redator-chefe, mas sem a convicção e a força que a campanha impunha. Acharam que eu ponderava demais, jogava com excessivos prós e contras, colocava no ar demasiadas interrogações; quando, na verdade, queriam argumentos mais positivos e firmes. Mas pagaram, e com o dinheiro levei um garrafão de vinho de Jundiaí para o Elevado.

O que eu temia era voltar àquele teatrinho de *strip-tease* para o qual já escrevera quadras de rimas intercaladas que as moças do ramo recitavam enquanto se despiam. Nova encomenda seria o fim de minhas ambições no mundo das palavras, o adeus à vocação literária do moço do bronze, um mais-nada para quem ambicionara tanto.

Apesar dos receios e cautelas, passei pela porta do referido teatro. Não teria entrado se uma voz rouca, a do Lourenção, o gerente, não tivesse me chamado.

Se vocês não conhecem o Lourenção, continuem assim: é uma pessoa amoral, até na opinião do Lorca.

– Vamos precisar de uma dúzia de novas quadrinhas.

As que fez já envelheceram.

– Hoje só faço versos de protesto – expliquei.

– Isso dá dinheiro?

– Mas dá satisfação. Olhe ao redor e veja como está o País. O artista não pode permanecer indiferente, tem de tomar partido, participar, entrar na luta, arregaçar as mangas, ranger os dentes, fazer caretas, cuspir – sim, disse cuspir! –, enfrentar a censura, dizer o que pensa do governo, do fascismo, escrever coisas subversivas nas paredes, nas ruas e mictórios, aproximar-se do operário e do estudante. O poema só é belo quando explode, quando provoca desabamentos, gritos e mortes. Estou sendo claro?

– Está. Aceita vinte mil?

Fui sentar-me à primeira fila do teatrinho do Lourenção enquanto as *stripers* faziam seus números recitando as quadras antigas. Realmente podia fazer algo melhor, colocar mais pimenta no sentido, nas palavras e até nos artigos e preposições. E ajustar com maior precisão o verso ao movimento, o som à ação, medindo o tempo que as profissionais consumiam em tirar a roupa e atirar ao espaço suas peças íntimas. Não podia haver espaços vazios, palavras que quebrassem o ritmo, nem vírgulas e entre-vírgulas que não injetassem mais malícia nas quadras. E o último verso, a chave de ouro, coincidente com o arremesso do tapa-sexo, uma borboleta fosforescente, precisava ser antecipado e anunciado por uma parada ou reticência de empréstimo do verso anterior para alcançar todo o efeito audiovisual que valesse o preço do ingresso. Quem não tivesse estudado o tratado de versificação se ferrava.

Certamente não cabia ao vate a responsabilidade total do espetáculo. O histérico diretor artístico, um chileno chamado Montez, homem que pisava o palco com vigor e corrigia as *girls* com a raiva dos que têm razão, incansável nos passos e nos gritos, era a mola principal. No final dos ensaios, exausto mas realizado, Montez abandonava-se na plateia, sempre na primeira fila, e permanecia longo tempo, imóvel e sem falar, a exibir o bagaço dum diretor genial.

– Um homem assim é raro! – exclamava o Lourenção, convencido pelo bagaço.

À noite fui convidado a assistir minha obra sentado, incógnito, como um qualquer num público de cinquenta homens, todos excitados desde a passagem pelo guichê. Então, ao som de um toca-fitas, com músicas selecionadas pelo chileno, as meninas, como as chamava o Lourenção, em número de dez, elenco que incluía, para todos os gostos, uma negra, duas mulatas e uma chinesa, apresentavam-se uma de cada vez, sob o jato dum *spotlight*. O "tira! tira!"

cafajeste atrapalhava o clímax; no entanto, vendo as peças voarem pela sala, senti orgulho dos versos, e mais ainda no momento em que a Rúbia, a penúltima do *show*, vendo-me na plateia, o autor, atirou-me um beijo volante seguido de seu tapa-sexo, de *recuerdo*.

Como não tinha nada a fazer, assisti a mais duas sessões, comprovando que meus versos formavam com os nus o mesmo objeto de prazer, parte do mesmo todo e etapa da mesma ansiedade. Era o que Lourenção queria e que Montez forjara: um espetáculo uno, sem sobras, inteiro e redondo.

– Isso, sim, é arte! – exclamou ele, dando-me um tapa no ombro. – Bom de ver e de ouvir!

Cumprindo seu turno, Rúbia pediu-me para acompanhá-la num jantar, um desses um-dois-feijão-com-arroz, eu com o honesto ganho no bolso, ela feliz porque o poeta lhe acrescentava algo à noite. Era boliviana e entrara no Brasil sem papéis, trazendo sob o vestido sacos plásticos contendo cocaína, produto com que seu marido trabalhava. A venda do pó ia muito bem, mas uma noite Ramón, como se chamava, foi encontrado todo furado numa das ruas da Boca. Coisa de contrabandistas organizados, ela supunha, pois o *pobrecito* operava por conta própria. Viúva, sem dinheiro e com tratamento dentário por terminar, teve sorte de encontrar o Lourenção, um paizão para todas as mulheres desamparadas que tivessem bom corpo e coragem para exibi-lo. A princípio, disse ainda no feijão-com-arroz, envergonhava-se e precisava de mil conhaques para enfrentar o *spot*. Se não fosse um pouco de pó, armazenado num medalhão com a imagem da Virgem, teria fracassado logo na noite de estreia. Mas cheirou, foi, e tudo saiu bem.

Terminado o jantar, Rúbia, que no cartaz do Lourenção era La Serpiente, levou o poeta para seu apartamento, um quarto-e--sala pertinho do teatro. Serviu um licor de menta e, com um disco na eletrola, fez-lhe um *strip* exclusivo, por amor à arte, com novos lances, meneios e intenções. Entendendo que aquela era uma noite para ser guardada, o poeta homenageado registrava e numerava todas as suas sensações, colocando-as em ordem para a memorização. No teatro, dividindo o impacto entre todos, cinquenta pedacinhos, ele se diluía no espaço. Agora o poeta sentia a dose mais forte, o anisete virava absinto, e não havia o *spot*, jato de luz que só servia como embalagem de realidade.

A música também, no quarto-e-sala, a dois, parecia mais solta, quente e próxima. Tinha mais a ver com nervos e músculos, comandava os movimentos da *striper*, criava elos de sensualidade. Houve conga, houve rumba, houve mambo. Era um *long-play* de ritmos latino-americanos com um grande sombreiro na capa, seleção dos *hits* de ontem, procurados entre os mais alegres e dançáveis. Um chá-chá-chá, um calipso, um bole-bolero.

Voyeur privilegiado, eu deixava que os ritmos me sacudissem, aprovava as emoções com a cabeça, e também ia me despindo, a jogar pela sala o paletó, a camisa e as calças. Não sei se o Montez como diretor assinaria meus movimentos, mas eu entrava no espetáculo, tinha vez no *show*, imitava e improvisava.

— *Muy bien, pibe! Tu es loco!*

Estávamos nus e na eletrola terminava a festa tropical, as maracas já no último sulco.

Achei bom e saudável ser latino-americano, sensação ou pecha que os brasileiros recusam; e assim, passageiros do mesmo continente, fomos para a cama, dando início ao capítulo de minha autobiografia *Rúbia, la Serpiente*, que um dia, se insistirem por cartas, telefonemas ou telegramas, talvez escreva.

11

Voltei inúmeras vezes lá, ao Portão Encarnado, nome que esqueci de mencionar porque do vermelho restavam poucos pigmentos rosados devidos à chuva, ao tempo e ao desmazelo do Lourenção. Numa das idas foi comigo o Lorca, apaixonado por vários gêneros artísticos, principalmente quando os aplausos não lhe custavam dinheiro. O tecladista foi o mais entusiasta da pequena plateia daquela tarde, e, terminado o espetáculo, fez questão de apertar a mão do Lourenção, de abraçar o Montez e de beijar a mão de algumas *stripers* com um respeito que me pareceu exagerado. Rúbia encantou-se com o cavalheirismo do Lorca, achou bonito seu jeito de tratar as profissionais e até hoje não sei, eu não quis saber, se ele passou também a visitá-la em seu apartamento, enquanto eu procurava ouro em Sierra Madre.

Se Rúbia não era nenhuma deusa, também não era de se esquecer no ônibus. Nascera morena, mas, seduzida pelas tintas, pintou os cabelos. Porém, por falta de dinheiro para manter a nova cor, tornou-se uma loura inacabada, apenas a metade do que pretendia ser. A pele precisaria duma boa lixa, principalmente nos pômulos, de saliência indígena, onde a mistura de sangue nativo e espanhol mais se evidenciava. Seus olhos, que já haviam visto muito, não tinham grande brilho, perdendo encanto para a boca, rasgada, cheia de bons dentes, residência duma língua esperta e comunicativa. Melhor que sua cabeça, no palco ou no quarto, era o corpo; não digo perfeito, longe disso, mas de linhas exageradas onde se prefere assim. Beleza para perder concursos, Rúbia possuía um todo compacto, monobloco, sem peças soltas. Carne, só carne, era um nu de primeira vez, geralmente flagrado de empregadas domésticas, no banheiro da área de serviço; nu para ser visto pelo buraco da fechadura, sob o som e a ação dum chuveiro, sem ter nada a ver com o nu sueco, ao sol, dos clubes de nudismo.

Uma ou duas vezes por semana eu ia ao apartamento de Rúbia após os seus vários turnos; mas o *show* erótico-musical não foi bisado. Íamos também a restaurantes, os de fim de noite, onde ela contava os mexericos do Portão Encarnado, no qual, como em todos os palcos, havia lutas pelo estrelato e traiçoeiras puxadas de tapete. Porém, raras eram as que sonhavam com contratos no exterior, perigosas falcatruas engendradas por cafiolos internacionais. O que todas queriam era: 1) continuar na casa, para o que valia tudo; 2) jamais desagradar o Lourenção; e 3) (a mais importante) arranjar um admirador endinheirado, alguém que, caindo do céu, decidisse contratar uma delas para uso exclusivo. Rúbia não disse, mas, evidentemente, esse era o bilhete de loteria que havia adquirido e que conferia, de turno a turno, à medida que recolhia sorrisos e olhares do público.

Decidi segurar e segurar-me a La Serpiente, vendo próximo o dia em que não poderia pagar o Elevado. O bom coração da *striper* me ajudaria até que uma virada da sorte me permitisse recompensá-la por tudo, quando então o trágico, visto como passado, tornar-se-ia cômico e memórias de bar.

Fui certa tarde visitar Rúbia disposto a transformar minha penúria numa verdadeira história de amor. Mas ao me abrir a porta, notei que ela já não era a da última vez.

– Estou triste, *pibe*.
– Perdeu o emprego?
– Vou sair do Portão Encarnado. Por favor, *pibe*, não me leve a mal.
– O que houve?
– A partir de hoje, não me procure mais. Promete?

Prometi, mas queria o porquê.

– É um homem que vai me assistir. Dono dum posto de gasolina. Ainda não vamos juntos porque ainda está com a mulher, mas não me fica bem receber amigos. Antero tem ciúme.
– Tudo bem, Rúbia. Entendo. Eu já vou.
– Um *momentito*, vou te dar a carta.
– Que carta?
– Um homem passou pelo teatro e deixou.
– Quem?
– Não sei, entregou ao porteiro.

Rúbia me entregou a carta, pequeno envelope verde. Antero podia chegar. Fui ler na rua. À tinta: *Passe pelo Gentile na rua do Triumpho. Ele está precisando de roteirista de cinema. O de sempre, Odilon.* Odilon? Odilon. Estava tudo muito nítido.

Corri ao Portão Encarnado. Conhecia o porteiro e ele me conhecia.

– Foi a você que entregaram esta carta?
– Foi, ele peguntou se costumava aparecer por aqui.
– Que jeito ele tinha?
– O quê?
– Como era essa pessoa?

O porteiro fez um esforço.

– Parece que usava gravata, mas não tenho certeza.
– Alto ou baixo?
– Estatura mediana.

– Gordo ou magro?
– Nem gordo nem magro.
– Por acaso usava auréola ao redor da cabeça?
– Não prestei atenção, estava chovendo.

Voltei para o apartamento e reli não sei quantas vezes o reduzido bilhete. Certamente me intrigava – quem era o Odilon? –, mas também me atraía a possibilidade seta (Rua do Triumpho) indicada por aquelas palavras. E havia ainda um nome, Gentile, sugerindo boa acolhida: queira sentar-se, quer café? e tapinhas nas costas. Quanto a roteiros cinematográficos, nunca lera ou fizera algum, mas a necessidade é sempre maior que a soma das dificuldades. O Jardim, num mês de cão, aceitou ser homem-bala num parque de diversões.

No dia seguinte, minha primeira preocupação foi verificar se a carta era de papel ou um resto de sonho. Continuava como o porteiro dera a Rúbia. Mas não devia encucar. O Gentile com certeza me daria o endereço do anjo para que lhe agradecesse pessoalmente os favores. O desmemoriado do Aranha nunca me fornecera uma pista.

Seguindo os grãos de milho que Odilon deixara pelo caminho, cheguei à Rua do Triumpho, que era mesmo com ph, embora lá não vendessem phosphoros nem circulassem cavallos.

Eu já passara por aquela rua, mas nunca a fotografara com os olhos. Uma das mais antigas da cidade, possuía então, ou ainda agora, um edifício alto, de esquina; o resto eram casas rasteiras, porém não mais residenciais. Agrupavam-se ali não sei quantas distribuidoras e produtoras cinematográficas, inclusive nas ruas laterais. Hotel, um só, o Copa do Mundo, azulão, desprovido de estrelas, um bar escuro, ainda *served by girls*, e o Soberano, bar-restaurante, o grande ímã da Triumpho, parada obrigatória, ponto de encontro dos que tinham algo a fazer na rua. Lá, tomando café em cálices, ficavam descontratados da TV, vozes do falecido rádio-teatro, gente de circos que empenharam a lona, atores e atrizes à espera da primeira oportunidade e, em maior número, os que aguardavam a última.

Perguntei a um garçom pelo Gentile com receio de ouvir: Que Gentile? Alguém, inventando o Odilon, poderia também inventar o

Gentile. Usando o queixo, o garçom apontou para um sobrado do outro lado da rua. Nem precisaria ter perguntado, pois tornei a ver os grãos de milho enfileirados pela fantasia.

Entrei na pequena sala da produtora. O homem baixo e gordo atrás duma escrivaninha era o Gentile. Diante dele uma pequena fila de meia dúzia de homens. O produtor tinha um cronômetro na mão.

– Três minutos. Já!
– O quê?
– Pode começar.
– Três minutos? É pouco.
– Qualquer história pode ser contada em três minutos.
– Me dê cinco.
– Depressa, restam dois e quarenta.

Eu chegara justamente no dia em que Gentile recebia candidatos a roteirista – quarta-feira. Usava o cronômetro porque, se não limitasse o tempo, perderia a tarde. Parecia cruel aquele revólver-ponteiro, o dedo pronto para apertar o gatilho, os segundos de areia escoando, mas o produtor estava certo. É possível resumir o *Dom Quixote* em três minutos. Qualquer um seria capaz disso, menos Cervantes, talvez.

A história do primeiro candidato até me pareceu boa, mas Gentile estava com pressa.

O segundo gaguejou e não contou nada.

O terceiro tentou bancar o esperto. Contou uma história num minuto.

– É curta demais – sentenciou Gentile. – Próximo!

O quarto candidato, nervoso, pediu um copo d'água. Gentile mandou buscar o copo, mas descontou o tempo. Era uma história de cangaceiros.

– Chega! – interrompeu Gentile. – Quero pornochanchada, é o que está dando. Próximo!

O próximo não era roteirista. Fora cobrar uma conta. Gentile pagou de má vontade, mas dentro do tempo marcado.

O sexto da fila preencheu o prazo fatal, narrando uma história com velocidade impressionante.

– Isso não é enredo, é embolada.

Ficamos a sós.
— O senhor?
O grande momento:
— O Odilon me pediu para vir — eu disse mostrando a carta.
O produtor cutucou a testa com o dedo para estimular a memória.
— Odilon? Não me lembro. Seria um de nariz atucanado?
— Esse mesmo!
Se pretendesse fazer um retrato falado do anjo, já dispunha dum dado.
— Não consigo encontrar uma boa história — lamuriou o produtor.
Joguei esta:
— Conhece William Ken Taylor?
— Quem?
— William Ken Taylor!
— Ah, sei, um americano que faz policiais. Li qualquer coisa dele. Mas não posso pagar em dólares. Acha que posso?
— Vou lhe dar uma boa notícia.
— Pago por uma.
— Eu sou o William Ken Taylor.
— Não diga!
— Observe que falo português com sotaque inglês. Aprendi o idioma lendo um dicionário no Boeing.
Gentile riu:
— Mas não estou interessado em policiais. Quero pornôs.
— Gostaria de fazer uma sinopse. Trarei amanhã. Leio em três minutos.
— Pode se alongar um pouco mais. Você é amigo do Odilon.
— Já lembra quem é o Odilon?
— Ainda não.
Um susto: entrou um roteirista retardatário.
— Não posso atendê-lo, meu jovem — disse o Gentile. — Quebrou o cronômetro.

12

A sereia do Guarujá

Ao voltar ao Elevado concentrava-me mais no misterioso Odilon que na história encomendada. Já catalogara um dado importante sobre Mister X: o nariz de tucano. Então pus-me a pescar no mar da memória todos os narizes atucanados com os quais já cruzara na vida, e no anzol só me veio o nariz dum colega morto dos tempos de ginásio. Outros narizes, também pescados, eram de pessoas vivas, mas não atucanados nem adaptáveis ao rosto duma pessoa tão generosa como devia ser Odilon. No entanto, confiei em que um dia eu, o Odilon e o acaso nos encontraríamos em qualquer circunstância, bar ou esquina, pois a cidade é grande, mas o mundo é pequeno.

O urgente era escrever a sinopse duma pornochanchada. Como fazer uma, que receita adotar? Quando o bom Aranha me procurou para escrever um romance policial, eu ainda não havia escrito nada no gênero, nem ao menos sentia por ele a menor atração. Dos jornais, inclusive, só provara as amenidades e os artigos de fundo mais rasos. No entanto, emplaquei logo na primeira tarefa, *Assassinatos pelo alfabeto braile*, quem sabe um clássico do futuro. Pareceu-me depois, e pareceu-me ainda agora, que o êxito fora uma imposição da necessidade. Se me saísse mal, teria de morar na escadaria duma igreja, situação vexatória para quem não é religioso. Portanto, riscara a possibilidade do fracasso. Precisava, nessa nova situação, do mesmo impulso, arrojo e convicção para saltar a fase do amadorismo e do aprendizado e cair de pé do outro lado da barreira já como profissional. Controlei a respiração, corri e saltei.

O pornô de estreia teve título antes de ter história. Escrevi no alto da página A Sereia do Guarujá, que me soou gostosamente.

Quase dava para dispensar o resto, mas não podia confiar tanto assim na imaginação do Gentile. Começava com um casal de meia-idade chegando a um hotel de luxo com a intenção marota de gozar sua segunda lua-de-mel. Bem que o marido merecia, depois de ter enriquecido na indústria só trabalhando e mais nada. A mulher, já muito gasta, esperava que o descanso e o iodo marinho a ajudassem a tornar a ser a fêmea ardente que supunha ter sido na primeira lua-de-mel, também no mar, mas ainda no tempo das vacas magras. Infelizmente, porém, logo na primeira noite de Guarujá, sofreu sua milésima crise de enxaqueca, e a farra programada não se realizou. Apenas em *flashback* puderam rever e sentir o que haviam feito há vinte e cinco anos, como se o apartamento tivesse sido alugado para quatro pessoas.

Para o marido, a reprise do passado, apesar dos seus efeitos cinematográficos, não satisfez. Enquanto a mulher passava os dias no hotel, tomando remédios e telefonando para os filhos, preferiu flanar pela praia, ver as jovens banhistas. E, já excitado, conheceu no bar do hotel uma moça espetacularmente bela, que lhe sorriu e dirigiu as palavras de aproximação. Uma hora de namoro foi o suficiente para amarrar o industrial. Mas a Sereia não era de se entregar depressa a qualquer marinheiro. Tinha problemas financeiros: uma irmã doente e uma sobrinha, razão por que o sexo, para ela, não era tudo. Daí por diante o personagem divide-se em dois. A metade à direita representava o bom marido, preocupado com a saúde da mulher e atento aos teipes da primeira lua-de-mel; a metade à esquerda fixara-se na Sereia, cada vez mais bela e menos decidida à entrega. Por insistência dele, a moça resolve ceder, enfim, na cobertura do edifício onde ela morava, rodeados por um bonito visual e aparentemente sem vivalma para testemunhar o ato.

Ledo engano! Iniciando uma série de dificuldade para concretizar a união pecaminosa, enfiei na cena um helicóptero, que, tal qual uma abelha enlouquecida, aproximou-se da cobertura para soprar e ver o que ali havia de interessante. O industrial fingiu não se importar, mas o empata-voador desceu mais, como se pretendesse decepar as cabeças do afoito casal. Depois, fazendo uma falsa pausa, afastou-se uma centena de metros. Os dois já retomavam a ação no ponto de onde fora interrompida, ele com o fio da meada entre os dedos, quando o objeto voador retornou mais barulhento e determinado, fabricando um vento que acabou varrendo todo o erotismo ainda restante na cobertura.

No dia seguinte, o madurão e a moça apanharam um táxi e rodaram até encontrar uma praia deserta, onde a monotonia da areia era apenas quebrada por uma gigantesca manilha. Dentro dela os dois entraram com facilidade e seria até confortável se a forma cilíndrica do esconderijo não exigisse do pescoço, pernas e pés nova noção de equilíbrio. Mesmo assim, encontrando uma forma côncava de amar, o ato teve início. Aliás, só teve início porque um ônibus verde, trazendo a folia de quarenta colegiais, estacionou na praia. Apesar dos protestos esganiçados duma professora, a invasão se deu em todas as direções. O infiel e a jovem prosseguiram mais algum tempo, agora ainda mais curvados pelo receio, até que o rosto sardento dum garoto foi espiar o gigantesco cano. "Carlito, vem aqui!", chamou o menino, e quase no mesmo fotograma outro rosto colou-se ao primeiro, parceiros dum único espanto. O cavalheiro ainda não atingira o apressado clímax quando a moça se livrou dele e saiu a jato da manilha. Imediatamente ele fez o mesmo, abotoando-se e já cercado pelo grupo de alunos que os olhava curiosamente. A moça, ruborizada pelo vexame iluminado, correu pela praia, enquanto seu acompanhante procurava andar naturalmente e com dignidade quase impossível na areia. "Estavam fazendo porcaria!", comentou um menino em voz alta, causando embaraço à mestra, que certamente não lecionava educação sexual.

Tudo porque a Sereia não queria ir a um hotel, tipo de estabelecimento que jurava desconhecer, e novas complicações do gênero fui acrescentando ao *script*. Uma delas acontecia na sala do apartamento da moça, logo transferida para a cozinha e da cozinha para uma pequena copa, em que uma mesa serviria como ponto de apoio – serviria se não fosse manca, tendo sido rejeitada em favor dum tanque. Esses problemas técnicos, no entanto, foram superados pela surpreendente elasticidade muscular do madurão, *take* que seria engraçado se flagrado por um buraco de fechadura; porém avizinhava-se do drámatico para os participantes e para um ortopedista que assistisse àquilo. Terminava a sequência, que de tão árdua não fora erótica nem imoral, o industrial repôs-se todo, flexionando pernas e braços, ensinando ao pescoço sua verdadeira posição e depois quis água e cadeira. Sentira prazer no ato, sim, mas um prazer despedaçado e cheio de pontas. Então a Sereia começou a chorar, envergonhada e arrependida. No lugar de procurar emprego para ajudar a irmã e a sobrinha, fizera aquela coisa feia. E iam ser despejadas! Mais lágrimas. O turista, afetivo, tentou estancá-las com seu lenço. Não deu resultado. Então tirou o talão de cheques do bolso, preencheu um e entregou à moça. Ela moveu o braço para repeli-lo mas um dos zeros reteve o gesto.

Não foi o único cheque da segunda lua-de-mel. Houve outros, complementares, entre beijos e sussurros. Afinal conheceu a irmã da Sereia, que nem parecia doente, coitada. A sobrinha logo o chamou de titio e ganhou presentes. Uma noite foram a uma boate, enquanto a enxaquecosa "minha senhora" tomava remédio no hotel.

Na noite da despedida, a moça do Guarujá consentiu em acompanhar o madurão a um motel, não porque ele preenchera outro cheque, mas para que partisse com uma lembrança inteira daquelas férias. Ao voltar ao hotel, o inesperado. Sua mulher, livre da enxaqueca e retomando os propósitos da viagem, permitiu e depois exigiu, num sorriso vampiresco, que o exausto marido a possuísse com o inolvidável impacto da madrugada nupcial.

Na manhã do dia seguinte, quando os *bellboys* já levavam as malas do casal para o carro e o industrial acertava as contas no balcão da gerência, olhou casualmente para a porta de vidro do bar e viu a cena final do roteiro: a Sereia do Guarujá, mais *sexy* do que sempre, drincava com um homem ainda mais velho que ele, como que em início de namoro. Não disse nada, pois a palavra coube ao gerente:

— Essa é a maior putana do Guarujá. Parece que ela tentou arrancar dinheiro do senhor, não?

13

Ao terminar a sinopse, decidi não ler com receio de que a autocrítica, com suas próprias mãos, rasgasse aquelas páginas. Lorca, que me vira escrever com furor, aproximou-se e esqueceu o olho esquerdo durante algum tempo sobre um parágrafo. Fez uma cara de nojo. Andava apaixonado pela filha virgem de um ex-monitor do escotismo e, fora do amor, tudo lhe parecia muito sujo. Recolhi as páginas e fui para a Rua do Triumpho.

Gentile no Soberano.

– Trouxe?

Fomos para a produtora.

– Vai ler agora? – perguntei.

– Você vai ler. Eu me atrapalho um pouco com as palavras. Meu mundo é o das imagens.

Gentile saiu e voltou com uma secretária de peruca vemelha e um índio com tanga e tudo. "O que um índio entende de cinema?", peguntei-me.

O silvícola estendeu-me a mão.

– Yukio Nukada.

Yukio fazia figuração na adaptação cinematográfica dum romance de José de Alencar quando lhe roubaram as roupas. Como não tinha outras, continuou como índio mesmo após o término das filmagens. Era saudável e já estava escalado para outro filme, rodado no Xingu.

Eu estava nervoso; meu *script* não fora feito para ser ouvido. O próprio Shakespeare perde muito se lido em voz alta na Triumpho. Tentei dar firmeza à voz e modulá-la acertadamente nas passagens engraçadas, induzindo a pequena plateia ao riso cúmplice e à descontração. A partir do segundo parágrafo da segunda página passei a caprichar menos, sem enfatizar intenções. A leitura ficou ainda mais hesitante e gaguejada quando a secretária de peruca vermelha levantou-se e saiu como se houvesse urgência de terminar um serviço. Para mim foi como, numa plateia de novecentas pessoas, trezentas se retirassem ao mesmo tempo. Às vezes olhava para o público. O Gentile permanecia atento, mas o nipão de tanga parecia estar com o saco cheio. Não demorou a levantar-se também, com o jeito de vou até ali e já volto, porém não voltou. Agora era eu e o Gentile. Eu apresentava a leitura, saltava palavras, ignorava vírgulas e chutava pontos. Exclamações e interrogações contornava dos lados. Escorreguei numa reticência e quase caio se não me seguro com ambas as mãos num trema.

— Acabei, Gentile.

O produtor saiu da sala, talvez querendo conhecer a opinião dos outros. A meu ver, já haviam opinado. Então, desacostumado a cenas de suspense, vivi uma longa espera, ora de pé, ora sentado, ora à janela. Cigarro não encurtava o tempo. Aceitaria depressa um especial do Lorca.

O Gentile voltou.

— O material é bom — disse. — Mas pode carregar. Meta uma bicha, o povão gosta.

— O que ela fará na história?

— Nada, apenas passeará pelo enredo. Entende?

— E o que mais?

— Mostre muito o mar, mas um mar sacana onde só os trouxas nadam.

— E que tal um colchão pneumático, boiando entre uma sequência e outra? O mesmo colchão com casais diferentes. Um magrela e uma gorducha. Um anão e uma grandona. Um crioulo e uma loura. Um velhão e uma garota. E no fim a tal bicha, que afinal consegue um parceiro.

— Perfeito. Não faça economia de sexo, William. É o que dá bilheteria.

Depois falamos de dinheiro. Eu receberia dois cheques de igual valor: um já, outro depois, incluindo correções e diálogos adicionais. Assinei o contratinho batido pela secretária de peruca vermelha. Havia uma cláusula para assustar novatos e apressadinhos: em caso de desaprovação, não haveria o cheque número 2. O roteirista teria de escolher entre um café no Soberano e um pontapé no traseiro.

Principal advertência:

– Cuidado com o orçamento! não vá encher a fita de personagens, como fazia Cecil B. de Mille. Quero economizar, para gastar mais com a atriz principal.
– Alguma em mente?
– Eliana Brandão-ão-ão-ão-ão-ão-ão.
Ainda vivo, consegui respirar e até falei:
– Ela vai pedir uma nota preta!
– A fita vai precisar duma grande atração, e, hoje em dia, onde Eliana está o publicão comparece. Você não calcula o número de tarados que há neste país.
Realmente não calculava.
Fui descontar o cheque do Gentil, mas como sou pouco materialista, não pensava no dinheiro, fascinado pela possibilidade de conhecer Eliana Brandão cara a cara. Para fazer rodar mais essa hipótese, fui a pé até o Elevado. Quando entrei no apartamento, o Lorca saía com uma corda em que havia um nó. Disse nó, e todos sabem o que é um nó, mas não é assunto preferencial agora, apesar de sua dramaticidade e aflitiva urgência.

14

Então, e de novo, a máquina. Não sei quantas vezes escrevi a primeira página do roteiro. As imagens permaneciam no papel, sem asas nem contorno. Sentia-me como se dirigisse uma jamanta num piso lavado com sabonete. Mas, num efeito de trucagem, substituí Marlene, a personagem, por Eliana Brandão. Esqueci a moça de papel e passei a mexer com outra já pronta para o consumo. Meu trabalho de escritor não era criar a Sereia, bastava persegui-la.

Eu dispunha de cem minutos e não podia haver um que fosse vazio, truncado, lerdo, repetido, sem ação, dúbio ou desligado do enredo. Gentile me emprestara alguns roteiros que me advertiram como era terrível seu lápis vermelho.

Durante a redação do roteiro nem olhei para o Lorca e o Jardim, este também preocupado com o dito nó. Era eu e a máquina, mais

ninguém. Reuni, enfim, a papelada e rumei para a Triumpho, levando a pasta e uma pergunta:
— Eliana Brandão topou?
Gentile não respondeu, queria a pasta. Inquieto, fui para o Soberano tomar cerveja. Ao voltar, o produtor concluía a leitura. A espera do veredicto me lembrou outra, a que antecedeu a extração dum molar infeccionado. O futuro tem sempre a cara dum dentista.
Gentile leu o pingo final.
— Tem chica-chica-bum.
— Tem o quê?
— Chica-chica-bum.
— Isso é bom?
— O ritmo está bom, a história cresce, as personagens andam e têm muita bunda.
Concordaria o crítico que fizera as orelhas consagradoras do meu livro? Vi o Gentile juntando e guardando as páginas com prazer nos movimentos. A da peruca vermelha:
— Faço o cheque?
— Faça.
Para mostrar que deixara a máscara em casa, além de tudo um roteirista modesto quis saber:
— Devo tirar ou acrescentar alguma coisa?
— Queria que fizesse algumas ceninhas pro Nukada, assim de índio. Sempre há uma verba para assistência social.
— Talvez o ponha no colchão pneumático com uma turista tarada.
Aceso o sinal verde, o cheque número 2 sendo batido, refiz a pergunta:
— Aquela atriz, como é mesmo o nome? Vai trabalhar?
— Eliana Brandão? Li a sinopse para ela pelo telefone. Endoidou. Tinha um filme apalavrado, mas desistiu dele. Loreta já datilografou o contrato. Assina amanhã. O único problema é com o distribuidor. Eliana odeia seus cartazes. Um lixo!
Uma ideia generosa:
— Conheço um cartazista formidável.
— Chame o homem. Eliana é boazinha, mas é bom atender quando reclama. Uma vez não gostou dum cenário. Sabe o que fez? Tacou fogo nele. Ela é assim.

Eu nem tinha anotado o endereço do Guanabara. Sabia apenas que morava na Barra Funda, perto das porteiras. Lá, ouvindo os trens, fui perguntando por um mulato esquelético que desenhava. Um dedo me apontou um portão escancarado.

Era um cortiço ou espécie de, com um grande pátio recortado de janelas rasteiras e desvidraçadas. Junto ao muro, e em toda a sua extensão, havia um tanque coletivo onde inquilinas brancas e pretas lavavam roupas ou simplesmente posavam para um pintor primitivista que no momento fora urinar. Gritei:

– Guanabara! Guanabara!

Desta vez, vários dedos, indicadores, me apontaram uma porta; empurrei e entrei.

Antes de ver o quarto, vi um mulato-palito largado numa cama. Guanabara emagrecera muito desde a última cerveja.

– Guanabara, sou eu!

Foi abrindo as pálpebras milímetro a milímetro. E depois os lábios:

– William Ken Taylor?
– Como vai?
– Quero ser cremado.
– Você precisa é comer. Há um restaurante, descendo a rua. Aguenta ir rolando?
– Chame Suzana. Ela ajuda.

Fui à porta e chamei:

– Suzana!

Uma das lavadeiras, mulata, aproximou-se:

– Ele já morreu?
– Me ajude a levá-lo ao restaurante aí embaixo.

Mesmo usando um pijama todo aberto, escorregadio por causa do suor do corpo, Guanabara foi levado ao restaurante. O prato do dia era bacalhau: pedi duplo. E enquanto o bacalhau não vinha, uma jarra de leite. Foi pouco. Tomou duas. Quando o bacalhau chegou, dois garçons e o gerente acercaram-se para ver o Guanabara comer. Fome também é espetáculo.

– Você me salvou a vida – agradeceu Guanabara, quando calculou que a conta já estava grande demais.

– Puro interesse.

– Que interesse?
– Sente-se com força pra encarar o ofício?
– Faço qualquer coisa pra não morrer de fome. Desta vez só não morri porque consegui amarrar minha alma no pé da cama com o fio do rádio.
– Sorria, está empregado.
– Editora?
– Cinema. Vai fazer cartazes.
– Nunca fiz um cartaz.
– Isso é ótimo. A experiência às vezes inibe.
– Quando começo?
– Amanhã. Deixarei um endereço, dinheiro para o táxi, cigarro e o pão. Cuidado com o leite, cria dependência.

Ao chegar, afinal, ao Elevado fiquei mais por dentro da história do tal nó, dela participando com atenção, dedos e torcida.

15

Eu estava deitado em meu quarto, ouvindo a cidade, quando o Lorca entrou com aquele pedaço de corda e o nó.

– Tente desatar – suplicou ou ordenou, não recordo.

Pressenti problemas, porque o Lorca nunca se ocupava de coisas materiais ou sólidas. Suas urgências eram sempre líquidas, gasosas ou em pó. Pus meus dedos a funcionar com a displicência de quem descasca uma laranja, mas alguma dificuldade inicial e o olhar angustiado do tecladista logo me esclareceram que aquilo não era teste apenas para unhas e falanges. Precisava pôr talento naquilo e, mais que talento, paixão.

– Não consigo.

– Tente mais, trata-se de um caso de vida ou morte.

Evidente que lembrei do nó górdio e da forma desonesta com que foi desfeito; porém, à falta duma espada e mesmo duma tesoura, fiz novos esforços, pondo toda a destreza possível nas pontas dos dedos. Era pedir demais para quem não sabia fazer tricô.

— Desisto, Lorca.

O companheiro arrancou-me a corda e caminhou desesperado para a porta.

— Aonde vai?

— Suicidar-me – respondeu dramaticamente com a boca toda.

Não era verdade. Pelo menos naquele dia (soube por diversas fontes) que fizera o mesmo desafio da corda a uma vintena de pessoas, inclusive a um cego com seu tato mágico e disciplinado. Depois, sim, foi para o Viaduto do Chá, donde os paulistanos costumam se atirar, mas atravessou-o todo e entrou num bar.

Lá pelas tantas apareceu o Jardim atarantado.

— Vi o Lorca falando sozinho na praça. O que há com ele?

— Há um problema qualquer com um nó – informei.

Lorca retornou à noite, ainda com aquilo nas mãos. Estava com uma cara que igual eu só vira no cinema sobre o pescoço de Robert Mitchum num filme em que fora sacaneado por Robert Taylor.

— Arranjem-me dinheiro – disse. – Vou a Santos. Acho que algum marinheiro pode fazer isso.

O Jardim, para evitar a viagem e o empréstimo, pegou a corda para desatar o górdio. Tentou com suas unhas compridas, tentou com os dentes e depois apelou aos palavrões. Este último recurso quase deu certo. Faltou persistência.

— A gente financia a viagem – prometi. – Mas antes nos conte a história desse maldito nó.

Depois da bofetada que se seguiu a um beijo resvalado, Lílian disse ao Lorca que somente aceitaria suas carícias se ele fosse à sua casa já com o pedido de casamento.

— Vamos lá! – replicou o Lorca. – No momento estou desempregado, porém tenho excelente caráter.

— Mas sou filha do Barretão!

— Isso é mau?

Nem tanto, porém o Barretão, homem forte, enérgico e puritano, dedicara toda a vida ao escotismo, fiel ao verde, à memória dos hinos patrióticos e às boas ações diárias dos estatutos. Aos seis anos já era lobinho e até à morte da mulher, quando já contava com cinquenta, comandara agremiações do gênero. Nas grandes datas cívicas, desfilava. E, no mínimo, duas vezes ao ano acampava com a criançada.

– Ele só consente que eu case com um ex-escoteiro.

– Pois está falando com um deles.

No dia seguinte Lílian apresentava o Lorca ao Barretão.

– Papai, o Lorca foi escoteiro.

Nada melhor poderia ter sido dito para facilitar as coisas. Barretão pegou o Lorca pelo braço e levou-o ao quarto dos fundos, verdadeiro museu de roupas, objetos e *souvenirs* dos seus tempos de escotismo, e, dominando tudo, um grande retrato emoldurado de Baden-Powell. Lorca postou-se diante da parede, respeitosamente, não digo como se estivesse olhando o próprio pai, porque não dispunha sobre ele de informações precisas, mas como se reverenciasse um deus. Depois, com saudosa sensibilidade, foi tateando flâmulas, bandeiras, capacetes, medalhas, apitos, bastões e cordonetes verde-amarelos. Ao ver um cantil, não resistiu: abriu-o.

– Quanta limonada tomei nesses cantis – declarou Lorca.

– Não tenho posses, mas quem casar com Lílian herda tudo isso.

Lorca lançou novo olhar panorâmico ao quarto, tão sincero como se pretendesse a mão de Lílian por puro interesse museológico.

– O senhor vai viver ainda muitos anos – augurou.

– Espero que sim. Não fumo, não bebo nem como bicho morto. Sou vegetariano.

– Carne ainda não consegui deixar – confessou o Lorca, meio de lado para que o futuro sogro não sentisse o agradável odor do conhaque bebido no boteco da esquina para ganhar coragem. Na verdade, três conhaques.

– Mas café eu tomo – disse o Barretão conduzindo o pretendente pelo braço à cozinha. – A não ser que prefira leite de soja.

– Amo leite de soja, mas vamos ao café.

Lílian, com sua beleza matinal e caseira, serviu duas enormes xícaras de café. Da cozinha passaram para a sala de visitas. Sentaram-se em gastas poltronas e, durante lentos minutos, conversaram sobre as chuvas de novembro e o desordenado trânsito paulistano.

Então, isto:

– Qual era o seu setor?

O queima-roupa chamuscou a camisa do Lorca.

– Meu setor? Como assim?

– Eu era do Setor Leste – esclareceu o Barretão.

A resposta só podia ser:

– Eu era do Setor Oeste.

Barretão deixou que a saudade moldasse seu rosto. Mas havia um velho despeito:

– Em matéria de hinos e marchas, vocês sempre estiveram na frente. Seus únicos rivais eram os Escoteiros do Mar.

– Verdade, os Escoteiros do Mar eram muito afinados.

O velho escoteiro continuou em ritmo de lembrança, tentando recordar qualquer coisa por compressão ocular. E conseguiu:

"Fala, meu bem
Grita, meu amor
Um viva ao Setor Oeste
Não é nenhum favor".

O visitante imediatamente falsificou a cara, como se recebesse de presente um estímulo à memória:

– Nossa canção, seu Barreto! Letra e música!

– Lembra a segunda parte?

– A segunda?

– Lembra?

– Às vezes ela me vem perfeitamente, mas agora...

– Era assim:

"Das meninas quero beijos
Dos velhinhos quero histórias
Dos setores quero Oeste
Que está cheio de vitórias".

– Há muito tempo que andava querendo lembrar! Que cabeça a minha!

Com um pavor súbito, que começou nas pernas, Lorca levantou-se.

– Bem, tive muito prazer – foi dizendo.

Barretão continuou sentado, agora cabreiro.

– Que posto alcançou?

– Monitor.

– Quem comandava o Setor Oeste no seu tempo?

Lílian, que não acreditava no Lorca, levantou-se também para apressar a retirada do namorado.

– Chefe Mário.

– Mário? – repetiu o velho escoteiro.

– O bondoso chefe Mário. Devo-lhe muito.

– Era um alto?

– Muito alto – confirmou o Lorca.

Houve uma pausa com veneno.

– Era negro ou branco?

O olhar nervoso de Lílian agravou a situação do Lorca.

– Bem, a gente não pode lembrar de tudo.

Barretão fixou o pretendente da mão da filha como se ele fosse um lobinho que esquecera de praticar sua boa ação diária, ou um escoteiro apanhado masturbando-se em plena Semana da Pátria.

– Como pode esquecer se um homem é branco ou preto?

– Não sou racista, para mim pouco importa a cor das pessoas. Sim! O chefe Mário era negro, mas o que ficou em minha memória foi seu caráter e seu amor ao escotismo.

Lorca deu alguns passos na direção da porta, mas Barretão não permitiria que seu museu fosse para as mãos de qualquer um.

– O chefe Mário era perito em armar barracas. Você aprendeu com ele?

– Claro! Onde pensa que me instalo quando viajo? Em hotéis? – concluiu com salivosa repugnância.

Barretão ainda sentado:

– O chefe Mário teria sido um grande alpinista.

– E por que não foi? – perguntou Lílian, que deveria ter-se mantido calada.

– Pergunte ao Lorca – respondeu o pai marotamente.

Lorca teve a impressão de que o velho lobo das campinas, viciado em cheirar oxigênio puro, colocava barreiras em seu caminho. Uma fração úmida de sorriso surgiu no canto esquerdo de sua boca. Por que o chefe Mário não se tornara um grande alpinista?

– Sim! Sim! Ele ficava tarado quando via uma montanha, mas... a mãe dele, dona Isaura, morria de medo quando ele subia. A coitada era cardíaca.

Lílian olhou o pai, que não se apressou em confirmar ou não a explicação. Ele levantou-se, deu alguns passos pela sala e informou:

– Ele tinha uma perna defeituosa.

– Mesmo assim, escalaria até o Everest – assegurou o Lorca. – Se abandonou o alpinismo foi por causa da velha. A perna pra ele não era empecilho!

Nesse ponto da conversa Barretão saiu da sala e logo em seguida voltava com a corda, o nó e um abominável sorriso nas faces imberbes.

– Vocês do Setor Oeste sempre se julgaram muito entendidos em nós. Certo?

– Certo.

– Confesso que nunca suportei suas bravatas. Pois bem, aqui está um belo nó. Desate.

Lorca lentamente pegou a corda.

– Devo estar fora de forma.

– Fazer e desatar nós é como andar de bicicleta. A gente nunca esquece.

O quase-noivo fez uma tentativa, fez duas, fez três.

– Papai, o Lorca não está aqui para isso. Veio me pedir em casamento.

Barretão, benevolente, deu um tapa nas costas do visitante.

– Pode levar a corda.

– Posso?

– E quando tiver desatado o nó, volte. Aí, sim, falaremos do noivado.

Eu e o Jardim esvaziamos nossos rasos bolsos e demos ao Lorca dinheiro suficiente para ir a Santos. Pensamos que partiria no dia seguinte. Engano: naquela mesma noite apanhou um ônibus e seguiu com a corda para a orla.

– Amanhã estará tudo bem – disse o Jardim.

Lorca não voltou no outro dia e nem na semana seguinte. Dias depois, recebemos um telegrama de Ushuaia, lá da ponta da América do Sul, com um "até a volta" geladinho. A palavra nó não constava do telegrama.

16

O Guanabara trabalhou depressa. Resolvi apanhá-lo na Barra Funda para, antes da entrega, avaliar a qualidade dos desenhos. O cartaz-base, quase arte-final, seguindo a sugestão do título do filme, mostrava uma sereia de seios opulentos, tomando champanha num sofisticado quarto de motel. Apenas um espelho, refletindo parte do rabo, revelava a origem marinha do espécime. Ótimo!

– Ponha tudo debaixo do braço e vamos ao Gentile.

Não vejam em mim um Odilon, preocupado em puxar do pantanal alguns braços desarvorados. Queria somente reviver a dupla Taylor-White, que dera certo na editora pirata.

– Gentile, este é o Guanabara.

O produtor desenrolou o *layout*. Preocupado, do mulato o Guanabara só conservava os cabelos crespos; embranquecera. A secretária da peruca vermelha entrou, espiou os desenhos, fez uma cara de nada e saiu.

– Já falei na distribuidora. É aí na esquina. Quem cuida disso é o Rocha, um gordo mole. Ele vai dizer sim.

Boas notícias também ressecam; eu e o Guanabara paramos no Soberano para uma cerveja rápida. Depois, fomos. O Rocha, com a cabeça feita pelo Gentile, facilitou:

– É o que queríamos. Gostaria que fizesse outros cartazes.

A brancura do Guanabara desapareceu, voltando o mulato.

– Conte comigo, seu Rocha.

– Agora ele precisa dum adiantamento – disse eu.

– Quanto?

Saímos da distribuidora amando o Rocha. Fomos novamente ao Soberano, onde nos demoramos bebendo cerveja, o que foi um mal. Ao voltarmos à produtora, sentimos logo à entrada um cheiro gostoso do velho Rodo Metálico, principalmente da terça-feira de carnaval, já com uma parcela de saudade. Apareceu a secretária da peruca; ela não cheirava assim.

– Que perfume – exclamei. – De quem vem essa delícia?
– É de Eliana – informou Gentile.
– Eliana Brandão? Ela está aqui?
– Esteve. Veio buscar uma cópia do roteiro.

Quase que vejo pela primeira vez a beleza tridimensional da página dupla. Pemaneci na sala até que todo o perfume fosse aspirado. Quando senti que o que entrava pelas narinas já era a Triumpho, voltei ao bar de cara amarrada. Depois dum azar desse, só bebendo, como aconselha a Bíblia.

17

Além de não fazer nada no apartamento, passei também a não fazer nada na Triumpho. Parado no Soberano, em horário integral, eu já me tornara um da rua. O Gentile, quase não via, mergulhado que estava na corrida da produção e sem o dinheiro todo. Se não conseguisse, sua rotina, teria de vender pedaços do filme e dos lucros. Acabava sempre se contentando com uma fatia pequena dos próprios bolos. Além disso, tinha inimigos poderosos. O maior: a censura, que metia a tesoura nos seus filmes, ou pior, esquecia-os nos gavetões de Brasília. O segundo era a crítica especializada, que não lhe perdoava as grossuras e exigia-lhe temáticas políticas, impossíveis naqueles anos. O terceiro inimigo era o cinema estrangeiro, que já vinha de fora com imensa promoção e, mesmo quando impróprios, passavam livremente pelos censores. Gentile lutava bravamente contra esses dragões, refilmava às pressas cenas mutiladas, corria dum lado a outro com suas latas, esperneava no telefone, entrava em briga de foice, caía dez vezes, levantava onze e no décimo quinto assalto ainda estava de pé, embora com os olhos inchados e sangrando.

Outros produtores, mais afortunados que o Gentile, circulavam pela Triumpho sem aquela pressa de quem ainda não chegara. Alguns até decidiam com uísque, ar condicionado, entre paredes lambrisadas. Mas havia o Tony, que nem endereço possuía. Sua empresa funcionava num Ford Corcel, sempre estacionado diante do Soberano. A vantagem para quem o procurasse era que nunca podia mandar dizer que não estava. Artistas e técnicos convocados para seus filmes tinham que entrar um a um, devido à falta de espaço, pois no banco traseiro uma datilógrafa, com a máquina sobre as pernas, ia batendo os contratos. O carro-escritório possuía ainda arquivo e almoxarifado com material de trabalho, mas não se via toalete nem sala de espera.

Podia enumerar outros produtores, mas vi o Gentile na rua, chegando da filmagem externa. Fui ao seu escritório, querendo saber como ia o filme. Mentira, queria era saber de Eliana.

– Como está a filmagem, Gentile?
– Tudo dando certo!
– Vou ao Guarujá lamber a cria.

Gentile pegou um balde de água fria e jogou em mim.

– Por favor, não apareça lá. O Lisboa é um diretor meio inseguro, perde o equilíbrio por qualquer coisa. E não sabe trabalhar com o autor perto. Ainda mais tendo de dirigir uma estrela temperamental como a Eliana. Faz isso?

– Faço, Gentile – respondi, dando um chute no balde que ninguém viu.

No Soberano odiei o Lisboa durante uma cerveja inteira, diretor medíocre, incapaz de orientar com firmeza a anfíbia beldade do meu filme. E vendo o dia estragado não quis mais a Triumpho. Voltei ao apartamento. Lá, o indecente Jardim estava nu, peruca na cabeça, a rebolar sobre a mesa da sala. Fora, as brecadas e buzinadas atestavam que o espetáculo ainda agradava. Mesmo sem subvenção oficial, podia permanecer em cena por muito tempo.

Aí a surpresa: a porta se abriu e surgiu o Lorca, sumido há uns vinte dias. Com o paletó dobrado sob o braço, queimado de sol e com o jeito de quem fumara muitos especiais, largou-se logo no sofá, olhando e olhando.

– Não é boa a vida de marinheiro – declarou com a boca mole.

18

Em Santos o Lorca entrou num navio com a corda, jogou *craps* com os marinheiros, embriagou-se e, como embarcadiço avulso, varreu o convés em viagem de ida e volta a Ushuaia. Essa foi sua versão, mas nunca a definitiva. Parece que foi encontrado dormindo numa cabina depois da partida do barco. Desimportante. Para o Lorca não era a ação que valia, mas sim as consequências.

– E quanto ao nó? – perguntei.

Mostrou a corda. Voltara mais suja da viagem e lá estava o nó, ainda mais górdio.

– Cento e vinte e um marinheiros tentaram desatar essa coisa e não conseguiram – informou. – Disseram que na Indonésia há um homem capaz de fazer isso. Mas lá eu não vou. Acho que não vou.

Então o Jardim, nu como estava, e com aquela sensualíssima peruca, disse, dando um tapinha no rosto do infeliz Romeu:

– Não se preocupe, tenho a solução.

– A solução é meu suicídio – murmurou o Lorca.

Aí o Jardim explicou-se:

– Enquanto você viajava encontrei a chave.

– Que chave?

O detetive saiu da sala e foi para o quarto. Não demorou muito. Voltou trazendo uma corda do mesmo tamanho e da mesma cor que o Barretão dera ao Lorca, mas... sem nó.

– Leve esta ao sogro e diga que desatou o nó. Ele não vai perceber que a corda é outra.

Lorca examinou as duas cordas e começou a rir. Depois deu um beijo no Jardim com a afetividade rude dum atleta russo. Tínhamos um litro de conhaque dos piores, mas serviu para a comemoração.

19

Dia seguinte. Lorca entrou na casa do Barretão, que o recebeu com um sorriso gozador. Contou que fora a Ushuaia visitar um parente, daí o desaparecimento.

— E o nó, seu Lorca? — perguntou o escoteiro, reativando o aludido sorriso.

— Ah, o nó — pegou a corda e jogou sobre a mesa. — Ia esquecendo. Foi uma canja.

— Vocês do Setor Oeste realmente entendem disso — admitiu Barretão. — Até mesmo a pessoa que fez esse nó, um monitor japonês, não conseguiu desatá-lo. Perdeu o próprio desafio. Meio louco, deu um pontapé em seu cachorro de estimação.

Lílian abraçou o Lorca.

— Puxa, pensei que não voltasse mais por causa desse nó!

— Quer um copo de leite de soja? — ofereceu Barretão, comemorativo.

— Claro!

O Lorca, já com a respiração em seu ritmo normal, tomava o segundo copo de leite quando:

— Estive com o Mário. O chefe Mário.

O leitor pode fazer uma pausa, mas o Lorca não fez.

— Ah, esteve? Como está ele? Que saudade!

— Encontramo-nos, domingo, no concerto sinfônico da praça. Reconheci-o logo por causa da perna. Falamos sobre alpinismo. Lembra-se? Tínhamos aquela dúvida.

— Dúvida?

— Você tinha razão. O chefe Mário deixou o alpinismo por causa da mãe.

— Deu-lhe minhas lembranças?

— A princípio não lembrou de você. Mas acabou lembrando. Foi muito amigo de seu tio.

— Eram carne e unha, os dois.

Foi belo o noivado do Lorca. Acordava, lavava o rosto e ia para a casa da noiva. Outras vezes, tão apressado, nem lavava o rosto. O jovem Montecchio também amara muito, mas perdia demasiado tempo com os amigos. Lorca não suportava terceiros; se o próprio Cupido aparecesse por perto seria enxotado.

Eu e o Jardim, que não havíamos passado pelo nó do Barretão e que podíamos dispensar o leite de soja, confessávamos invejar o Lorca até mesmo naquele domingo em que ele, ela e o Barretão escalaram o Jaraguá na alegre companhia dum bando de escoteiros. Mas não contarei antes o que aconteceu depois.

20

A filmagem de *A Sereia do Guarujá* pude acompanhar apenas pelas providências e comentários do Gentile. Ele tinha um sorriso preparado, porém só o exibiu ao vender a última cota da produção. Então relaxou gostosamente na poltrona, cinto desfivelado, à espera dos lucros. Quanto ao Lisboa, que eu só conhecia duma cerveja no Soberano, vi uma única vez naquelas semanas. Mal chegava, já voltava para a praia.

– Como Eliana Brandão está se saindo? – perguntei ao diretor.

Gostaria de dizer como o Lisboa era. Lembram de John Ford ou de Fellini? Pois bem, ele não se parecia com nenhum desses, nem física nem artisticamente. Fixados esses caracteres principais, é fácil imaginar o resto, se amarrado por uma gravata vermelha, que o diretor cinematográfico não trocava nem tirava.

– Como está se saindo não sei. Dizem que trabalha mal. Mas é uma parada, e de 7 de setembro, dessas que caem numa sexta-feira. Quando ela aparece, todo mundo faz continência, fica perfilado, canta o Hino Nacional. Até terrorista desfila.

Achei exagero e nada refinado, embora me visse na avenida a agitar uma bandeirola patrioticamente.

– Ela está gostando do filme?
– Não disse.
– E do papel, falou alguma coisa?
– Ela já fez muitos papéis.

Fui tomar uma cerveja no Soberano, amarga por causa das respostas do Lisboa. Acreditava que Eliana vibrasse com o roteiro e que me mandasse beijos. Não se dá muito valor ao talento na América do Sul.

Quando a filmagem terminou, dissipou-se a esperança de conhecer Eliana. Nosso contato mais íntimo continuava a ser nasal, o do perfume, deixado na sala do Gentile. Eu o aspirava tanto, a ponto de decorá-lo e relembrava-o ao ver as fotos da revista. Somadas ao perfume, ficavam mais próximas e nítidas. Iniciei então uma laborterapia: passava o dia escrevendo sinopses.

O Lorca e o Jardim, vendo-me bater nos teclados sem parar, impressionavam-se. O noivo da filha do Barretão principalmente.

– Jamais serei um homem-hora – admitiu.

Isso foi numa tarde em que preferi bolar pornôs a assinar o ponto no Soberano. Cervejas e taxímetros acabavam com minhas economias. Estava de cueca, suado e com os dedos sujos da tinta da fita da máquina. Com muito calor, arranquei a camisa, joguei um sapato longe para descontrair, e ia jogar o outro quando tocaram a campainha.

Sozinho no apartamento e calçando um único sapato fui atender à porta de má vontade. Podia ser algum cliente do Jardim que o procurava para flagrar o cônjuge. Abri de supetão.

– O senhor é o roteirista do Gentile?

Ela estava ali. De amarelo, vestido curtinho. E em cima do amarelo, um sorriso pedindo um *clic*.

– Sou.
– Prazer.
– Prazer.
– Eu sou Eliana Brandão.

21

Hesito em escrever este capítulo porque não sei descrever tremores, frio na espinha, boca seca, palidez cadavérica e outras graduações sintomáticas das grandes surpresas de fim de capítulo. Aquele não-cotidiano, o imprevisto amarelo, mais parecia coisa do Odilon – e por que não o próprio Odilon vestido de mulher, brincando com meu destino ou tentando melhorá-lo?

Mas era preciso confirmar, pois as miragens não têm mais que um milímetro de espessura e geralmente não falam português.

– Você é Eliana Brandão?
– O Gentile me deu seu endereço.

O chato é que eu não estava de *smoking* nem tinha uma Chandon em minha adega.

Assim que Eliana pisou o interior de minha mansão em Malibu, novamente senti o perfume que ela esquecera na produtora, constatei sua tridimensionalidade e admiti que havia um fato novo no Elevado. Como era Eliana Brandão em pessoa, fora da tela, fotos e cartazes? Não esperem resposta, reflitam apenas na pergunta. Não há dúvida, eu disse para mim mesmo: o anjo Odilon quer somar pontos para ganhar divisas de arcanjo.

– Não repare nesse desmazelo. Minha empregada tem faltado.
– O barulho é sempre assim?
– Às três da madrugada se pode até ouvir uma mosca. Pena que se mudaram para outro bairro.
– Tudo tem o seu encanto – disse a estrela com uma de suas pontas perto de meu nariz.
– Não sou inimigo da poluição sonora – confessei. – Nesse mundo há muita coisa que não merece ser ouvida.

Eliana olhava a sala como se fosse um cenário maluco. O claudicante *playwright* percebeu, afinal, que sua cueca estava aberta e que talvez fosse mais elegante trocá-la por uma sunga. Pediu licença e foi para o quarto, enquanto a atriz sentava-se num belo caixote de maçãs da Califórnia que usávamos como pufe. Receei que alguns pregos decorativos lhe rasgassem o vestido.

Voltei ao grande *living* da mansão de Malibu usando um *summer* que William Ken Taylor me emprestara, predileto de Gloria Stevens. Eliana achara em alguma parte aquela revista *for men* em que aparecia nua e sorriu para a tresloucada moça da página dupla.

– Ah, você tem esse número?! Tão antigo! Meu marido me abandonou por causa dessas fotos!

Marido, então havia ou houvera um felizardo! Quando eu imaginava virgem a deusa da pornografia!! E a abandonara ao ver que outros viam o que já fora visto por ele. Senti-me um dos responsáveis pela desunião, sensação que pelo menos de pé era boa. Dei um passo e um ligeiro desequilíbrio me mostrou que continuava com um pé descalço, o que me dava um charme especial. Cláudio, imperador, que pisava assim, conquistara Messalina, sapeca Lolita das colinas romanas. Concluí que o pé estava certo.

— Seu marido a abandonou?

— É um gaúcho muito ciumento, mas não nos desquitamos. Eu continuei aqui e ele voltou para o sul.

— Lamento — falou o hipócrita autor de pornôs.

Eliana, no caixote de maçãs, à vontade como se estivesse num estúdio fotográfico, cruzou as pernas, pouco se importando com o pedaço de coxa que ficava visível. Coxas grossas, recém--queimadas pelo sol escalado para fazer figuração em *A Sereia do Guarujá*. A personagem do filme ainda estava nela, na pele, e continuaria até que descascasse.

— Gostei muito do seu roteiro — disse ela com sorriso falso, mas com olhar sincero.

— O Lisboa não me disse nada — envenenei.

— Ora, o Lisboa não serve nem como menino de recados. O filme vai colar por causa do roteiro e porque trabalho nele. Aquela cena do helicóptero foi a melhor que já fiz. Donde é que tirou aquela ideia biruta?

Com apenas um pé calçado era mais difícil manter a modéstia, experiência que anotei e depois enviei a um grupo de estudos psicológicos.

— Ideias assim me ocorrem sempre — me ouvi dizer. — Principalmente depois que mudei para cá. Numa sinopse que estou escrevendo, bolei uma dúzia de paraplégicos, em cadeiras de rodas, jogadores de basquete, tentando currar uma garota gorda, irmã doutro paraplégico ausente.

Eliana ergueu-se do caixote e deu um giro lento em torno dele, levando a passeio seu último sorriso.

— Então está escrevendo outros roteiros?

– Apenas sinopses, que pretendo vender na Triumpho.
– Posso levar para ler? Se me agradarem, falo com os produtores. Uma palavrinha minha às vezes resolve.

Já com alguma bagagem de andar com um pé descalçado, fui até o quarto, onde apanhei três resumos, um deles ainda incompleto. E claudiquei até a sala.

A maravilha dos trópicos pegou as sinopses e enfiou-as numa bolsa de palha. Deixou-me um cartão.

– Telefone para mim amanhã ou depois.

Fui formal:

– Não sei como agradecer.

– Se eu gostar, a gente se vê.

A miragem atravessou a porta e saiu. Não ouvi passos e só o que vi foi um beduíno montado num camelo. Então, para fechar o capítulo, entrou inesperadamente o Jardim. Olhos arregalados e boquiaberto. Salivava.

– Quem é a tigresa?

Natural, calmo, preguiçoso, apenas perguntei:

– Refere-se a Eliana Brandão?

– Eliana Brandão?!

– Deve ter deixado impressões digitais, detetive. Vai conferir?

Jardim largou-se no caixote. Era um invejoso como todo mundo.

– Vocês se conhecem?

– Somos assim – expliquei, com um dedo sobre o outro, como sempre se faz para dar força a uma mentira.

Jardim pregou os olhos nos meus dedos e não os tirou até o término do capítulo.

22

A inveja que o Jardim deixou na sala foi tanta, que tive de apanhar a vassoura para varrê-la. Já o Lorca, quando soube da visita de Eliana, não demonstrou isso. Apenas apontou para uma imaginária parreira de uvas e disse que estavam verdes.

– Cuidado com atrizes, escritor. Quando Ava Gardner esteve no Brasil, eu não quis nada com ela.

– Conheceu pessoalmente?

– Não, deixei o recado na portaria do hotel.

Mas no Elevado me sentia melhor sozinho do que na companhia de minha própria sombra. Calcei o sapato do pé esquerdo e passeei pelo apartamento, para lembrar-me de Eliana. Curiosamente, logo constatei que só o conseguia claudicando. A imagem de Eliana me ficara como a da Torre de Pisa, caindo pro lado. Atirei para longe um dos sapatos e então o teipe de sua chegada e permanência foi rodado várias vezes, inclusive com *stop-motion* no fotograma em que ela sentou-se no caixote e mostrou as coxas. Não saí do apartamento aquele dia, certo de que na rua o frágil cristal daquela lembrança se fragmentaria.

No dia seguinte, toda a ação se resumiu na espera da hora de telefonar para Eliana. Telefonaria pela manhã, à tarde ou à noite? Decidi telefonar à noite, para não denunciar afobação. Mas telefonei pela manhã e bem cedo. Uma voz de empregada me informou que a patroa ainda dormia. Liguei à tarde. Uma voz de bicha me disse que dona Eliana já saíra. E, à noite, uma voz de machão respondeu que ela ainda não voltara.

Dia perdido, esperei pelo outro. Disquei depois do almoço.

– A patroa não está.

– Quando volta? – perguntei à empregada.

– Sei lá, moço! Foi viajar.

Apareci no Gentile como quem não quer nada. Ele me disse que a montagem da *Sereia* ia de vento em popa e que o montador, pessoa sensível, já se masturbara.

Muito menos profissional que William Ken Taylor, perguntei:

– Notícias de Eliana?

– Viajou para o Sul.

– Quando volta?

– Quem sabe da vida de Eliana? Quer ver parte do copião?

O que vi era genial na opinião do Gentile e não discordei, mas a cena do helicóptero – puxa! – a cena do helicóptero me mostrou a mais sensacional tomada aérea que já tinha visto! Nem mesmo aquelas antigas, dos bombardeios de Berlim, me causaram tamanho impacto. E a outra, ela e o madurão no interior da manilha, no desconforto do redondo, também me abriu e grampeou a boca e os olhos. Saí da sala escura cambaleando, o que se atribuiu à emoção de pela primeira vez ver minhas bolações filmadas. Mas tinha sido Eliana e não os desatinos do roteiro que me trançara as pernas.

Fui beber cerveja no Soberano, não para ver alguém, mas para ser visto, porque se não me encomendassem logo outro roteiro as coisas voltariam a pretejar. Esse pessimismo, porém, se afogou todo no terceiro casco. O álcool faz desses bens. Eliana não ficaria a vida toda no sul, regressaria; e usando um nariz postiço, atucanado como o do Odilon, talvez me salvasse, forçando algum produtor a comprar uma das sinopses. Depois dumas quatro horas de cerveja, só ou com gente da Triumpho, que entrava e saía do Soberano, tornei ao Elevado, sabendo que, acordado ou dormindo, agora só me restava esperar.

Diariamente, quero dizer duas vezes ao dia, passei a telefonar para o apartamento de Eliana, e geralmente ouvia a voz da empregada, que já conhecia a minha e ia logo dizendo que a patroa continuava no Sul. Um dia, para quebrar a monotonia, informou que Eliana já havia voltado, ficara algumas horas em São Paulo e partiu para o Rio. Quem sabe do Rio viajasse ao Nordeste. Certo assim. O País inteiro tinha o direito de ver ao vivo ou em casa pela televisão aquela enlevante criatura; afinal todos pagam impostos.

Como Eliana não voltasse e o meu mês de rodízio tivesse levado quase todos os meus cruzeiros, fui ao Gentile e pedi socorro. Respondeu-me sensatamente o produtor que eu receberia pedidos para escrever alguns ou muitos roteiros, mas somente depois do lançamento de *A Sereia do Guarujá*. Já se falava bem de mim na Triumpho, porém São Tomé, apesar da lição recebida, continuava querendo ver para crer. A menção dessa antipática figura bíblica, embora a mais querida dos empresários, provavelmente o grande mestre dos homens da mídia, me levou à distribuidora onde o mulato Guanabara, salvo por uma bacalhoada, planejava erotismos gráficos. Embora atarefado com as linhas que tinha de curvar, com os seios e as coxas que tinha de produzir, com a procura e invenção de cores quentes, tirou uma carteira nova do bolso.

– Diga quanto e só devolva quando puder.

– Obrigado pelo gongo, parceiro. Eu já estava nas cordas e sem a dentadura de proteção.

– Nem que eu viva mil anos não esquecerei aquele bacalhau. Me tornei o maior defensor da fauna marinha. Se precisar de mais algum, estou aqui.

– Não se preocupe, tenho um amigo, o Odilon, que prometeu me ajudar.

Ao chegar, já fui tirando toda a roupa na sala mesmo para me atirar na cama, e eis que ela estava ocupada. Um homem curto, calvo e orelhudo dormia profundamente em meu lugar. Tentei acordá-lo com toques delicados, tapinhas abdominais, cócegas esparsas, antes de chegar ao caratê e kung Fu.

Jardim entrou:

– Deixe o cavalheiro em paz, é o Celidônio.

– Seja quem for, não pagou ingresso para dormir em minha cama.

– É um cliente meu, homem bom. Desapareceu de casa e sua mulher me pagou para encontrá-lo. Estava num hoteleco do Brás. Aceitei um cala-boca e me plantei. A mulher, desconfiada (há sempre pessoas que falam mal da gente), contratou outro sherlock. Agora ele não pode ficar em hotéis, seria localizado. Por isso, trouxe ele para cá.

– Por que ele sumiu de casa?

– Apaixonou-se por uma contrabandista de perfumes, via Porto Stroessner, amiga de sua mulher. Ela ficou no hoteleco à espera de que o tempo ajeite as coisas.

– A mulher sabe com quem ele fugiu?

– Deve saber, porque a tal amiga não apareceu mais para vender perfumes. E ausência também flagra.

O desaparecido continuava dormindo e, como se o Elevado fosse um cinco estrelas, liberou um sorriso parcial.

– Sonoterapia ou simples cansaço? – perguntei ao Jardim.

– Não se incomodaria de dormir na sala? De lá o Elevado é mais fascinante. Preciso ficar ao lado dele para lhe dar assistência moral. Nunca abandono meus clientes.

– Bonito gesto, Jardim. Só espero que o sorridente dorminhoco não use minha escova de dentes.

Quem tem um problema sério como o meu, minha própria sobrevivência, tolera ainda menos um estranho no ninho, como o já descrito Celidônio. Esperava que o Lorca, com seu acentuado espírito de clã, se aliasse a mim para expulsá-lo, pois a cama e o quarto eram bem mais confortáveis que o divã e a sala. Mas o tecladista, ainda apaixonado pela filha do Barretão, perdera a sensibilidade para angústias alheias, e além disso não parava no Elevado, dedicando seu tempo integral às delícias do novo amor.

– Já pensou, Lorca, passarmos um fim de semana, mais um feriado que vem aí, com essa pessoa atravancando o caminho?

Lorca, que bochechava na pia, ultimamente muito ocupado em mudar de hálito, disse:

– Não estarei aqui no feriadão. Eu, a moça e o chefe vamos acampar.

– Você acampar? O que disse o psicanalista?

– Estou redescobrindo o verde, William Ken Taylor!

Era um tempo de bater pernas em busca dos "frilas". Bom, o escritor de Malibu de tanto não fazer nada acabara sofrendo de varizes. Ouvi, então, muitos *nãos*. O *não* pode ser ouvido no conforto e até com certa mordomia. Recebi *nãos* com uísque (dói menos um *não on the rocks*). Há o *não* que só não é *sim* porque a moeda caiu do lado errado. Há *nãos* que vêm embalados em sorrisos e sempre acompanhados de um brinde: um aperto de mão. O *não* por escrito dos operários, não há vagas, por mais dividido que seja, em milhares de pedacinhos, atomizado, nunca perde sua força. Colecionei tanto desses *nãos*, ouvidos nas mais diversas tonalidades e circunstâncias, que quase escrevo um estudo a respeito, não filológico, mas acústico e ambiental – ideia mais para se oferecer que para realizar.

Esse tempo perdido teve recompensa. Enquanto o perdia, o Celidônio, cliente do Jardim, concretizando sua mancebia, ia embora. Obtive minha cama de volta. Acho que foi nesse ponto que telefonaram ao bar informando que o Lorca passava mal.

Felizmente o Jardim andava com um fusca, cedido por uma esposa aflita cujo marido ele procurava. Viajamos uma hora e em Vila Galvão localizamos num mato crespo uma barraca solitária.

Baden-Powell e a filha, cintilante flor de vidro, correram ao nosso encontro.

– Sorte terem chegado! Ele está na barraca!

O Jardim e eu nos curvamos e entramos. Lorca estava largado sobre uma lona dobrada, pálido e respirando com dificuldade. Ajoelhamos ao lado dele e perguntei:

– É o coração, Lorca?

Em voz baixa e cautelosa, respondeu:

– Foi esse maldito ar do campo.

– Sempre ouvi dizer que o ar do campo faz bem.

– Não persistam nesse erro.

– Vamos levá-lo de carro para o Elevado – garantiu Jardim. – Tenho um fusca aí ao lado.

– Não, preciso de socorros urgentes.

– Há médico por aqui?

– Dispenso médicos.

– Que socorros, então? – perguntei.

Lorca apontou a abertura da barraca por onde entráramos.

– Há um zíper aí. Fechem a barraca.

Fechamos.

– E agora?

– Comecem a fumar e me joguem bastante fumaça.

Eu e o Jardim não discutimos. Cada um é médico de si mesmo. O fato, estranho mas fato, é que, após as primeiras baforadas, o Lorca deu sinal de melhora.

– Há dias que não fumo nem bebo. Horrível!

– Trouxe um baseado – disse Jardim.

– Acenda e me dê.

Bastou uma única e longa tragada para que o Lorca sentasse e sorrisse. Antes de terminar o cigarro, o veterano tecladista estava salvo. Eu e o Jardim saímos da barraca.

– Já está curado, seu Barreto!

O pai da moça olhou para o interior da barraca:

– Que fumaça é essa?

– Fumigação. Não há nada melhor para a sinusite.

O Barretão, de acordo:

– Também prefiro os métodos naturais.

O Lorca demonstrou vontade de voltar conosco, mas, por insistência da noiva, ficaria até o dia seguinte. Deixamos um maço de cigarro, que fumaria quando o Barretão dormisse ou enquanto estivesse simuladamente perdido na mata.

Já no carro Jardim comentou:

– Bonita assim, ela não terá problemas para encontrar outro noivo. Pena, o museu do Barretão. Lorca não vai herdá-lo.

23

O Lorca voltou ao Elevado com muita sede e com o bolso cheio de especiais. Os dias no campo não foram felizes, a despeito do verde, das pitangas e duma cachoeira de água cristalina.

– Mas você estava com a noiva – lembrei.

– O Barretão dormia no meio de nós dois. Não a deixou um minuto sozinha. Às seis, ele já acordava a gente, soprando seu apito de escoteiro. Depois ginástica e exercícios respiratórios. Então íamos tomar banho na cachoeira.

– O que faziam à noite?

– Cantávamos hinos patrióticos antes de nos entregarmos à sanha dos pernilongos. Querem ver as picadas?

Naquele dia, no outro e no outro, Lorca bebeu demais e fumou muita maconha. Pensávamos que fosse aterrar porque, dizem, para tudo há um limite, e fosse qual fosse já teria sido ultrapassado. Quando saiu, fomos atrás, atentos a todos seus passos. Entrou num bar e sentou-se; sentamo-nos também.

– Álcool – pediu o Lorca ao garçom.

Jardim, mais mímico que eu, desenhou uma garrafa de cerveja no espaço. Não tínhamos sede, apenas intenção de que o Lorca parasse ali, e nada como um casco de cerveja para determinar o *stop*.

– Agora vou indo – decidiu o Lorca, levantando-se.
– Para o Elevado?
– Antes preciso fazer uma visita.

Quanto a essa visita, não temos o teipe, tudo que soubemos foi pelo próprio Lorca, não no dia, mas uma semana depois. Ele chegou à casa do Barretão sóbrio por fora, beijou a noiva e pediu um copo de leite de soja, que bebeu em curtos e sofridos goles.

– Isto é horrível! – declarou. – Mas é o último que beberei na vida.

– Por quê? – espantou-se o Barretão.

– Ele está brincando – disse Lílian.

– Sou um alcoólatra, chefe – informou. – E faz uma semana que não pratico uma boa ação. Ainda ontem vi um velhinho trôpego atravessar a rua e não fui ajudar. Do escotismo só me interessam os nós e mais nada.

– Não ligue para o que ele está dizendo, pai – suplicou a moça.

– Lamento, Lílian, mas não podemos casar.

– Se ele é um alcoólatra, não permitirei mesmo – disse o museólogo.

Lorca tinha outra confissão a fazer e o pior é que a fez:

– Fumo maconha. Desaprova, chefe?

Barretão abraçou a filha para protegê-la, tinha motivos.

– Pelo menos uma vez por ano, sempre no aniversário de Baden, eu cheiro.

A moça:

– Cheira o quê?

– Pó.

Barretão apontou a porta:

– Retire-se antes que lhe aplique um corretivo.

Faltava isso:

– Há outro motivo que me impede de casar com sua filha. Esse, mais velho e maior. Fiz um juramento de não trair o Setor Oeste jamais. Não me casaria com a filha dum ex-chefe do Setor Leste, escoteiros que nem de nós entendiam. Fui claro?

– Deve ter enlouquecido! – gemeu Lílian.

Lorca chegou à porta, abriu-a, graciosamente ergueu dois dedos e saudou:

– Sempre alerta!

O resto foi uma ressaca comprida, o maior espaço de tempo que o Lorca permaneceu no Elevado, como um astronauta que se recusasse a pousar com sua nave. Chegamos a pensar que era o fim, mas certa manhã levantou-se cedo, barbeou-se e saiu. Voltou com um abacate em cada bolso. Essa habilidade, por nós tão respeitada, já não era lance de quem rompera com a vida. Significava vontade de comer, desejo de prosseguir e proposta lúdica.

24

Eu não era apenas o homem que andava, era também o que sentava, no Paribar ou no Soberano, vendo a tarde passar. Se alguém de nariz atucanado fosse focalizado, poderia ser o Odilon, e eu não tirava os olhos dele até a próxima dobra da cidade. Bebia, mas evidentemente além de beber também telefonava.

O telefonema número mil, com o único propósito de dar continuidade a um hábito, foi assim:

– Eliana Brandão já voltou?

– Eu mesma.

– Sou o roteirista.

– Que roteirista?

– O d'*A Sereia do Guarujá*.

– Eu te conheço?

– Você esteve no meu apartamento, no Elevado. Lembra? Levou algumas sinopses.

– Eu estive em seu apartamento?

– Faz dois meses.

– Escuta, vai haver uma festinha aqui. Alguns amigos transam um oba-oba. Sabe como são essas coisas. Às dez. A gente conversa.

Quando ela desligou, fiquei ainda algum tempo com o fone na mão; tive a impressão de que a cena da visita de Eliana fora invenção minha. Se não fosse o testemunho do Jardim, diria que a poluição sonora já estava me afetando a cuca. Mas o mais provável era que a gaúcha não se lembrava mais de mim nem das sinopses. Eu e elas teríamos sido aspirados eletronicamente pela sua empregada Rita de Cássia, juntamente com o pó do apartamento, cinza e pontas de cigarros.

Chegando ao Elevado já odiando a bela desmemoriada, resolvi não ir ao oba-oba. Mas essa resolução, de cara feia, raspei do rosto ao fazer a barba. Vesti-me da melhor forma possível, roubei cheiros do Lorca, lustrei os sapatos e fui.

Eliana morava num edifício de apenas três andares, sem elevadores nem garagens. Em nada sua residência lembrava a de Gloria Stevens e naturalmente não possuía piscina em forma de coração. O Terceiro Mundo é assim, mesmo para astros e estrelas. Fui subindo as escadas, ela morava no segundo.

À porta, ouvi ruídos de festa. Toquei a campainha. Alguém, que não vi, abriu um palmo de porta. Na sala, um grupo compacto movimentava-se numa farra boa. Forcei um pouco mais a porta para entrar. Ela não cedeu. Empreguei mais força e entendi a resistência. Uma jovem era amassada contra a porta por um admirador impetuoso. Entrei afinal na sala, onde algumas dúzias de pessoas, cada uma vestida duma cor, se comprimia por falta de espaço e excessos de gestos de expansividade. A negra de turbante que passava com uma bandejona cheia de copos devia ser Rita de Cássia. Aproximei-me dela e disse meu nome; ela ouviu, disse o seu e continuou a distribuir bebidas. Eu, já com meu copo na mão, disputei um trecho de parede para encostar-me. Ninguém me conhecia, mas se Rock Hudson entrasse também não seria reconhecido. Na metade do copo comecei a prestar atenção no pessoal, recortando e isolando os convidados com olhar de tesoura. Uma moça gorda, toda de roxo, amando a reunião, abraçava aos gritos todos que se aproximavam dela. Não sou tão experiente nessa matéria, mas me pareceu pó ou *marijuana* da melhor espécie. Alguns, liderados por um jovem calvo de barbicha, discutiam abstratamente o concretismo, e um que estava contra todos apertava a mão no sexo como oferta aos que dele divergiam. Uma bicha baiana, xibungo, emitia de quando em quando uns trinados e, no espaço reduzido que lhe cabia, piruetava. Uma nissei, que segurava um par de maracas, maraqueava o tempo todo, dizendo-se maluca por xaxados e xotes. Um, que já chegara chumbado da rua, deitou-se à vontade sobre uma mesa pequena e dormiu. Havia um sujeito grande, americano ou sueco, que circulava lento a abrir e aproveitar passagens, como se ali estivesse para detectar comportamentos, comprovar informações, tirar conclusões e depois escrever um livro. O nome de Eliana era ouvido sempre, a cada metro, em diversas tonalidades e graus de afetividade, e alguém, não percebi se homem ou lésbica de gravata, pronunciava o nome da atriz chorando copiosamente, grato ou grata por favores recebidos que nunca poderia pagar.

O uísque e pedras de gelo rolavam a contento, mas o calor de fora (era verão) somado ao calor de dentro formavam uma caldeira que justificava certos desatinos. Primeiro um convidado e depois sua acompanhante, ambos jovens, empurrados para um canto da sala, resolveram tirar toda a roupa – eu disse toda –, inclusive os sapatos, sem causar surpresa. O homem grande e louro, já focado, talvez um *brazilianist*, como o olhar arguto fazia crer, passou por ali e, graças à sua estatura de jogador de basquete, viu aquilo, reviu comendo um pastelzinho, e relaxou um pouco, mais conformado com os trópicos.

Já no quarto copo, segui um corredor e abordei Rita, na cozinha:
– Queria falar com Eliana, ela pediu que eu viesse.
– Não está.
– Mas ela vem?
– Como posso saber?
– Deve vir, ela que está dando a festa, não?
– Acha que isso a obriga a comparecer?

O homem que voltou à sala não era mais o esperançoso roteirista que entrara. Participaria da festa sem mais objetivos. Entretanto, não fiquei só e mudo o tempo todo. Falei com muitas pessoas, abracei a gorda de roxo, meti-me na discussão dos poetas concretistas, passei uísque aos jovens nus, dei uma palavra de conforto à lésbica (?) que continuava chorando e tive com o xibungo um longo e sério papo sobre minorias oprimidas. O que disse, defendi e concluí o comoveu profundamente.

Senti pela compressão do ambiente que os convidados continuavam a chegar. Em dado momento, eu e a moça nua ficamos colados, ambos de costas, porém não deu para virar. Mesmo assim, comprimido, de quando em quando apanhava um copo da bandeja que viajava sobre nossas cabeças como um tapete mágico. Em certo momento tive a impressão de que o casal de jovens nus copulava, mas certas coisas fica mais feio ver do que fazer. Perturbado pelo cheiro de maconha e com vontade de urinar, fui ao banheiro, levando o copo. Enquanto eu urinava, uma moça de peitos enormes tomava banho, ignorando-me. E não tomou conhecimento de minha presença nem quando lhe perguntei se a água estava boa.

Assim que a última mosca abandonou o ambiente por falta de espaço, os convivas começaram a sair. A lésbica (?) foi carregada para fora em prantos, e a gorda de roxo praticamente expulsa da festa porque sua alegria cheia de braços incomodava demais. Aproveitando os claros que surgiam na sala, ligaram a vitrola, e alguns pares dançaram, inclusive eu, embora não lembre se com a moça nua ou com o xibungo.

A partir daí não se deve dar muito crédito ao que eu contar – o tempo, molhado de uísque, escolhe. De repente, restavam na sala o provável *brazilianist*, a nissei das maracas ou da maraca, pois perdera uma delas na confusão, o poeta da barbicha, ainda discutindo mas agora sozinho, e um bêbado, colado à parede, cujas pernas cediam, abrindo-se, na medida de um centímetro por minuto. Rita de Cássia, também ébria, ainda passava com a bandeja.

Acho que eu estava com sono, tanto que dormi. Acordei com uma luz, a do sol, batendo nos meus olhos e uma agradável sensação de conforto. Dormira vestido e calçado, numa cama de casal. Sobre o criado-mudo um retrato de Eliana, vestida à gaúcha, abraçada a um cavalo. Não havia dúvida, era o quarto dela. Mas falta falar doutra surpresa matutina: havia uma mulher na cama. Eliana Brandão? Vi primeiro a maraca e depois a japa dos xaxados e xotes.

Levantei pé ante pé e fui para a sala. O bêbado já chegara ao nível do solo, agora sentado, entre garrafas, como Buda. Desci pelas escadas e cheguei à rua. Fui tomar café no bar da esquina. Lá, sentado, o louro alto anotava qualquer coisa sobre o balcão. Parecia ser o primeiro a descrer do que narrava. Não sei se ele disse ou se pensava:

– Engraçado (*funny*) povo (*people*)!

25

Fiquei três dias sem sair do Elevado porque chovia e também o Lorca me arranjou um trabalho que lhe valeu trinta por cento de comissão. Eu estava ainda com a festa da Eliana na cabeça e a resposta do fígado ao álcool na boca, quando ele entrou e me atirou um calhamaço amarelado.

– Você tem três dias para reescrever.
– *A Paixão de Cristo*? – li e interroguei.
– Tenho bons amigos no circo e os convenci a darem uma tinta nova nisso.
– É preciso saco, Lorca!
– Pagaram a metade adiantado. Mesmo tirando a minha comissão, é bom negócio. Aqui está a gaita. Mãos à obra, a Semana Santa tá aí.

O que havia de mais novo em minha versão do texto era o papel. Mas fiz algumas modificações, principalmente na figura de Jesus, um tanto imoderado na produção de vinho, e na de Madalena, não tão arrependida. O importante é que concluí o trabalho em três dias, quando foi entregue e pago.

Assim que terminei a dura tarefa, voltei à Triumpho. Ao entrar na Gentile Filmes, o proprietário saltou da cadeira e me deu um abraço. Não era apenas saudade, mas velocidade. A fita (nunca dizia filme) estava no laboratório.

– Todos que viram a Sereia falam em sucesso.

– Você é o rei da pornochanchada, Gentile!

O produtor fez uma cara que eu desconhecia.

– Acho que nunca faria um pornô se dependesse de mim. Faço o que eles permitem. E eles não querem política, nem mesmo briguinhas de família. Faça uma fitinha sobre Tiradentes ou Castro Alves e veja o que acontece. Só nos resta lidar com bundas.

Gentile falou pouco, mas o suficiente para irritar-se. Convidou-me para refrescar no Soberano. Logo no primeiro copo, lembrou-se:

– Eliana está zangada com você.

– Ela esteve aqui?

– Telefonou.

Com razão: eu dera vexame. Até dormira na cama dela.

– Zangada, por quê?

– Por causa duma festa. Mas não entendi a queixa. Quer um conselho? Procure ela. Não é bom estar no livro preto de Eliana.

A cerveja, de boa, ficou ruim. Certamente a empregada tinha me pichado por ter me excedido logo na visita inaugural. Minha vontade era sumir, evitar a barra. Mas o conselho do Gentile me empurrou.

Como se deslizasse sobre patins, fui da Triumpho para o apartamento de Eliana. Levava a disposição de atirar-me aos seus pés, balbuciando desculpas. *A Paixão de Cristo* me fizera mais humilde.

Rita abriu a porta.

– Dona Eliana.

– Seu nome, por favor?

O quê? Ela, que me servira bebida durante dez horas, já não se lembrava de mim? Seria eu tão insignificante? Disse meu nome, entrei e quando me sentei para esperar a beldade obtive a confirmação de que a noite é uma grande esponja.

– O senhor bebe?

– Se eu bebo? Não, apenas nas grandes datas.

Esperei muito e só na sala, até que ouvi passos de potranca e então a estupenda Eliana Brandão, saindo dum *outdoor* de esquina, surgiu com um ar benevolente de repreminda, como a mãe que finge dar tapinhas no filho que se recusa a tomar mingau de aveia.

– Por que não vieste à minha reunião?

– Eu vim, Eliana.

– Vieste? Rita não me disse nada.

– Vim e cheguei até bem cedo, mas, como você não estava, não me demorei mais que uma hora. Nem sei se cheguei a tomar alguma coisa.

– Realmente, tive um compromisso inesperado. Telefonei umas três vezes, mas como não estavas, não voltei.

– Leu as sinopses? – perguntei, disfarçando minha ansiedade na fumaça do cigarro.

– Li só uma, meu tempo é curto.

– E o que achou?

– Gostei. É aquela da mulher que faz a operação plástica. Lembras? Até já falei com um produtor a respeito. Ficou muito interessado. Mandei-lhe uma xerox. Estou esperando a resposta.

Não sei se a taquicardia era consequência dessa boa notícia ou da presença da moça da página dupla. O fato é que o coração não se comportou bem e pedi à empregada um bom copo d'água gelada.

– Como vou saber se o produtor compra ou não a história?

– Mando um pombo-correio.

Quis encompridar o encontro, inclusive a taquicardia, mas a porta se abriu para a nissei (sem maracas), que entrou e abraçou Eliana. Embora eu e a meio nipônica já tivéssemos sido companheiros de quarto, fomos apresentados, sem lembranças constrangedoras.

– Meu roteirista predileto – disse a atriz, não sei se para elogiar-me ou se porque momentaneamente esquecera meu nome.

– Foi sempre o que faltou nos filmes de Eliana – somou a nissei a meu favor. – Um bom roteirista – e aconselhou-a com toda sabedoria oriental: – Não o deixe escapar.

– Eu não sou boba – garantiu Eliana, já com os cinco dedos dispostos para o a-d-e-u-s. Ela e a recém-chegada – percebi – tinham muito que conversar.

Rita de Cássia, sem que ninguém pedisse, abriu a porta. O roteirista predileto de Eliana Brandão despediu-se e disse à sua ex-companheira de quarto e de dupla percussionista que teria imenso prazer em revê-la. O resto foi um tchau de quem vai, mas volta.

26

A Serpente do segundo andar

Meu segundo pornô tinha como ambiente um enorme edifício-colmeia com a câmera assestada para a segunda janela do terceiro andar, onde residiam uma mulher feia, mas de corpo empolgante, e seu marido, um femeeiro compulsivo cujas camisas, sempre marcadas de batom, pareciam paredes visadas por grafiteiros. Esse marido exercia a profissão pedida a Deus (viajante), que lhe dava a oportunidade de efetuar vendas e tomar de empréstimo o corpo de muitas mulheres, principalmente camareiras de hotéis. A esposa era, em consequência, uma solitária, como se não lhe bastassem os recalques impressos na alma pela feiura. E o pior era que, lavando as camisas do consorte, tinha ciência, através das marcas e cores dos batons, que seu marido era tudo aquilo que demonstrava ser. Mas ela não apelou a Freud e seus divãs. Um dia, lendo um jornal, viu o anúncio de um médico plástico, na base publicitária dos dois tempos: eu era assim e fiquei assim. À esquerda, uma bruxa; à direita, uma irmã gêmea de Sofia Loren. A infeliz esposa, fazendo um corte no orçamento doméstico, foi visitar o cirurgião do anúncio, sonhando em verde com uma transformação facial que a libertasse do exílio determinado pela sua feiura. O doutor, um camarada simpático, exibiu-lhe um álbum que, com fotos de antes e depois, comprovava sua capacidade para os milagres do visual. "Essa ficou assim, doutor?" O artista do bisturi, dizendo sempre que sim, garantiu que o seu caso era muito mais simples do que aqueles das fotos, pois o trabalho consistia mais em corrigir do que em inventar. O queixo precisava retornar a seu verdadeiro lugar, o nariz desentortado, a testa alargada e a pele do rosto esticada. E como complemento, espécie de bonificação, seus olhos, já lindos, seriam niponizados, graças a um puxadinho milimétrico que a colocaria na órbita do exótico e do oriental. A mulher do viajante, levando na bolsa um desenho do que ela poderia vir a ser e o orçamento pesado da operação, passou do sonho aos planos. Começou a economizar desde despesas com roupas e sapatos até a compra de nabos e cenouras. Foi um sacrifício. Vestindo-se mal e alimentando-se pior ainda, sofreu maior indiferença do marido, este mais do que nunca preocupado com a quilometragem rodoviária e vaginal.

Ela (chamarei de Gilda ou Laura, nomes já consagrados pelo cinema) consegue, enfim, poupar quantia suficiente para pagar a plástica justamente no dia em que o marido anuncia uma longa viagem e que não se importasse com sua demora. Sopa no mel, como diziam os antigos. Mal o infiel parte, Gilda ou Laura se interna com a cara pronta para o que desse e viesse. Desperta do clorofórmio, o cirurgião informa que tudo saíra bem, mas ela só poderia conhecer a nova Gilda ou Laura após a retirada da massa compacta de curativos. Foram dias de dor e ansiedade até aquele em que, segurando um espelho (foi assim com Joan Crawford num filme velho da Sessão Coruja), o médico e uma enfermeira, em lentos lances de suspense, puxaram metros e metros de gaze e esparadrapo, desnudando-lhe o rosto. Então, num *close* de espelho para deliciar qualquer diretor, surge no papel e na tela o rosto repensado e refeito da *ex-miss* Feiura, o verdadeiro de Eliana Brandão, impacto gostoso que faz os três rirem, rirem, rirem até o "dissolve" do fim da sequência.

Ao voltar para o edifício, Gilda ou Laura causa admiração até ao porteiro, que não a reconhece. Aliás, ninguém em sua ala nem em seu andar identifica a nova esposa do viajante, e os inquilinos chegam a pensar que o casal se mudara ou que o marido trocara de mulher. Gilda ou Laura gasta horas diante de espelhos, vestida ou nua, para avaliar o efeito que a nova cara causava sobre o corpo. A resposta não foi dada por ela, mas pelos olheiros da ala oposta, um deles armado de binóculo, o dia todo à janela. Outro, menos equipado, tentou melhor visão dobrando o corpo sobre o peitoril, sem imaginar que logo seria mais uma vítima da Lei da Gravidade. Ao ver chegar a ambulância no pátio para remover o desastrado *voyeur*, Gilda ou Laura sorriu já com uma ideia aproximada dos seus recentes poderes. Sempre espiada, pressentida, aguardada, Gilda ou Laura, em lugar de esconder-se, como nos primeiros dias pós-operatórios, passou a mostrar-se em longos passeios pelos corredores e em repetidas viagens de elevador. Ao lado ou junto da estupefação masculina, ela logo notou outro condimento que melhorou ainda mais o paladar de sua beleza: a inveja das mulheres, sentimento que, devido à sua pequenez, costuma morar com o ciúme no mesmo espaço. Mas a maravilhosa Gilda ou Laura não servia apenas para derrubar homens da janela. Um paraplégico, sem cadeira de rodas, esqueceu a deficiência física e chegou a andar vinte metros. Sua mulher, enciumada, ameaçou surrá-lo, mas ele, já curado, sai altaneiro pelos corredores e vai bater à porta de Gilda ou Laura para lhe agradecer pessoalmente o milagre. Amada pelos homens e odiada pelas mulheres, a personagem descobre que o mundo não termina naquele edifício. Sai à conquista da tarde e da cidade. É vista em salões de chá, em *vernissages*, em desfiles de moda. Em qualquer lugar onde aparece há sempre o dono dum Mercedes a lhe fazer propostas. Dignos de figurar em agenda, pelo menos três: um ex-senador gordo e baixo, um contrabandista magro e alto e um estrangeiro rico nas medidas verticais e horizontais mais disponíveis no mercado. A operação não fora apenas facial, o bisturi dera também um jeito em sua personalidade, enxertando o menos e retirando o mais.

    Gilda ou Laura até esquecera que o marido existia ou que um dia voltaria de viagem, quando uma chave girou na fechadura. Era ele, chegando com sua mala, cansado de trens, ônibus e farras. Ao vê-la, não a reconhece. Pensa que se enganou de porta, apesar de ter usado a chave. Mas seus móveis eram aqueles!

– Quem é a senhora?

– Sou amiga de Gilda ou Laura. Ela foi visitar o irmão em Santos.

O conquistador sorri para a câmera. Viajara muito, mas a melhor faturada o esperava em seu próprio apartamento. Começam então os galanteios e aproximações, o jogo de cintura, os testes de olhares e charme. Nada porém funciona, nem a leitura das linhas da mão, última oferta da casa que ele costumava oferecer. Mas ainda insiste, como carente e incompreendido pela mulher, acertando na interpretação, embora errando na oportunidade. Há então a gargalhada já solicitada pelo público, e ela conta ao marido quem é e como se dera a mudança. A revelação provoca um susto de quem recebe um balde – sem água fria. O viajante se recompõe, não retira nenhuma fala do seu *script* e ainda acrescenta:

– Gilda ou Laura, eu já gostava de você, mas nunca estive tão apaixonado. Antes apreciava apenas a beleza de sua alma, agora adoro também seu corpo e seu rosto.

– Mas até um minuto não sabia que eu era Gilda ou Laura.

– Melhor, você se transformou noutra mulher. Nosso amor vai recomeçar com motor novo!

O argumento do motor podia ser bom, mas afogou a conversa. Gilda ou Laura faz a mala, sai do apartamento e desaparece. Mas decide levar vida honesta. Vai trabalhar numa escolinha maternal, evitando seus crescentes e insistentes admiradores. Enquanto isso, o ex-marido vicia-se no álcool e, como ex-viajante, passa a seguir Gilda ou Laura por toda parte. Um dia, no apartamento, descobre o endereço do cirurgião plástico. Vai consultá-lo e pede-lhe uma cara nova, único jeito de se reaproximar da mulher. Melhorado, em nova edição revista, começa a batalha da reconquista, dura, sofrida, sem tréguas. Após trinta e cinco cenas aflitivas – uma delas em que ele se esconde no guarda-roupa para vê-la nua, outra em que se disfarça de pintor de paredes externas no edifício altíssimo onde ela morava, para verificar se tinha ou não amantes –, Gilda ou Laura afinal mostra sinais de simpatia pelo incansável admirador. Há um namoro sem beijos, depois com beijos e uma cama redonda, porque nos pornôs todas as camas são redondas, forma que lembra o requinte sexual dos motéis. Porém, quando Gilda ou Laura vai retirar a última peça íntima, num suspense valorizado pela óptica dum espelho multifacetado, cai em prantos.

– Acabo de descobrir que só amo uma pessoa, meu marido. Não seria capaz, me desculpe.

– E aqueles homens todos que sempre a rodeiam?

– Nunca tive nada com eles. Juro.

Como se pode ver, as pornochanchadas têm seu lado puritano, principalmente quando o puritanismo serve para causar excitação pelo bloqueio de cenas de sexualidade. Mas eu estava nas lágrimas.

– Gilda ou Laura, estou muito feliz em ouvir isso.

– Feliz?

– Porque eu sou seu marido. Submeti-me a uma operação plástica.

Gilda ou Laura não acredita e enxota do apartamento o quase-amante, que persistia em mostrar-lhe uma prova de identidade. No dia seguinte, ela, ainda com a chave do apartamento anterior, decide visitar o marido porque ainda o amava ou porque o antigo cenário de sua feiura lhe fosse mais excitante. Ele não havia chegado. Ela cai para o quarto, tira toda a roupa e deita-se na cama à espera. Quando a porta do apartamento e a do quarto são abertas, ela dorme. Mão não identificada apaga a luz. Gilda ou Laura, já acompanhada na cama, acorda e tem início na escuridão uma violenta e apaixonada cena de sexo implícito.

Gilda ou Laura só desperta na manhã seguinte, espreguiçando-se, feliz. Mas o que é aquilo no criado-mudo? Uma dentadura dentro dum copo? Uma boa dose de mau gosto é tão indispensável na pornochanchada como as chaves dum soneto. Descobre o rosto do parceiro. Não era seu marido! Depois de ter dito *não* a tanta gente importante e rica fizera tudo aquilo (coisas sugeridas na escuridão) com um... um... Oh! Oh! Oh! o diretor aqui talvez preferisse um grito de pavor. O outro abre os olhos, assustado.

– O que foi? Mas eu não fiz nada contra sua vontade. A senhora quase me mata!

– Pensei que fosse meu marido.

– Seu marido? Não seria o que fez a operação plástica? Aluguei o apartamento dele com os móveis... Sabe, quando a senhora me atacou pensei que também estivesse incluída no contrato – disse, rindo.

– Oh! Oh! Ah...

– O que ele queria mais, a julgar por ontem? Minha mãe é que tem razão: há pessoas que não se satisfazem com nada neste mundo.

Gilda ou Laura começa a cuspir.

27

O que o circo me pagara pela *Paixão de Cristo* chegava ao fim, tanto que, sem poder pagar o barbeiro, aderira imprevistamente à moda dos cabelos compridos. Eu estava parecendo um *beatnik* sem mochila ou um *hippie* sem Paz e Amor. E o pior, para um motomaníaco *poleposition*: só podia sair para telefonar, aguardando com a porta e as janelas abertas o arrulhar do pombo-correio.

Outra vez não estava dando sorte com os telefonemas: o número de Eliana sempre ocupado. Parecia que alguém lia para alguém *A montanha mágica*. Soube depois que Eliana costumava guardar o telefone dentro duma gaveta para não ser incomodada. E Rita, quando embriagada, não atendia. Telefonei para o Gentile, querendo saber de Eliana, mas só falou da fita. Quase pronta, logo entraria em circuito.

Cansado de aguardar o pássaro, voltei a sair, pelo menos à noite. O Lorca me levou para a Buarque, onde substituía, por três semanas (seu mais longo contrato), um pianista chamado Peixoto. Fui ouvir o Lorca: seria excelente tecladista se não fossem as teclas. Nenhum outro pisava com tanta convicção nos pedais e nenhum polvo agitava tanto os braços. Tinha um certo chica-chica-bum, que embora de ontem agradava a gregos, porém não a troianos.

Terminado seu compromisso, o Lorca continuava na noite. Numa boate do tamanho dum elevador fez questão de apresentar-me uma grande amiga sua, mulata clara, que dizia poemas de sua criação. Não se fez de rogada, disse duzentos. Lorca, sempre bebendo, mostrava-se encantado.

– Ela é uma puta poeta! – exclamava ou então beijava-lhe a mão.

Quando Lorca me informou, num ocasional intervalo, que a bebida era uma oferta da poetisa, espécie de recepcionista ou relações-públicas da casa, passei a gostar mais de seus versos e cheguei mesmo a pedir-lhe que repetisse os poemas curtos.

Mais tarde saímos, eu o Lorca e a Puta Poeta!, porque a noite ainda era pouca. Fomos ao Vovô Deville, casa de *shows* só com travestis. Aliás, noite francesa, fim de século. La Goulue, uma bicha louquíssima, pontificava. Jane Avril cantava Trenet e nem faltava o desossado Valentin, contorcionista, figura indispensável no elenco de Lautrec. Também aí não se punha a mão no bolso, porque o Lorca era do peito do Tonight, que apresentava este *show* e muitos outros na Buarque. Tonight mandou servir-nos um consciencioso uísque falsificado e seguiu para o palco.

– Senhoras e senhores, a boate Vovô Deville apresenta hoje: Paris era assim!

Tonight vivia de seu *smoking* e de sua voz vibrante. Era *mignon* e feio, mas sabia vestir um *spotlight*. À luz do sol, vi-o depois muitas vezes, apagava-se, sem tonicidade, encolhia, embora jamais tirasse o *smoking*. Lá, como o descobri, em função, anunciando quadros, cantores e bailarinos, sempre um elo entre a espera e a sensação, jorrando luminosidade e alegria. Tonight era o verdadeiro, o oposto do diurno, o que o sol não desbotava. Quando se acendia o foco de luz, o mecanismo de sua comunicabilidade disparava, e só a escuridão, outra vez, desligava aquele aparelho infalível.

– Fiquem à vontade, está tudo pago – disse Tonight depois de anunciar a última parte do *show*. – Vou agora apresentar outro aí na esquina. Estarei às cinco no Parreirinha.

A noite do Lorca passava por diversos lugares. Eu, ele, a Puta Poeta! e o Tonight reencontramo-nos no restaurante, o apresentador ainda a rigor.

Soube já naquele encontro inicial que o Tonight ganhava pouco, mas as casas lhe davam *smokings* (além daquele, preto, um vermelho e um verde), pagavam-lhe comida e bebida e durante longas temporadas, quando faltava dinheiro, permitiam que dormisse na bilheteria ou na cozinha. Perguntei-lhe o que fazia antes de se tornar apresentador profissional de *shows*.

– Comecei como loucutor de parques de diversões no interior – contou. – Depois trabalhei em pequenas emissoras. Mas meu sonho, desde os tempos dos alto-falantes, sempre foi a capital. Não queria dinheiro, não queria mulheres, não queria luxo. Queria isso, a multidão, o barulho, o corre-corre. No interior tudo tem hora para acabar. Aqui, não. Enquanto estivermos no restaurante é noite, mesmo se lá fora já seja dia.

O Lorca, que conhecia parte da biografia do Tonight, lembrou um capítulo:

– Tonight veio para São Paulo escondido num caminhão de frutas.

Chegou, viu, mas não venceu. Depois de andar a pé o município inteiro, comendo qualquer coisa e dormindo em qualquer lugar, pensou no trabalho. Nas emissoras de rádio fez teste para locutor. Não passou em nenhum porque se exigia voz redonda, empostação grave e sapatos bem engraxados. Mas sua voz deu para anunciar resultados de jogos de azar em cassinos clandestinos, quando conheceu o Lorca. A polícia normalmente o encontrava escondido debaixo da roleta. Então já usava *smoking*, uniforme dos cassinos, amava as luzes e o fictício. Preso sempre trajando rigor, era respeitado nas celas coletivas. Com essa nobre indumentária não foi difícil vender a voz como *speaker* de bailes de debutantes. Daí para apresentar cantores em churrascarias bastou um pulo. Em seu currículo lia-se Orlando Silva e Gregorio Barrios. Imprimiu, então, um cartão comercial – o nome, e embaixo: apresentador profissional, o clichê dum *smoking* e para recados o telefone duma barbearia. Organizado, conseguiu ampliar sua área de atuação, animando bailes da periferia, principalmente os da Saudade. Cachês magros, sim, mas sem os riscos dos cassinos clandestinos. Com o tempo, ele se tornou seu próprio veículo publicitário: era vê-lo de *smoking* e as propostas chegavam. Mas uma noite, passeando pela Buarque, aconteceu-lhe um Odilon. Alguém, vendo-o a rigor, implorou-lhe que anunciasse um *show* na Michel, onde quem deveria fazê-lo bebera demais e se apagara. Tonight nasceu aí, levado a fórceps para o palco, gostou, gostaram e fazia doze anos que não abandonava aqueles velhos quarteirões com suas veias de néon multicor.

Eu, que fazia dupla com o Lorca, às vezes trio com o Lorca e o Jardim, passei a integrar um quarteto com o Lorca, a Puta Poeta! e o Tonight. A partir dessa noite, ouviria as obras completas da poetisa, espécie de confissão monocórdia, em que as palavras se sucediam no ritmo industrial das máquinas de fazer biscoitos. Imitando o Lorca, já que em sua boate não pagávamos nada, eu ouvia-a com cara de mata-borrão, para secar depressa a tinta noturna de sua inspiração. E passei também a assistir aos *shows* apresentados pelo Tonight, sempre protagonizados por *gays*, artistas que julgava já mortos e atrações internacionais completamente desconhecidas aqui e nos países de origem. Mas eles valiam pelo apresentador, que parecia digno de anunciar até o Dia do Juízo Final, tanta a emoção do inédito que conseguia transmitir com suas palavras, pausas e reticências. Seu grande macete: a pontuação oral. Os pontos de exclamação, interrogação, as aspas e os travessões eram interpretados, mimicados, costurando o texto numa única e esfuziante expectativa.

– E agora?! Ninguém perdeu por esperar... Muita atenção! Di-re-ta-men-te de Acapulco... Quem? Quem? Sim, senhoras e senhores! Ela... Ela La reina del chá-chá-chá! A cantora que parou o México... A inolvidável(!) Coca Gimenez...

E com as duas mãos, a boca cheia de beijos, como se fossem pitangas, Tonight começava a atirá-los à grande atração da noite. Outras vezes abraçava a estrela, fosse quem fosse, e liquefazia em lágrimas, sobre o colo dela, sua manteigosa administração.

Pensava eu no início dos anos 70 que tudo mudara na cidade, como o próprio Elevado provara. Mas, pela mão do Lorca, tendo como trilha sonora os versos da Puta Poeta!, descobri que havia um mundo subterrâneo, mais antigo, e que bastava descer alguns degraus para se verem e ouvirem pessoas de outras décadas e músicas de outros ritmos, misturadas numa fumaça que também parecia velha.

Apesar desse entretenimento, que também pode ser chamado de pesquisa social, dependendo de com quem se fala, a espera do pombo-correio de Eliana continuava sendo a tônica. Telefonava, porém a atriz sempre estava dormindo ou acabara de sair do banho, respostas que eram um torturante estímulo à imaginação. Sofri mais com esta: "Está recebendo uma visita do Sul e não pode atender ninguém". O jeito era me plantar à janela, aguardando o pássaro. Contudo, ele veio pela porta, como os demais bípedes.

28

Abri.
– Boa tarde! Se lembra de mim?
Era o xibungo baiano, o Cármen, nome decerto dado por uma mãe decepcionada depois de esperar nove meses uma menina. Ele entrou, relembrou coisas da festa no apartamento de Eliana, espiou nosso panorama e disse o porquê da visita.
– Ela pediu pra você passar por lá.
– Obrigado, Cármen.
– Hoje mesmo, está uma ânsia.
Supondo estar diante dum fofoqueiro, diria melhor, alcoviteiro, pois me parecia alguém com trânsito em corredores internos, perguntei com um tapinha nas costas, encorajador de alcovites:
– Como vai nossa Eliana de amores?
O sorriso de couve-flor do lindo me informou que era assunto de seu agrado.
– Ela tem mil homens pelas beiradas.
– Mas sempre há um preferido – arrisquei com inocente malícia.
– Se tem, a Kaíco espanta.
– Quem é a Kaíco? – perguntei sem saber onde colocar o K.
– Não viu na festa uma nissei toda elétrica?

— Vi, sim, uma nissei maluca por xaxados e xotes.
— Ela não deixa ninguém chegar. Barra.
— Por quê?
— A não ser o marido dela, o ex. Esse vem sempre, quer reatar. Ele canta e dança num grupo folclórico do Rio Grande do Sul. Os Tropeiros. Eliana também fazia parte dele, mas quando pintaram as fotos e os filmes, deixou tudo e subiu pra São Paulo. Fez certo. Aqui no eixo (São Paulo–Rio) só dá ela...
— Mas essa nissei...
Cármen olhou o pulso.
— Nossa! Que horas! Tem gente me esperando numa ribanceira.

Onze segundos depois eu me dirigia ao apartamento de Eliana. Rita de Cássia, com cara de bebum, abriu a porta. Desta vez a Sereia não me fez esperar, veio de calças compridas justíssimas, coladas, feitas dum material adesivo como esparadrapo. A blusa, ao contário, era larga e solta, toda aberta e transparente, com folgas para não esconder nada. O que vi de impacto guardei para ver devagar depois.

Eliana (isso merece um parágrafo novo!) me deu um abração, de corpo inteiro. Senti a blusa, as calças e até o sapato. Coisa nada formal, vinda de dentro, quente e comprida, que eu soube espichar para fotomontar com a moça da página dupla.

— Touxe o roteiro?
— Está aqui.

Eliana tinha notícias; descolara, mas pra mim continuávamos pertinho.

— O Max, da França Filmes, leu a sinopse e até gozou. É nos lados da Triumpho. Disse que se eu trabalhar, compra na hora. Vou te dar o endereço. Se fechar, volte.

Apanhei as asas na porta do edifício e voei até a França Filmes, produtora e também distribuidora dos pornôs franceses. Max assistia a um filme do gênero cineminha em casa. Apresentei-me e sentei-me a seu lado. Veio um uísque. O copo do Gentile era mais tarde e barato.

Fomos depois para a diretoria. Comecei pedindo o dobro do que o Gentile pagava. Max cortou logo um terço. Deixei escapar no ar um grama de satisfação. Meu erro.

— Pago em três vezes. A primeira agora, a segunda dentro dum mês e a terceira quando iniciarem as filmagens.

— E se por acaso não começarem nunca? Isso acontece.

— Aí você dança. Mas não sou besta. Eliana é bilheteria.

Eu, com a carteira zerada, fui ao essencial:

— Posso receber já a primeira?

— Fale com o contador. Tenho nojo de dinheiro.

Assinei um contratinho de dez linhas e recebi o meu em notas. Max era proprietário de inúmeros cinemas. Dinheiro não era problema, veio tudo trocadinho. Até bom, dava a ilusão de grande negócio. Não voltei ao apartamento de Eliana de asa, preferi um táxi.

A estrela continuava vestindo o apertado e o folgado.

— Fechaste?

— Fechei.

— Max pagou alguma coisa?

— Ele é vivo, mas solta.

— Estive lendo o roteiro. Tudo em cima. Tem amor, sexo à beça e um suspensinho. Bem italiano! Onde aprendeu a fazer esses coquetéis?

Aí aconteceu uma coisa: acho que a mão do Odilon. Olhei para um móvel baixo onde Eliana colocava jornais e vi uma capa de livro de aspecto familiar. Fui até lá, abaixei-me e retirei um exemplar do *Com licença, vim para matá-lo*. Eliana, na revista, mentira sobre suas paixões literárias.

— Seu, isso?

— Amo William Ken Taylor. Dele li tudo.

— Conhece o cara pessoalmente?

— Nunca estive em Malibu.

— Segredo: William Ken Taylor também nunca esteve lá.

Eliana não podia entender.

— Mas ele mora lá. Aí diz.

— Nem gringo ele é.

— Como sabes? — perguntou a atriz superinteressada.

— Eu sei.

— Vamos, largue essa.

Fiz a pausa ensinada por Tonight, esperei o *spotlight* e então revelei:

– Sei porque... eu sou William Ken Taylor.
– Você, Willian Ken Taylor? Essa não cola.
– A ilustração da capa é do Guanabara, que fez o cartaz-base da *Sereia*. Veja meu nome como tradutor. É grupo. Eu que escrevi.
– Ainda não entrei na tua.
– Pode entrar, meu inglês só dá para jogar bilboquê e bater palmas.
– Sempre gamei William Ken Taylor. Os *Assassinatos pelo alfabeto braile* li três vezes. Juro.
Se ela amava William Ken Taylor, o resto seria fácil.
Fui atrevidinho:
– Aproveite, então. Levo a vantagem de não morar em Malibu.
– Isso é uma vantagem?
Era uma consideração ou uma pilhéria? Dos gaúchos só sei que morrem por churrasco.
A porta abriu. Kaíco. Deu um passo alegre e um triste, não gostando de me ver ali.
– Kaíco, lembra de William Ken Taylor?
– O americano que escreve policiais fajutos?
– Fajutos? Até a Rita de Cássia adora eles. Kaíco só gosta dum tal Proust. Ela me obrigou a pôr o nome dele na revista em que posei nua.
– Tudo certo – disse a nissei. – Uma mulher bonita como você não precisa dar uma de intelectual. O que houve com ele? Foi linchado?
– Como escritor ele morreu, sim – respondi. – A Justiça fechou a editora que o publicava. Mas continua vivo e agora faz cinema.
Eliana riu, riu, riu.
– Ele é William Ken Taylor – apontou-me como se eu fosse a estátua do duque de Caxias.
Kaíco devia rir em dupla com Eliana, mas ficou séria.
– Não disse que era tudo fajutagem?
– Para mim, ele continuava o bom. O que importa onde nasceu? Não perdeu o valor só porque posso vê-lo e apalpá-lo. E queres saber? – era uma granada aos pés de Kaíco: – Me sinto muito orgulhosa de ser sua amiga.

Não entendi por que a nissei continuava de cara feia.
– Me desculpem, mas o que li era uma caca.
– Respeitemos a opinião dela – aconselhei. – A última palavra sempre pertence à posteridade.
– Está com raiva dela? – perguntou a atriz.
– Estou é com sede – respondi. – Aceito qualquer coisa que não seja água.
– Então vamos comemorar o contrato. Kaíco, traga o uísque.
Quando a nissei se afastou, perguntei:
– Ela é apenas sua amiga?
– Não, ela também trabalha para mim, é quem cuida da minha imagem. Percebeu como ninguém comenta minha vida particular? Ninguém fofoca? É a Kaíco que isola. Um pouco de santidade não faz mal pra quem se expõe. Ainda mais fazendo desses filmes...

Ia perguntar outra coisa, mas perguntei isto:
– E a nipo se esforça muito?
Eliana entendeu a malícia, mas perdoou a curiosidade.
– Não dou muitos motivos para falarem... Quem quiser me ver na intimidade que vá ao cinema.

Kaíco voltou com o uísque e a mesma cara. Admiti que não gostasse da literatura de William Ken Taylor, mas o que eu tinha com isso? Afinal, já havíamos compartilhado do mesmo leito, embora apenas para dormir.
– Um brinde ao novo filme! – disse Eliana após a distribuição dos copos.

Rita de Cássia, que já soubera via Kaíco que eu era ou fora William Ken Taylor, apareceu na sala e me deu um beijo molhado no rosto.
– Li todos os livros que o senhor escreveu. Bárbaros!

Vendo que o placar assinalava dois a um, beijei a fã e tomei o uísque. A tarde estava fácil. Eu, Eliana e Rita tomamos outras doses, as duas muito falantes porque, dum lado, nem sei se o direito ou esquerdo, ainda era Mr. Taylor para elas. Pensei que a atriz, movida a álcool, revelasse episódios de sua vida secreta, mas só falou do marido, um ciumento que ameaçara matá-la caso ela se apaixonasse por alguém.

Kaíco não participou da conversa, atenta à imagem de Eliana, que não podia ter sombras ou desfoques. Em dado momento, a nipo olhou para a estrela com tanta marra e zelo, que houve um pife na conversa. Vendo o pneu furado, apertei as mãos das três e saí do carro.

Assim que cheguei ao Elevado, fui esvaziando os bolsos. Estava otimista. Eu poderia fracassar, mas William Ken Taylor tinha grandes chances. Joguei-me à piscina.

29

O Gentile poderia não ser o produtor nacional preferido da crítica e provavelmente seu nome jamais viajasse para Cannes, mas em matéria de velocidade, do primeiro *take* ao lançamento em circuito, nem os mais experimentados americanos ganhariam dele. A cada filme, novo recorde estabelecia. Foi com emoção invisível de transeunte que vi na fachada do Marabá os letreiros do filme, o grande cartaz do Guanabara com as perigosas curvas de Eliana Brandão, o pôster, onde meu nome figurava com destaque e, à entrada do cinema, os *displays* com as fotografias. Circulei diante do cinema e atravessei a avenida para medir o impacto de diversos ângulos. Em breve ouviria o sim ou o não do público, imprevisível massa que só os doidos não temem.

À noite houve uma sessão especial para a classe, os críticos, o elenco e os amigos da Triumpho. Como não bastavam para encher a sala, abriram a bilheteria. Lotou. Gentile compareceu de *smoking*, conduzindo Eliana pelo braço. Em preto e branco, ele ficava menor e sua tensão sobressaía mais. Kaíco vinha logo atrás, de gravatinha, seguida de Rita, do Cármen e de outras figuras que eu vira na tal festa de arromba. Mas o resto de minha banda também dizia presente: Lorca, Jardim, Puta Poeta! e Tonight. Quando passávamos pelo corredor de cordas, o povo aplaudia. Senti que só me faltava deixar as impressões digitais no Chinese Theater.

Gentile me segredou:

— A fila da bilheteria já tem vinte metros. Se chegar a trinta, a fita colou.

A *avant* foi toda uma alegria. O povo ria até do que não tinha graça alguma. Quando Eliana entrava em cena, o bem-comportado povão assobiava. A cena do helicóptero, pornografia vista do alto, foi um chuá. E a da manilha, na praia, o máximo em matéria de suspense erótico. Quando as luzes se acenderam, percebi que também no claro meu êxito persistia. Gentile e Max me espremeram num abraço. Eliana me beijou e fez uma promessa:

— De hoje em diante só farei filmes contigo. Tu és o maior!

Na segunda pessoa as promessas e juramentos têm maior credibilidade. E o tu, proferido por mulheres, é mais excitante que o você. O você é mais íntimo, sim, mas o tu cutuca nervoso.

Fomos todos a uma boate, onde a distribuidora oferecia um coquetel. Eliana segurou-me o braço para que eu pisasse a glória com segurança. Vi *flashes*, vi máquinas de filmar, vi câmeras de televisão. Meus trinta e tantos anos de vida chegavam ao seu ponto melhor.

Bebi o que pude para multiplicar a emoção. Eliana também estava sempre pedindo mais um. E repetiu o beijo já referido duas ou três vezes, uma delas para um *flash* bem *close*. Quem parecia não estar gostando dessas intimidades entre o cometa e a estrela era Kaíco, que para separar-nos usava o ombro, reforçando o gesto com um sofrimento de caras feias.

A noite não parou aí. Da boate, um grupo muito menor foi para um restaurante, porque o sucesso, ao contrário do fracasso, dá fome, segundo livros científicos. Kaíco, atenta, quase impediu que me sentasse ao lado de Eliana; ganhei dela por uma fração de segundos. Mas de seu lugar, a nipo começou a desfechar pequenas setas, provavelmente envenenadas. Uma delas me raspou o nariz.

Durante o jantar Eliana me serviu apenas um beijo, porém me fez inúmeros elogios. O tema do roteirista exclusivo voltou à baila e me garantiu que no próximo filme eu teria porcentagem. Eu ia exigir isso. Ouvi deliciosamente mas, para não irritar Kaíco, fiz-me de gênio assexuado. O Lorca viu e interpretou que a pessoa que cuidava da imagem de Eliana procurava afastá-la de mim. Para me livrar desse obstáculo tentou conquistar Kaíco, sentando-se ao seu lado. Ação curta. Ao tomar a primeira liberdade, levou uma cotovelada no fígado, o órgão mais sensível do tecladista substituto.

O restaurante não foi a última etapa da noite festiva. Uma dúzia de nós se transferiu para o apartamento de Eliana. Nessa não foram Tonight nem Puta-Poeta!, que precisavam faturar. Nem Jardim, que tinha um serviço de flagra de grande responsabilidade. A ideia da esticada foi do Cármen, que detestava ver acabar o que era bom.

No apartamento, Eliana continuava acesa. Num momento em que ela foi à copa, dei-lhe um abraço beijado modestamente, dispensando câmeras. A estrela aceitou, sorriu e apanhou uma garrafa que fora buscar. Eu, insistente, sempre aparecia e tocava-a quando não houvesse olheiros. A melhor oportunidade desenhou-se na área de serviço. Eliana respirou fundo, correspondeu, fez uma expressão ansiosa como numa das fotos da revista *for men*, e deixou que os lábios se abrissem, foi ficando mole e lisa, ia começar a fechar os olhos, sinal aberto para o amor, e até primeira sílaba do meu nome murmurou ou soprou quando...

– Eliana! Eliana!

Era a maluca por xaxados e xotes.

– Que foi, Kaíco?

– O Jarbas está aí, veio com Os Tropeiros!

A homenageada estrela, se estava arretada ou se estava bêbada, deixou disso e correu para a sala. Eu fiquei só, não tão só porque a nipo quis ver por mais algum tempo meu prazer desfeito. Depois, foi também para o núcleo da festa. A curiosidade me levou para lá em seguida.

Os Tropeiros, grupo folclórico gaúcho de passagem por São Paulo, dominavam a sala com seus trajes típicos, seus instrumentos e seu sotaque. Quatro homens e uma mulher; a mulher substituía Eliana, que já fora do grupo. O mais alto de todos, um sujeito muito forte, que trouxera da rua uma alegria sonora, gesticulante e incômoda, era Jarbas, o ex. Exibindo um sorriso de pelo menos meio metro, estendeu os braços para abraçar e quase esmagar o apreciado corpo da atriz. Ou porque ela estivesse realmente saudosa ou porque o marido sabia onde mexer, o fato é que as reações musculares de Eliana foram igualmente expansivas, acompanhadas de gritos, uivos e batidas de pé em ritmo de chula. Os demais tropeiros, com sentido coreográfico, rodearam os dois, pondo-se a dançar e cantar, em giros e contragiros, saltos e requebros, como se houvesse a intenção simbólica de reaproximá-los definitivamente. E o que fora um abraço de chegada virou dança também, espontânea a princípio e logo após de acordo com os esquemas formais da tradição.

Kaíco, embora não tivesse a intenção de trocar o saquê pelo chimarrão, via e gostava do que via, aliviada, pois a presença do marido preservava a imagem da atriz, sempre tão ameaçada pela imprensa e pela alcateia que frequentava o apartamento. Lorca, apesar de tantos tragos, me pareceu bastante consciente ao dizer:

– A festa da *avant-première* acabou. Agora se trata de uma reunião grupal. Tome o último.

Lorca sabia tudo sobre aproximações e recuos. Sem dizer uma tchau, abandonamos os pampas e fomos tomar uma cerveja no primeiro boteco que encontramos aberto. Eu precisava de um confidente, como todos os bêbados e apaixonados.

– Se não conquistar Eliana, morro – disse, querendo ser natural, apesar da dramaticidade da confissão.

– Morrer de amor é bonito, embora antigo – considerou o Lorca. – Mas, antes, trate de remover a pedra que tem no sapato.

– Duas pedras, o marido dela e a chula. O folclórico gauchesco também está contra mim.

O Lorca não via assim:

– O grande empecilho é outro: a japonesa.

– Kaíco não descuida da imagem de Eliana. Profissão dela.

– Acho que não é isso. Pra mim, é uma sapatona.

– Foi minha primeira impressão, mas...

– A primeira impressão é sempre a verdadeira.

– E quanto à Eliana?

– Bem, talvez pra ela interesse ter uma camicase ao redor.

O último copo veio com uma pergunta líquida:

– Você acredita que uma mulher como Eliana não teve um caso, com todo esse carisma?

Lorca decerto não tinha a resposta, mas apontou a pessoa que provavelmente saberia o sim ou o não.

– O tal Cármen, que pelo visto é o camareiro da rainha, poderá informar. Mas que bruta claridade é essa?

Era o Sol. O astro importuno.

30

Gentile me disse no Soberano que a fila d'*A Sereia do Guarujá* atingira oitenta metros nos três primeiros dias de exibição no Marabá. Não era um cálculo, era uma certeza, mandara alguém medir. A fita se pagaria em semanas. Os cortes feitos pela censura não haviam prejudicado muito desta vez, apesar de os nomes Gentile e Eliana sempre atraírem a tesoura. Alguns críticos, jamais indulgentes com a produção da Boca, continuaram no bombardeio. Aquilo era pornografia pura, não se salvava nada, uma sujeira.

– São os críticos que atiçam a censura contra nós – comentou o Gentile. – E quem se diverte com isso são os americanos, que esperam que nosso barco afunde. Seus filmes de matança de índios, de heróis sanguinários e de violência de todos os tipos nunca foram cortados ou proibidos.

Mas logo o sorriso de vitória do Gentile voltava à tona e ele guardava no bolso as pedras e a funda. Eliana, que não era capaz de fragmentar em palavras sua indignação, que não colecionava porquês, sofria crises espasmódicas quando lia essas críticas. O frágil virava pó e até objetos pesados de seu apartamento apresentavam rachaduras, amassadelas e rebites. O Cármen depois me contaria essas explosões e o muito que ele e Rita tinham de fazer para evitar maiores estragos. Vezes e vezes Kaíco entrava na parada, o que amansava a fera porque a nissei sabia imobilizar braços e pernas, graças às artes marciais. No caso d'*A Sereia do Guarujá*, porém, a coisa foi mais horrorosa. Ouvi tudo no Soberano, pois os que iam chegando traziam novos *takes*. Eliana fora a um restaurante com Kaíco e o Cármen. De repente viu noutra mesa o crítico cinematográfico J. Cabral, que simplificavam como Jota, jantando com um amigo. A estrela gaúcha, com uma calma de mentira, abriu a bolsa e dela retirou um pedaço de jornal, a crítica onde o Jota arrasava a fita do Gentile com sobras para Eliana e para o roteirista. Pagaria para ver, mas, contado, o fato não perdia sua garra. Eliana caminhou até a mesa do crítico e ordenou:

– Coma este papel!

Jota, que comia miúdos de frango, preferiu não mudar o cardápio.

– Não brinque, Eliana!
– Coma!
– Ora, volte pra sua mesa!
– Coma!

Jota olhou para o jornal, mas, pelo jeito, jamais comeria um pedaço daquele vespertino. Continuou recusando a oferta. Cármen viu os dedos de Eliana entrouxando a exigente crítica cinematográfica na boca do Jota. Embora se dissesse que ele possuía um estilo saboroso, não foi o que sua cara refletiu. Com certa dificuldade engoliu a prestigiada coluna, não dando mostra de que quisesse mais. Quem demonstrou satisfação foi Eliana, que voltou à mesa realizada, portando-se como uma verdadeira dama até o final do jantar.

Jota não era só, tinha colegas-amigos que, reunidos e entrincheirados, passaram a atirar granadas no novo êxito de Eliana Brandão; alguns até preferiram o napalm e gases venenosos. Mas a estrela do Sul, também segundo relato do Cármen, não se aborreceu mais, mesmo porque Kaíco não lhe permitia ler jornais que maculassem sua imagem.

Gentile, diante da ofensiva, não caiu em pânico. Para ele, a única realidade era a bilheteria, a caixa, o borderô, as coisas concretas.

– Uma crítica contra é péssimo – ponderava –, mas dez, vinte, trinta, é ótimo! Parece complô, antinacionalismo, puritanismo, elitismo. E o povão, que não gosta que escolham por ele, que só aceita guia quando perde a vista, faz fila na nossa porta.

Max, quando viu o Marabá cheio, imediatamente acionou a produção do meu roteiro. Faltava o título. E título + Eliana era a fórmula.

– Que tal *A mulher do segundo andar*? – sugeri, nada convicto.

– Mulher é fraco, segundo andar é ótimo. Mas já sei! – proclamou o produtor elevando a voz. – A serpente do segundo andar.

– Serpente – repeti. – Acha bom?

– Se sereia deu certo, serpente também vai dar.

– Mas a personagem do filme nem é lá muito pecaminosa, Max. Não parece exagero?

– O título tem de puxar gente pra dentro do cinema – ensinou o produtor. – Não é coisa pra ser analisada à saída. Quem sai já entrou e, portanto, já pagou.

Concordei. Não retardaria um só minuto o início da filmagem, para receber bem depressa a terceira parcela.

No mesmo dia Gentile me viu passar na Triumpho e chamou:

– Sei que fez um roteiro para o Max – disse com certa mágoa.

– Pretendo viver disso, Gentile. Acha que posso recusar propostas?

– Gostaria de mantê-lo amarrado ao pé da cadeira – confessou em tom de elogio –, mas ainda não dá. Pena que foi para o Max. Não gosto de suas fitas. Se o cinema vendesse saídas no lugar de entradas, ele ganharia fortunas. Mas não foi pra falar mal dele que o chamei. Seguinte: invente mais uma história. Coisa quente, bem quente.

– Para Eliana Brandão estrelar?

– Sim, pra ela. Sempre é prudente não confiarmos muito em nosso talento.

Entendi, um novo itinerário para o corpo de Eliana. Um enredo que a mostrasse bem, que funcionasse como uma janela, não indiscreta como a de Hitchcock, mas escancarada e batida de sol.

Fui ao Soberano para esvaziar um casco e lá encontrei o Guanabara, que, mais do que o Gentile, Eliana e eu, vivia o êxito do rolo pornô, pois certamente, no travesseiro, o atribuía às curvas, recheios e policromias dos seus cartazes. Para ele, o V da vitória não estava na tela do cinema, mas à entrada, parando gente apressada, dizendo "Veja!" aos paulistanos e fornecendo uma opção aos desgarrados. Ele me abraçou, porém o que queria mesmo era ser abraçado, merecer o seu "genial!", ter o seu quinhão naquele oba-oba.

– Seu cartaz é que está fazendo a bilheteria! – disse. – O sucessão começou com você.

E comprovei minha sinceridade, mandando vir outro casco, escuro, como ele preferia.

Alguns dias depois, para reativar sensações ou ouvir últimos ecos, disquei para Eliana.

– Não posso falar – foi dizendo. – Estou podre.

Mesmo podre não a rejeitaria. Já comera abacates estragados, trazidos pelo Lorca. Esperei passar uma hora e tornei a ligar. Queria Rita. Ouvi uma voz negra do outro lado.

– Rita, é William Ken Taylor.

– A moça está dormindo.

– Já falei com ela e me disse que está dodói. É grave?

– Bebedeiras, Kenzinho. O Jarbas trouxe na mala todo o vinho do Rio Grande.

– Beleza! Eles fizeram as pazes?

– Foi uma treguazinha por causa do vinho e das danças. Mas ele já está de partida para os pampas com a curriola. Sabe quem está chegando de cara fechada? Kaíco.

– Deixe ela onde está. O Cármen, por acaso, apareceu?

– Coitado, ele ficou uma noite inteira preso num elevador, foi retirado de maca e agora está todo perdido. Quer o endereço?

Eu precisava das alcovitices do Cármen para avaliar minhas chances com Eliana. Depois de enxotado pela chula, queria verdades. Ou conquistava a gaúcha ou me curava dela.

O Cármen morava num conjunto de edifícios na Rua Paim, que eu logo imaginei para cenário d'*A serpente do segundo andar*. Sua incomparável densidade demográfica por metro quadrado fornecia material para desde o teatro de protesto até as chanchadas da Atlântida. Mas não tinha ido lá buscar inspiração.

Chamei o elevador e, num último andar, fim de corredor, encontrei o número do Cármen. Toquei a campainha e só ouvi um murmúrio. A porta estava apenas encostada, entrei. Apesar de tudo escuro, vi deitado numa ponta duma cama de casal, com nojo ou medo do mundo, e morrendo de pena de si mesmo, o pombo-correio predileto de Eliana Brandão.

Ao ver-me, o Cármen adiou a sua morte.

— Você... Que doce visita!

Não contei, por estranho pudor, mas levara um saquinho com meia dúzia de maçãs.

— Espero que goste de maçãs, Cármen.

— Tudo que me dão, adoro! Até peixe cru.

Sentei-me num pufe de couro com suas entranhas de algodão à mostra.

— Rita me contou o caso do elevador. *Sorry*, bicho.

— Dez horas preso nessa coisa... E sozinho! Jamais fiquei tanto tempo sem conversar. Até um daqueles índios nojentos, que têm tabuinha na boca, teria me feito feliz. Além de tudo a vergonha... Tive que fazer xixi lá dentro. Quando abriram, havia um rio. Ainda bem que perdi os sentidos.

— Mas tudo passou. Reanime-se.

O xibungo endereçou-me um sorriso lateral e raso.

— Sabe, William (certamente soubera com Rita que eu já usara esse pseudônimo), que fiquei muito impressionado com o que disse sobre as minorias oprimidas? Achei tão humano!

— Eu disse?

— Na festa de Eliana.

Realmente não me lembrava desse discurso.

— Sempre lutei em benefício das minorias. Judeus, índios, negros...

— Homossexuais?

— Claro... claro... Todas as minorias. Sem exceção.

— Bonito isso!

— Se não me engano, creio que já escrevi qualquer coisa a respeito. Não tenho certeza.

Cármen apanhou uma das maçãs que eu levara e começou a mastigá-la com uma volúpia que a escuridão do quarto acentuava. Levantei-me do pufe e pedi:

– Fale-me de Eliana Brandão.
– Mulheres não são minoria – disse ele.
Estatisticamente correto, mas era bom que as coisas ficassem claras.
– Vou lhe contar um segredo.
– Você está apaixonado por Eliana – antecipou-se Cármen, deixando a maçã rolar pela cama.
– Não sei se é paixão. Mas alguma coisa é.
– Disso não tenho dúvida: alguma coisa é. Já vi centenas sentirem isto ou aquilo por Eliana. Somos amigos desde que chegou do Sul. Muitos fizeram loucuras. Se tenciona cometer alguma, me diga qual, e lhe direi se é velha ou novidade.
– Cometeram loucuras?
– Um dos seus fãs atirou-se duma janela. Era ator.
– Não pretendo quebrar a cabeça por causa dela.
– Esse não quebrou apenas a cabeça. Morreu mesmo.
– E qual foi a reação de Eliana?
– Chorou. Tem bom coração.
Fiz uma pausa pequena, pois a ansiedade era grande.
– Quem é seu amante?
– Não sei, William, e se soubesse, não diria, O que garanto é que seu maior apaixonado é o Jarbas. Continua louco por ela.
– Soube que está indo para o Sul.
– Mas volta. Escreva.
O jogo já estava aberto, e o que eu investira em maçãs devia render mais.
– Não conheceu nenhum amante de Eliana?
A resposta foi demorada. Parecia fazer um honesto esforço para lembrar-se.
– Creio que não.
O que era simples pergunta virou interrogatório.
– Impossível que uma mulher tão cobiçada como Eliana, separada do marido, morando sozinha, não tenha tido nenhum caso nesses anos todos.
– Não faz tantos anos assim que veio do Sul. Três no máximo.
– Mesmo assim.
Cármen retomou a maçã, deu-lhe uma dentada como quem morde uma massa a pedido do dentista, e revelou tudo o que sabia.

– Dizem, ouça bem, dizem, que teve um caso com um famoso artista italiano que andou filmando aqui. E também com um diretor de cinema americano que passou o carnaval no Rio. Foi o que transpirou. Mas tudo pode ter sido falatório de jornalistas.

Quase ia embora quando outra pergunta me ocorreu. Mas para acertar o alvo usei o mesmo sorriso lateral e raso do Cármen.

– E Kaíco, a nissei?

Cármen começou a rir, um riso saudável, tanto que levantou da cama e deu alguns passos.

– Por que pergunta, William?

– Porque ela cuida demasiadamente da imagem da patroa. Nunca tira férias? Haverá desfile em 7 de setembro. Será que não vai assistir?

Cármen, exaurido pelo esforço, levou o resto do sorriso de volta para a cama.

– Não imagine tanta coisa – disse. – Seu problema é ver em tudo uma pornochanchada.

Dirigi-me à porta, despedindo-me. Cármen retomou sua expressão pré-cadavérica de quando entrei. Pediu-me que deixasse a porta aberta. Queria ficar exposto à visitação pública. Mas ainda abriu a boca antes que me retirasse.

– Quem sabe possa ajudar você nessa matéria... Existem palavrinhas mágicas. Agora vá com o Senhor.

Voltei ao Elevado já tentando, pelo caminho, bolar o novo roteiro solicitado pelo Gentile. Francamente, preferiria escrever um drama sobre favelados para não colocar mais lenha em minha obsessão, mas Odilon determinara assim.

Havia um envelope debaixo da porta. Rasguei-o depressa, assustado pelo timbre. Li a carta de pé, sentado e depois deitado. Em nenhuma dessas posições ela me pareceu menos preocupante. Impossibilitado de escrever, é claro, e com raiva do mundo, desci disposto a embebedar-me e comprei um litro de uísque barato. Não era uma solução, mas um intervalo.

31

O álcool faz mal, porém pode trazer belas imagens. A partir da metade do litro, olhei à janela, vi um espetáculo e tive a ventura de participar dele. Realizava-se o que imediatamente me pareceu um balé e por isso dei como título: O balé do Elevado. Pessoas do meu convívio, gente que não quero bem nem mal, mas que estão na minha trilha, bailavam na grande ponte. Os automóveis estavam ausentes, seus ruídos no entanto permaneciam. Mais que isso, eles eram a música do balé, funcionando seus motores como instrumentos. Buzinas e breques tinham uma função evidente na orquestração, incumbidos de marcarem o compasso e os efeitos de percussão. Só faltava um maestro para que aquilo fosse uma sinfonia, concerto ou suíte. Fascinado pela peça musical e sentindo no sangue e nos nervos sua corrente elétrica, não me satisfiz com desfrutar do conforto de meu camarote residencial. Quis os passos e gestos do bailado como um presente que oferecia a meu corpo de *playwright*. Foi só desejar e ingressei no elenco que, pelos acenos dirigidos à janela, fazia questão cerrada de meu concurso. Não recordo de já ter bailado alguma vez e, com exceção dos meus passeios na corda bamba, nunca exercitei o equilíbrio exigido por essa arte graciosa. Ignorante na técnica do rodopio e sentindo dificuldade para andar nas pontas dos dedos, devido a meus pés chatos, sempre me inclinei a ver em Nijinski mais uma bicha louca que um mestre de qualquer coisa. Ao pisar, contudo, o Elevado e notando que um público numeroso e entusiasmado se dividia em mil janelas, fui obedecendo com as pernas, corpo e braços ao comando da orquestra invisível. Não era fácil, mas era possível. Bastava acompanhar ou imitar o que os outros faziam, e com que prazer! Lá, bailarinos do mesmo palco, estavam o Lorca e o Jardim, a disputar quem figurava maior leveza. Tonight bailava de *smoking*, a camuflar com o luxo do vestuário certas hesitações e desacertos. A seu lado, Puta Poeta! apenas rebolava, toda voltada para os espectadores, sorridente, a achar que o êxito nada tem a ver com a qualidade da exibição. Vi o Cármen com seus meneios e saracoteios, o mais próximo das janelas, e excelente piruetador; vi Kaíco com suas maracas, concentrada em suas ações, perfeita no corpo e nos membros; vi o Gentile! o Max! o Aranha... Vi um bailarino mascarado (seria o Odilon?). Sem sair do ritmo e sem abandonar pretensões artísticas, fui me aproximando dele para arrancar a máscara. Quase o faço num inspirado voleio, mas um perfume estrangeiro endereçou meu olhar e minhas mãos mais para a frente. Havia uma estrela naquele balé de que éramos meros planetas em órbitas desordenadas como um feriado astral. E ela, nua, inteiramente nua, grande, nas proporções dum cartaz do Guanabara, ia, desinibida e vaidosa, puxando o desfile de bailarinos. Era Eliana, Brandão (assim, com essa vírgula para se respirar no meio), que, ora de costas para nós (puxa!), ora de lado (santo Deus!), ora frontalmente (não...), caminhava e bailava sob uma chuva de papéis picadinhos, tornados coloridos ou reluzentes pela fantasia do balé-desfile.

E, ao contrário do que sempre acontece no final dos sonhos, que é acordar, eu e a garrafa de uísque, quase vazia, dormimos no mesmo travesseiro.

32

No dia seguinte levantei cedo, despertado pela carta. Tomei um ônibus que ia para longe. Desci diante do Lar Santo Agostinho. Antes de visitar tio Bruno, passei pela diretoria, que me mandara chamar às pressas para tratar de *assunto de meu interesse*. Esse assunto só podia ser um ou outro. Alguma doença grave de tio Bruno ou...

— Sente-se, por favor — pediu-me o diretor.
— Meu tio está doente?
— Não, o chamei por outro motivo — o mais temido.

O diretor não ia fazer pausa, mas decidi incluí-la no diálogo com outra pergunta:

– Aconteceu algo com o general Melcchiori?
– Morreu.
– Morreu?! Quando?
– Calma, já foi enterrado.
Não eram o enterro e suas circunstâncias que me preocupavam.
– E como vai ficar a situação de meu tio aqui no Lar?
– É o que lhe pergunto.
– O general tinha uma filha...
– Eu sei, Marieta.
– Provavelmente ela continuará a bonita obra de seu pai. Vamos telefonar.
– Já telefonei.
Devo ter empalidecido. Tenho certeza de que empalideci.
– E ela?
– Respondeu que o compromisso era do velho, não dela.
Mordi os lábios. Tudo é muito convencional nas cenas de tensão.
– Acha que foi sua última palavra?
– Sei lá! As mulheres geralmente param na penúltima.
– E se eu fosse visitá-la?

O diretor deu de ombros e, de repente, como ele me lembrasse algum ator italiano (chamava-se Ângelo Bracali), tudo me pareceu falso, eu, Bracali, a situação criada e o azul celeste visto pela janela. Por que se constroem edifícios e não apenas cenários? Por que encarecer, com tanta realidade, os orçamentos? O mundo não precisa de Deus, basta um roteirista. Considerações que haviam sobrado do porre da véspera.

– Para nós não importa quem paga. Quer o endereço da senhorita Marieta?

Apanhei um táxi e desci diante duma casa velha mas imponente. Campainha. Uma empregada apareceu à porta sobre uma escadaria de mármore. Eu estaria sabendo chegar?

– Dona Marieta está?

Percebi que me observavam detrás duma cortina. Dispensei o motorista e subi as escadas.

Entrei numa ampla sala mobiliada com peças dos bons tempos. Até um relógio cuco ainda prestava serviço. Num ambiente tão sóbrio, eu destoaria se não ficasse sóbrio também.

— Senhor?

Voltei-me e vi, à entrada do corredor interno, toda de verde-amazonas, uma mulher duns trinta e tantos anos dona dum corpo que o lápis do Guanabara desenharia mesmo sem o auxílio dos dedos. O rosto, zangado, ou escondia a beleza ou disfarçava a feiura.

— Boa tarde! É dona Marieta? Eu sou sobrinho de seu Bruno. Estive no Lar, onde soube que nosso amigo general faleceu. Vim trazer meus pêsames.

Marieta desativou a zanga. Sim, era bonita, beleza de nascença, sem truques, dessas que já vimos em gravuras históricas, de rainhas virtuosas, ou em velhos livros de medicina natural, onde o nu é didático.

— Papai andava muito doente há anos — ela contou. — Esperava sua morte a qualquer momento.

— Meu tio está inconsolável — comentei, embora não tivesse visto o velho depois da notícia. — Ele e o general eram como irmãos. Conversamos os três muitas vezes. Gostavam de lembrar da guerra. Bruno o considera um herói.

— Para onde vai levar seu tio agora? — perguntou Marieta, entrando já no assunto, antes que eu o amaciasse.

— Esse é o problema! A mensalidade do Lar Santo Agostinho é pesada! E ele está muito acostumado lá. Pode morrer se for para qualquer asilo.

— O senhor não pode continuar pagando o Lar?

— Infelizmente, dona Marieta...

O rosto de Marieta ficou sisudo outra vez. Não se preocupava em parecer bonita.

— Li no jornal a seu respeito. Não ganha muito com esses filmes indecentes?

— Estou começando agora no cinema. Mas a senhora está mal informada. O filme que estão exibindo não é indecente. É apenas uma comédia maliciosa.

— Uma amiga minha, Isa, foi ver e nem ficou até o fim. Saiu horrorizada. Disse que há uma atriz que aparece quase nua! Será que ela não teve vergonha?

Disse então o que todos os roteiristas dizem quando seus filmes são atacados:

— Os diretores costumam acrescentar cenas fortes no roteiro por motivos comerciais. E quem escreve nem sequer é consultado...
— Eu não permitiria que pusessem meu nome numa coisa assim.

Não fora até lá para discutir minha carreira de roteirista. Creio que também fiquei sisudo e voltei ao tema principal com maior objetividade.

— O general sempre que visitava meu tio prometia que ele nunca ficaria desamparado. A senhora sabia disso?
— E nunca o desamparou enquanto esteve vivo. A mim jamais pediu que continuasse pagando as mensalidades da casa de repouso. Agora chegou a sua vez.

Minha sisudez não funcionou. Troquei-a, depressa, por um ar de tristeza que não sei se combinava bem com a cor do meu paletó.

— A morte do general me apanhou de surpresa. Seria pedir-lhe muito que, em nome da amizade que uniu os dois, pagasse o Lar até o fim do ano?

Marieta também trocou a sisudez, mas pelo contrário.

— O que é isso? Um comunista pedindo ajuda a uma fascista?!
— Mas não sou comunista, dona Marieta!
— Meu pai disse que até já esteve preso. Quem lhe contou foi seu tio.
— Estive preso, sim, alguns dias, por engano. Apenas porque acompanhei uma passeata. Não tenho ideais políticos. Meu objetivo na vida é ganhar dinheiro.
— E por que não ganha? — ela perguntou juntamente com o fim duma risada que não tivera começo.

Senti que se eu continuasse lá haveria o que no cinema chamam de saturação de imagem. Que deveria fazer? Ajoelhar-me aos pés dela? Não, sou orgulhoso e, além do mais, meus joelhos, muito sensíveis, não suportam a posição. Eu mesmo cuidei de jogar a toalha no chão e sem estender a mão me retirei.

Voltei imediatamente ao Lar. Quem sabe a direção, acostumada com tio Bruno, decidisse fazer um grande abatimento na mensalidade ou indicar-me uma casa de repouso mais barata, que a insignificante aposentadoria do velho pudesse pagar?

O diretor levantou-se quando entrei em seu escritório.

— Já sabe o que aconteceu?
— O que aconteceu?
— Seu tio...
— Suicidou-se? — arrisquei, lembrando as árvores do jardim, excelentes para um enforcamento.
— Fugiu!
— Mas não é a primeira vez, dr. Bracali. Foge todos os anos. Ele volta.
— Não para cá — advertiu o gerontólogo. — Só o receberemos se alguém pagar a próxima mensalidade. Mas, se quiser, podemos avisar a polícia.

Pensei um minuto. Exagero: um segundo.
— Não é preciso.
— Ele sabe onde o senhor mora?

Isso que me preocupava.
— Sabe.
— Bem. Ao passar pela portaria, pegue uma trouxa de roupas dele e alguns livros. Parecia homem instruído, não?
— Lecionou na Sorbonne. Mas vejo que não adiantou. Boa tarde, dr. Bracali.

Ao entrar em meu apartamento tive o receio de encontrar tio Bruno à minha espera. Tanto que abri a porta no ritmo lento de quem fila cartas no pôquer. Sorri ao vazio e fui escrever o pornô que o Gentile me pedira. Mas aquela Marieta, mulher malvada, de pé e de verde, diante de mim, repetia com palavras e gestos meus azares da tarde. Senti um ódio... E depois do ódio um mais positivo desejo de vingança. Tive uma ideia e me levantei para telefonar. A ideia, porém, seria melhor aproveitada, causaria um trauma maior, se posta em prática pessoalmente.

Voltei à casa de Marieta e já fui subindo os degraus. Queria que minha pressa se confundisse com desespero. Assim que a empregada abriu a porta, balbuciei como se me escapasse o controle do maxilar e dos lábios.

— Dona Marieta... por favor... dona Marieta.

Na sala, enquanto esperava, vi um espelho e tentei apagar ou riscar um X no que pudesse haver de cômico em minha expressão. Fiz certo porque o que restou foi uma dor intensa.

– O que houve agora? – perguntou Marieta, adentrando – desculpem-me, mas pela primeira vez realmente vi alguém *adentrar* – a sala.

– Tio Bruno não veio para cá?

– Seu tio? Não.

– Perdoe-me o aborrecimento, é que o estou procurando pela cidade toda. Obrigado, dona Marieta.

– Ele não está no Lar?

– Fugiu!

– Ah...

– E isso não é o pior. Um dos enfermeiros do Lar... Mas isso não lhe interessa. É problema meu. Com licença, vou procurá-lo pelo Tietê.

– O que lhe disse o enfermeiro?

Ainda hesitei, abrindo um espaço que nós do cinema chamamos de *timing*.

– Quando titio soube que nem eu nem a senhora pagaríamos a mensalidade, falou em suicídio... Penso que fugiu para acabar com a vida noutra parte. E ele sempre sofreu uma mórbida atração por rios. Sabia?

Marieta tinha pernas grossas, mas tremeu sobre elas e sentou-se.

– Avisou a polícia?

– A polícia não vai se preocupar com um pobre velho meio demente. Mas pedi sua ajuda e também a um amigo meu, grande detetive, o Jardim. Estou acionando todas as possibilidades – dei um longo passeio pela sala, o que em linguagem cinematográfica é um *traveling*. – Se ele se matar, acho que também me matarei.

Marieta não era de pedra. Uma mulher com aqueles seios e aquelas coxas só podia ser uma criatura humana.

– Se ele fizesse isso, eu... eu... afinal...

– Não, não, não. Por favor, não se sinta culpada de nada. Ele não é seu tio. Faço questão de assumir a culpa toda. Se eu pudesse pagar a mensalidade tudo estaria certo.

– O senhor está se sentindo mal?

Esqueci de contar que ao pronunciar as últimas palavras de minha fala anterior levei a mão à garganta, que apertei, transferindo-a depois ao coração. Alguém aí assistiu a um enfarto? Eu não, mas é fácil de imaginar.

– Bastaria um copo d'água.

Marieta correu para o interior da casa e em tempo hábil voltou com um copo d'água. Eu, já sentado, bebi-o gole a gole. Não estava representando. Gosto de água, creiam, e bebo às vezes.

– Queria cheirar alguma coisa?

Cheiraria lança-perfume se não fosse o perigo de carnavalizar a situação.

– Obrigado, dona Marieta. Estou melhor. Acho que já posso ir.

– Adiantaria alguma coisa percorrer o Tietê, um rio tão grande, à procura de seu tio? Além do mais é quase noite.

Olhei pela janela e realmente constatei que minha velha amiga se aproximava.

– A senhora tem razão. No escuro eu não encontraria meu pobre tio.

– Mais água?

– Aceitaria qualquer coisa forte.

– Café?

– O médico anda me proibindo o café.

– Tenho aqui um bom conhaque. Espanhol.

– Conhaque? Sim. Uma boa dose me faria bem. Mas não gostaria de me acompanhar?

– O senhor diz beber com o senhor? Oh, sim, bebo. Também estou precisando.

Bebi, bebemos, sentados um ao lado do outro, em poltronas gêmeas. Marieta logo à primeira dose notou que a bebida afugentava minha palidez. Por precaução aceitei uma segunda, com uma boca feita para tomar remédio. Não era desses doentes que se rebelam contra a medicina. Para que ela não se inquietasse comigo, conversei. Assunto sentimental, meu tio, a quem dedicara todo meu afeto desde a infância. Falando de Bruno, lógico, não esquecia o velho e simpático general, que, lutando na guerra até o fim ao lado de Mussolini, me dera um comovente exemplo de fidelidade.

– Aposto – disse concluindo essa etapa da conversa – que seu pai teria preferido morrer com o Duce, na Praça Loreto, pendurado de cabeça pra baixo.

— Aí já não digo – comentou a filha do general fascista. – Mas que era homem muito grato e fiel aos amigos, era!

Marieta não me acompanhou na segunda dose; acompanhou na terceira.

— Então você não é comunista mesmo?

— Não sou, tanto que me soltaram logo.

Marieta apenas ouviu, não sei se acreditou, mas a conversa tomou outro rumo, mais íntimo. Ela guardava, quem sabe desde a primeira visita, uma curiosidade:

— O que sua mulher diz desses filmes im...próprios que escreve?

— Não sou casado, Marieta – respondi, engolindo o "dona" com outra dose de conhaque.

— É contra o casamento?

— Fui no passado, mas hoje o casamento é minha meta. O difícil é encontrar um verdadeiro amor – e achando que perguntas criam mais intimidade que respostas, também quis saber: – É casada?

Não era pergunta para sim ou não. Marieta retomou seu cálice, quase vazio. Precipitei-me em enchê-lo de conhaque até as bordas, sem contudo derramar uma só gota do precioso líquido. Como lhe era pesado responder, a filha do general baixou a cabeça:

— Fui casada – disse, aliás confessou. – Eu era mocinha. O casamento durou apenas seis meses.

— Ele morreu?

— Não, desapareceu.

— Oh! – exclamei, usando meu estoque de velhas interjeições.

— Mas ele não era mau. A culpa foi um tanto de meu pai, muito exigente e intolerante com as pessoas.

— Não o viu mais?

— Não, mas depois de alguns anos passou a escrever-me. No Natal, manda-me cartões-postais. Promete voltar, porém fica tudo em promessas. Chama-se Hamleto – concluiu, como se o nome, shakespeariano, mesmo em versão italiana, bastasse para explicar um temperamento indomável.

— Um dia ele volta...

– Não creio...

– Tive imenso prazer em conhecê-la – revelei num sorriso trabalhado no sentido do íntimo e do sincero, que no cinema sempre é focalizado em plano americano, isto é, do peito para cima.

Apanhando carona no meu sorriso, ela retificou uma informação:

– Não foi nenhuma amiga que assistiu *A Sereia do Guarujá*. Menti. Fui eu mesma. Falam tanto do filme, que fiquei curiosa. Mas não modifico nada do que disse. É uma indecência.

Beijei-lhe a mão. Já vira o Lorca fazer isso nos inferninhos.

– Espero vê-la mais vezes.

– Telefone. Nunca saio de casa.

Saí do casarão amigo da patroa.

33

Piranha de primeira classe

Com receio de que tio Bruno me procurasse no Elevado, pouco saía do apartamento. Se ele chegasse, precisava haver alguém para não lhe abrir a porta. Se saía, era para telefonar. Sempre tempo perdido, porque Eliana filmava com Max *A serpente do segundo andar*. Ela voltava tarde, podre, e não queria papo com ninguém. Apenas Kaíco e Cármen frequentavam seu apartamento.

Parti, então, para o terceiro pornô, depois de tecer considerações gerais sobre a matéria. Ocorreu-me que antes, nos tempos das chanchadas, o que destratava o riso eram os defeitos de audição e fonação. Surdos e gagos, além de fazerem o tempo correr, garantiam gargalhadas em conexão direta com a bilheteria. Essa experiência vinha do teatro dos anos 30, no tempo do ponto, dos três atos e da palavra merda que os atores diziam uns aos outros, desejando-se sorte, antes que as pancadas do contrarregra anunciassem o início dos espetáculos. Nos anos 70, esses ingredientes, já gastos nos palcos e nas telas, velhos e ingênuos, não funcionavam mais. O novo público do cinema, não obrigado a usar gravata, mais solto, queria gargalhar com todos os músculos e tendões. Rir com a boca e o queixo era pouco. Então o surdo e o gago foram trocados pelo homossexual e o cornudo. Todos os roteiristas passaram a incluir um ou outro nos seus *scripts*, ou os dois, como preferi fazer para garantir fila até a esquina no Cine Marabá. O *know-how* antecede qualquer ideia criativa. Quem sabe o que quer não procura, encontra. Assim, criei uma fórmula que jamais pus no papel para não cair nas mãos de qualquer farmacêutico. Da posologia constava uma mulher espetacular, o que era fácil porque Deus já inventara Eliana; um assumido ou enrustido; um cavalheiro antipático, geralmente machão, traído pela mulher; uma mulata desavergonhada, para os apreciadores da cor; e um variado elenco masculino e feminino de insatisfeitos sexuais: janeleiros, equipados ou não com binóculos; pessoas distraídas que, sem saber onde andam, se aprisionam nas armadilhas do sexo; jovens que ensaiam a primeira travessura com suas genitálias não distantes dum casal de idosos que tenta a última; solteironas que passam; viúvas que ficam; os que perseguem e os que esperam encontros amorosos, com destaque para os que fogem deles; puritanos(as) que, tropeçando ou escorregando, caem imprevistamente nos braços do pecado. Um enredo para feriados e fins de semana, quando a vida é melhor, e sempre favorecido pela tinta azul do céu, do mar, das piscinas, cenários que não custam dinheiro para o produtor e passam as energias da natureza, cúmplice das intenções do roteirista.

 Posto tudo isso na cabeça, em fila, fica mais fácil a tarefa da criação. Mas não foi tão simples. Meu pensamento ia de Eliana a Marieta e de Marieta a Eliana, pinguepongueando o tempo todo. A paixão e a necessidade. Mesmo assim, fiz o que Gentile me pedia.

Desta vez o título veio de graça: Piranha de primeira classe. É desses títulos que puxam a história pela mão, servem de fôrma de bolo para o *script*. Claro que o cenário-mor veio junto: um hotel com um punhado de estrelas, localizado na orla ou onde o Gentile preferisse, segundo seus arranjos de permuta ou *merchandising*.

Mão feminina com um brilhante de tamanho jamais visto num dos dedos assina a ficha de entrada. O gerente já esperava a hóspede: a bela, ainda jovem e já viúva, baronesa Candiani, trilhonária que, apesar do excitante preto do luto, talvez estivesse em tempo de se casar novamente.

Logo mais, num biquíni negro, a viúva aparece na piscina do hotel, onde interrompe todos os martínis, *bloodies* e gins que os elegantes hóspedes bebiam. Uma beleza paralisante. O mesmo efeito a câmera registra na água: um homem que nadava, vendo o que todos viam, perde o controle dos braços e das pernas e seu espaço logo é substituído por um *show* de borbulhas.

No bar, ambiente fechado, a viúva repete todo o êxito que tivera ao ar livre. Desta vez, a pergunta "quem é ela?" circula entre as mesas, em curvas e retas, até que um funcionário da portaria esclarece: uma baronesa, viúva e rica. Alguém lera numa revista de turismo que ela, brasileira, se casara com um italiano idoso, fabricante dum molho em lata que paladar nenhum na península rejeitava. O título de nobreza podia ser apelido, mas a montanha de liras do Candiani tornava irrelevante qualquer pesquisa nesse sentido. Uma tarde, quando ele entrava em sua Masseratti, terroristas despeitados metralharam-no. A viúva deixou a vila de cem cômodos onde morava com o rei do molho, juntara alguma gaita e lá estava, no hotel, ainda em fase de estreia de sua viuvez.

À noite, ao aparecer no restaurante, a baronesa, que se chamava Ana Élia, já atraía no hotel mais olhares que a fonte luminosa e contava com no mínimo vinte apaixonados de cinco estrelas. Cada fala deles recebia na rubrica entre parêntesis do *script* a indicação do sotaque: caipira paulista, nordestino, gaúcho, carioca, mineiro e, como não podia faltar, um estrangeiro (este bonitão) copiado de David Niven, um *gentleman* tão perfeito que nenhuma cólica ou furúnculo debaixo do braço seria capaz de desarticular sua elegância.

O filme (fita, já que era do Gentile) seguia daí por diante o tom das expectativas do publicão. Os hóspedes passam a lutar pela conquista de Ana Élia. Entre eles, o machão, que se julga com mais chance, enquanto sua mulher, uma tímida e trêmula magrela, o trai com o ascensorista, típico galã de bairro. Em sua suíte, Ana Élia sabe de tudo que se diz e que se trama a seu respeito nas dependências mais expostas do hotel, amiga que fica do Walinho, um amoreco de bicha, camareiro do andar. O menos assanhado da alcateia é justamente David Niven, embora sempre esteja onde a baronesa está, mas com ar e maneiras de quem não quer nada.

Ana Élia é uma solitária, mas do tipo circulante, que não resiste a uma escada para subir ou descer e não há corredor cujo comprimento iniba ou acovarde seus passos. E quando passa, vai acendendo o desejo dos homens e o ciúme das mulheres, que entram em conflito, rendendo cenas dum humorismo elementar, bom com o salgado da pipoca e nada mau com o doce do dropes. Então, numa dessas circulações, na esquina de dois corredores acarpetados, ela, Élia-Eliana, a atriz e a personagem, mesclam-se trombando com um elegantérrimo galgo, o David Niven, do jeito que a Metro, a Fox e a Universal fizeram tantas vezes para aproximar cabeças de elenco.

Os invejosos ricaços em férias veem por toda parte, no hotel e redondezas, o belo casal que o acaso reuniu. Parece que uma *love story* vai ter início. O público também embarca nesta. O roteirista precisa jogar com malícia e enganos para lançar depois o efeito-surpresa. Chama-se a isso carpintaria, sinônimo de tarimba ou cancha, também de uso corrente no teatro. Assim que uma sequência fica pronta, armada, é urgente arranjar um meio de desarmá-la, mesmo não existindo um rato disponível. Por isso, coloquei Ana Élia e seu galã na boate, com todos os fãs nas mesas de pista, e, puxando os cordéis, fiz com que brigassem, houve um tapa, na presença de todos. Depois, um para cada lado, abandonam a área do vexame, enquanto se reacende em *takes* distintos a esperança de todos os flertadores.

Walinho, o lírio pirado, vive aí a parte mais importante de seu papel. Incumbindo-se ou incumbido, é quem conta para o mundo que Ana Élia rompera com o David Niven local porque, no entender da baronesa, ele não passava dum conquistador barato e que com toda certeza seu *smoking* noturno era alugado. Por outro lado, o próprio galã, antes de deixar o hotel, confessa num elevador com lotação esgotada que a tal baronesa queria vender-lhe uma joia, pois, ainda não tendo recebido a herança do falecido, andava sem dinheiro. Era uma joia valiosíssima que lhe venderia por bom preço, mas ele não quis comprá-la para não dar à aventura um sentido mercantilista. Isso dito e revelado, pagou a conta e desapareceu.

Depois desse episódio, os turistas, enfeitiçados, começaram, um a um, a se aproximar da bela Ana Élia, e o primeiro que entrou em seu quarto foi um baiano, produtor de cacau, disposto a tudo para fixar na memória algumas horas de felicidade plena. O David Niven não mentira. A viúva pretendia mesmo vender uma joia para se aguentar até a liberação de suas liras. Mas como estava calor, a futura milionária mostra a joia e sua intenção só de calcinha e sutiã. Antes, porém, já mostrara um retrato do falecido e outro de sua empolgante vila italiana. Nisso, em primeiro plano o baiano preenche o cheque, enquanto em plano geral Ana Élia retira as derradeiras peças íntimas para a satisfação do cacaueiro, do Gentile e de centenas de milhares de espectadores.

O segundo a entrar cautelosamente no apartamento da viúva é um fazendeiro do interior paulista, neto do Jeca Tatu, que enriquecera após a leitura do almanaque do Biotônico Fontoura. Este, como o primeiro, entendendo as aflições provisórias da beldade, compra outra joia e, após colocar diversos zeros no cheque, vai repousar no leito cobiçado.

O resto (terceiro, quarto e quinto) do roteiro foi uma repetição que me exigiu engenho e arte para não monotonizar. O esqueleto da ação era o mesmo; variavam personagens, circunstâncias e reações dos compradores de joias. Um foi afoito demais e saiu de maca do apartamento; outro, tímido, contentou-se com um beijo; e o último, assustado com tanta beleza, saiu correndo, nu, pelos corredores do cinco estrelas.

Na breve sequência final, Ana Élia paga a conta do hotel e desaparece. Corte para uma agência bancária, onde desconta cheques. Sorriso fulgurante, mas já não nobre de baronesa. Corte para um apartamento modesto, onde ela entra. Abre uma gaveta e retira um punhadão de joias. A câmera desloca-se para o criado-mudo: retrato dum casal apaixonado. Tempo para identificação: a moça é Ana Élia mais moça. E o rapaz de rosto colado com o dela, quem é?

Abre-se a porta do apartamento. O moço simpático do retrato entra. É o David Niven do hotel! Ela, entre falsas joias e sorrisos apaixonados, abraça-o. Depois, aponta-lhe o dinheiro que trouxe do banco.

– Você é uma piranha! – ele exclama, orgulhoso da parceria.
– Mas de alto luxo – ela acrescenta, feliz.

Tudo isso escrito, levei para o Triumpho. O sucesso da Sereia predispusera o Gentile a gostar de tudo que eu fizesse. Leu por cima. Tinha pressa.

– Toque o bonde – deliciosa expressão antiga que significava aprovação sem restrições.

Pior era quando – e isto eu vi e ouvi muitas vezes – Gentile dizia a roteiristas, atores e técnicos que já não lhe interessavam:

– Então ficamos assim, querido, você não me telefone e eu não lhe telefono. Anote.

A secretária da peruca vermelha preencheu um cheque, o inicial, que o produtor assinou prazeroso e, com o dia ganho, fui para o Soberano beber a gelada mais estúpida. Beber porque não há pressa é diferente de beber porque o tempo é que não tem pressa. Sem a angústia dos bolsos vazios, sempre maior na garganta e no estômago, descobri até certo prazer em olhar a Triumpho, com suas casas que datavam do ph, seu movimento intenso de carros e transeuntes e seus velhos cheiros. Comi um pastel para dar sede, eram feitos só para isso, pedi mais um casco e comecei a pensar em nada.

Aí quem vi? O Cármen, pela primeira vez na Triumpho, já curado do elevador, como se lia em sua cara. Foi me ver e entrar no Soberano, saltitando com invejável leveza.

– Sabe quem quer lhe dar uma mordida na ponta do nariz?
– Quem?
– A minha, a sua, a nossa chinoca!
– Eliana? O que fiz pra ela?

O Cármen podia ser falso, mas sabia ser agradável.

– Morre de saudades de ti – disse, imitando o sotaque gaúcho da estrela.
– Mas não está filmando?
– Está, mas de noite sempre há vaga para os do peito.
– Kaíco também manda lembranças?
– Se formos de braços dados, ela não dirá nada, Kenzinho.

Voltei ao Elevado não sabendo se esquecia Eliana para escrever o roteiro ou esquecia o roteiro para pensar em Eliana. Lembro que estiquei essa indecisão até onde pude, e onde pude foi justamente a manhã do dia seguinte.

34

Mas quando eu ia sair para telefonar à Eliana, apareceu um da rua com um recado do Gentile: queria mais pressa desta vez. Os cotistas estavam aparecendo e já se marcava o dia de início das filmagens. Então decidi castigar a pornoatriz com minha ausência, voltando a ser o homem-hora execrado pelo Lorca. Tudo pronto em três dias, fui apanhar o cheque da salvação, e aí, folgado, camisa nova, cabelos cortados, cheirando bem, apareci no apartamento de Eliana, solto, como quem não saíra de casa para isso.

Estava na hora de o autor de *scripts*, em vias de consagração, escrever seu próprio papel, escalar-se no elenco, dando às cenas uma sequência lógica, recriar a vida, se não totalmente ao menos em parceria com o destino.

Kaíco, que me abriu a porta, apenas me permitiu entrar, olhando através de mim como se aguardasse a visita do Homem Invisível. Felizmente, Rita, tão amiga dos brancos afáveis, veio, me abraçou e beijou. Eliana estava largada num divã, não podre, mas desgalhada. Sempre que filmava, ela interpretava, no intervalo das cenas e no fim do dia de trabalho, o papel da atriz que dera tudo, que queimara todas as energias, que se esbagaçara para atingir a perfeição. Ela gostava que a vissem assim, prostrada, exânime, vazia, desatenta com a própria beleza, crendo que essa imagem, não produzida, fazia com que as pessoas valorizassem mais seu talento do que seu corpo. Percebi que eu chegara num dia em que ela preferia ser velada, rejeitando bajulações.

– Meu bom William – ela gemeu. – Teu roteiro está me matando. Se a crítica desta vez falar mal, pego um daqueles safados e não sei o que farei engolir.

– Um sapato – sugeriu a Rita. – Isso eu queria ver.

– Boa ideia, Rita, depois da estreia da *Serpente* hei de levar sempre um na bolsa.

– E um fotógrafo a tiracolo – disse Kaíco. – Uma coisa dessas tem de ser vista por muita gente.

Aí, não sei se foi bem aí, parece que Kaíco tinha ido buscar bebida na cozinha. Eliana, sem sair do tipo que representava, estendeu o braço e segurou minha mão. Eu, sentado diante do divã, com ar e postura de médico da família, senti a surpresa do gesto em cada centímetro de minha pele. À falta dum espelho, não pude ver o que aquele contato inesperado e espontâneo fazia em meu rosto, mas devia ser algo cômico, pois Eliana sorriu e apertou ainda mais minha mão, dedilhando em morse não sei que mensagem. Apertei a sua também, deixando os dedos um tanto soltos para que dialogassem com os dela. Aos músculos faciais dei também um pouco de disciplina, recolhendo o pasmo e a gratidão de quem recebe um presente. O sorriso, se não havia, inventei, para transmitir a ela o prazer que sentia e o desejo de intensificá-lo. Não sei quanto tempo demorou esse aperto de mãos, que o leitor pode prolongar e até aperfeiçoar sem modificar a história. O que lembro é que ele deu tempo para rever todas as fotos daquela revista em dias de abacate, antes da colher do Odilon. E que durou enquanto durou o sorriso, embora este me pareceu ter mais forma que conteúdo. Se quisesse dizer alguma coisa, não entendi, porque me pareceu comprido demais e sem vírgulas.

Quando Kaíco voltou com copos e uísque, Eliana largou minha mão. Minha mão, sem a dela, ficou tão inútil que quase me esqueço de apanhar o copo. No resto da tarde não houve mais nada. Diria o mesmo se acontecesse um terremoto ou caísse uma bomba atômica. O apartamento de Eliana era um ponto de passagem ou uma festa imóvel, ao contrário da Paris contada por Hemingway. Logo começou a chegar gente: homens, mulheres e o Cármen. Agora peguem um lápis, de preferência vermelho, e risquem o que escrevi acima sobre o resto da tarde. Houve, sim, algo para lembrar. Eliana se retirou da sala; já que a reunião ameaçava virar festa precisava de nova disposição e nova roupa. Meu sucesso de roteirista permitia-me chegar à área de serviço sem ser conduzido. Passei pelo banheiro. Ouvi o ruído molhado dum chuveiro. Toquei a porta. Ela estava aberta. Entrei. Dentro do *box*, fechado, Eliana tomava uma ducha. Lá estava a silhueta tão frequente nos pornôs da Rua do Triumpho. O lugar-comum do erotismo que a censura não corta porque a imaginação é livre até nas mais fechadas ditaduras. Entre mim e Eliana só um vidro fosco e talvez minha covardia. Cheguei a mover a mão para fazer correr a porta do *box*. E ia abrir. Mas o vapor quente, sensato, desmanchou a silhueta. Tudo ficou igualmente opaco, e para quem estivesse fora do *box* não importava se era Eliana Brandão ou o conde Drácula quem tomava banho.

Eliana voltou magnífica para a sala, já exibindo seu melhor astral, cortejada pelos que estavam e pelos que chegavam, mas era em minha direção que o radar registrava os olhares de Kaíco, mais agressivos quando laterais, facilitados pela obliquidade oriental. Decidi não engrossar o séquito da rainha. Aquele aperto de mão, aquele enigma de cinco dedos fora fruto da ausência e não da presença. Dei por mim na rua. Depois dei por mim já no Elevado. Jardim mostrou-me uma carta-telegrama:

– Chegou para você neste momento!

Na pressa de ler, rasguei o frágil envelope. Era boa notícia. Era ótima notícia. Exagerando um pouco, era uma excelente notícia.

35

Cheguei ao casarão de Marieta levando flores. Mas não seria tudo uma precipitação? Marieta informara na carta-telegrama que tio Bruno estava em sua casa, porém não disse que ia cuidar dele. Assim que a empregada abriu a porta, entrei precipitadamente.

– Está no quarto do general – disse ela. – A primeira porta à direita.

Tio Bruno estava deitado na cama, uma beleza de cama do general. Um homem idoso, o médico, receitava. Marieta também lá, preocupada. Ao ver-me, veio:

– O doutor...
– É grave, diga, é grave?
– O coitado andou pela cidade todos esses dias. Chegou com febre e a roupa rasgada, como um mendigo. Tive pena!

Amparado por esse sentimento, fui conversar com o médico. Tio Bruno precisava de remédios e, o mais importante, de muito repouso. Ainda com as flores nas mãos, paguei a consulta e mandei a empregada à farmácia. Depois me aproximei do doente e, embora em voz baixa, dramatizei o conselho médico, afunilando a voz para que apenas seu ouvido esquerdo a captasse. Disse ou teria dito:

– Nem pense em pôr os pés no chão, tio. Pode morrer se apanhar um simples resfriado. O médico acabou de me dizer isso. Portanto, não tenha pressa de ficar curado. Seja amigo dessa boa senhora, dona Marieta, pois seu futuro será melhor nesta casa.

E para não fatigar o enfermo, afastei-me e entreguei as flores à filha do general.

– Muito gentil.
– Se teve mais alguma despesa com tio Bruno, eu pago.
– Vendeu mais uma daquelas histórias ind...próprias?
– Tive de vender – disse com a cara dum cientista americano obrigado a trabalhar para a União Soviética, após sequestro.
– Quer beber alguma coisa?
– Não queria, mas a carta-telegrama me deu um choque.

Marieta saiu e voltou com uma garrafa de vinho já aberta.

Não entendo muito de vinho, mas confio nos rótulos. Era calabrês, safra velha.

– Papai deixou uma grande adega – contou. – Gabava-se de ser um conhecedor de bebidas, embora bebesse pouco. Estou pensando em vender tudo.

– Vender... a adega?

– O que farei com centenas de garrafas? Aí tem até uísque Royal Salute e vinhos do interesse de colecionadores. Conhaque espanhol, então... A vodca é russa mesmo. Champanhe, só as melhores marcas.

Lembrei-me duma cena de velho filme: Edmundo Dantés encontrando o tesouro do abade Faria na ilha de Monte Cristo.

– Não, não... acho que não deve vender.

– Por quê?

– Me parece um tanto desrespeitoso. Afinal, o velho general amava suas garrafas.

– Mas elas valem muitos milhões, suponho.

– O dinheiro não é tudo – repliquei, apenas para repor em circulação um sábio dito popular. – Sempre que tomar um gole, estará prestando homenagem a ele. E há outra vida além da morte – garanti com uma convicção irrefutável.

Marieta tomou um gole do vinho e comentou as virtudes de seu pai. Bebi calado, atendo-me mais ao caráter espiritual da dita homenagem.

– O que faremos com seu tio Bruno quando estiver curado?

– Gostaria que ficasse aqui.

– Aqui, em minha casa?

No caso dessa pergunta eu já tinha a resposta.

– Sim... para poder visitá-la frequentemente.

Marieta ficou corada. Há anos que não via uma mulher corar. Aliás o verbo, com esse sentido, é mais para ser lido do que visto.

– Você tem cada uma...

– Falo sinceramente, Marieta.

Descobri que as mentiras polissílabas – sinceramente, por exemplo – passam melhor como verdades. As monossílabas, o sim e o não em especial, não convencem, pela brevidade e porque sempre podem esconder o avesso dos sentimentos.

Marieta levantou-se e começou a andar pela sala como se levasse um cão a passeio. O rubor seguiu com ela. Percebi que estava bastante embaraçada e que subitamente o espaço lhe parecera pequeno. Tomei um longo gole de vinho e levantei-me também. Aproximei-me dela o mais que pude.
– Ficou ofendida?
– Não, mas você sabe...
Eu não sabia. Achei que se tivesse uma máquina de escrever eu apenas bateria sete letras.
– Marieta.
Ela distanciou-se de mim. Foi até a porta:
– Nunca viu a oficina de meu pai? Marcenaria. Era seu *hobby*. Na Itália todos gostam de trabalhar com as mãos.
– Gostaria de ver – eu disse.
Marieta conduziu-me por um comprido corredor externo. Eu ignorava que ainda existissem quintais amplos. Vi um pequeno galpão fechado, sem dúvida a marcenaria do general. Entramos. Estava escuro lá dentro, mal se percebiam as máquinas da oficina, imobilizadas num grande silêncio. Pensei que ela fosse abrir a janela ou acender a luz para que a claridade saciasse minha curiosidade, mas não o fez.
– Então era aqui que ele trabalhava... – pode ser que eu disse ou pode ser que não.
Aí a filha do general perguntou o que seria um teste, um convite ou qualquer outra coisa:
– Quer que acenda a luz?
Não respondi à desafinada pergunta, que mais lembrava uma dublagem malfeita. De pé mesmo, sem sentar-me à máquina invisível, recorri às sete letras.
– Marieta...
As reticências foram orais, não gráficas.
– O quê.
Assim, sem ponto de interrogação, que não fez porque suas cordas vocais ainda não se haviam habituado à escuridão. Elas também às vezes são prejudicadas pela ausência da luz. Li isso não sei onde.
Não loquaz, mas insistente, disse de novo:

– Marieta...
– Vamos voltar para a sala?

Se alguma personagem minha naquelas circunstâncias respondesse "vamos", o Gentile me mataria. Abracei-a e beijei-lhe o pescoço, sentindo que seu perfume se sobrepunha ao cheiro da marcenaria.

– Por favor, me deixe...

Não era um pedido ou súplica, apenas uma frase.

– Marieta... Marieta...

O nome saía agora esmagado de encontro ao rosto da filha do general. Esmaguei-o depois, novamente no pescoço, nos braços, e por fim nos seus lábios. E quando o nome, esmagado ou despedaçado, já não servia mais, e talvez palavra alguma servisse, pois chegara o momento da ação, comecei a tarefa de desabotoar, mais difícil no escuro, porém com sensações de endoidecer os sentidos.

– Não... não... não...

Jamais ouvira *nãos* frágeis, verdadeiras bolhas de sabão que arrebentavam sozinhas ou se afastavam para longe se sopradas. *Nãos* que não passavam de partículas sonoras para decorar a cena em curso. Tanto que os dedos de Marieta auxiliavam os meus, corrigiam seus deslizes, dilatavam os caseados. Seu vestido foi escorregando pelo corpo, mas como o escuro continuava escuro eu tinha que adivinhar a beleza que não via.

Afinal estávamos nus, mas tive a desagradável impressão, passageira felizmente, de que havia outra pessoa na marcenaria, o Gentile. Não excitado, estava ali como profissional, para ver se a cena merecia filmagem e de que ângulos e com que lentes apresentaria algum rendimento cinematográfico. Ao contrário do que afirmava a crítica, o produtor tinha suas exigências e, mais duma vez, empurrando o diretor de lado, mandava que os artistas repetissem sequências inteiras, exaustivamente, até que se lograsse um bom resultado. Eu não era ator nem a filha do general era atriz, mas a realidade também requer algum capricho, pois o sexo, praticado fora de seu palco natural, a cama, corre grave risco de insucesso e de adiantamento para ocasião mais propícia.

Creio, no entanto, que, se houver leitores, já que faltaram espectadores, estarão mais interessados no ato, pois um homem e uma mulher copulando é coisa que ninguém gosta de perder, mesmo que seja só para recriminá-lo. Esteticamente, não acho que tenha sido algo bonito. O bom nem sempre é belo, embora possam ser confundidos na penumbra. Tive de encostar Marieta numa serra elétrica, que, não tendo sido planejada para aquele fim, era péssimo ponto de apoio. Depois, o desejo da filha do general, maior que sua experiência, atrapalhava um pouco. Na minha infância, fizera aquilo num galinheiro, mas em marcenaria não tinha prática, além de não receber a influência de estímulos ecológicos. Mas acho que agora está me inibindo certo pudor de descrever a cena. Desta vez, não estou lidando com personagens, seres de papel, que só fazem o que o autor manda. Até as suas palavras, quando as usamos, já foram exaustivamente testadas por outros autores no sentido de produzir sensações. Porém, quando o próprio escritor está no meio da ação, sem um espelho para constatar como ela é por fora, a tarefa de contar é gaguejante e complicada.

Como a serra não satisfez como ponto de apoio, mesmo porque seus dentes ameaçavam arranhar a pele de Marieta, procuramos outros apoios até que ela, melhor conhecedora do ambiente, deitou-se sobre uma mesa rústica, fria, comprida e estreita, desenhada pelo tato, onde o prazer afinal foi maior que a angústia.

Tudo concluído, houve um tempo enorme para apanharmos nossas roupas dispersas e outro tempo, mais fundo, para encontrarmos expressões insuspeitas, serenas, caso encontrássemos a empregada por perto.

Voltamos à sala, eu ainda o visitante, ela falando:

– Papai amava a marcenaria. Passava lá a maior parte o dia.

– Um *hobby* faz bem para o espírito – eu disse.

Antes de sair, fui rever tio Bruno, que tomava laranjada. Não querendo perturbar, saí depressa do quarto. A pressa era também para fazer morrer o futuro de tio de Bruno como assunto. Restava vinho na garrafa, bebi. Marieta olhava para a parede, mas ainda estava no escuro da marcenaria.

– Volto esta semana.

– Mas não para aquilo – replicou a dona da casa, culpando-me do que acontecera, sem querer admitir que a metade daquele pecado era de sua responsabilidade.

– Voltarei só para ver meu tio – disse, revelando o remorso de quem fora o único agente do episódio da marcenaria.

A despedida foi fria. Já no Elevado, fechei a janela para não ver o mundo, fixando-me ora no estranho aperto de mão de Eliana, ora no acontecido, de corpo inteiro, na casa de Marieta. Se aquilo fosse um pôrno, uma incumbência da Triumpho, como eu encaminharia o enredo? Mais desafio que pergunta, pus a questão de lado, preferindo que tudo acontecesse do jeito que o destino quisesse. Ou não quisesse.

36

O sentimental repertório do Lorca andava meio barrado na zona das boates. Parecia que seus últimos admiradores já não frequentavam a noite ou morriam de cirrose. Havia também a possibilidade de estarem sendo capturados pelo Exército da Salvação, que regenera pessoas, salva-as do álcool e mexe em suas preferências musicais. No seu mês de rodízio, estava com os bolsos vazios e nenhuma promessa de ganho. Paguei por ele sem que me pedisse; conhecia seu orgulho. Não que a falta de grana o envergonhasse, isso acontece, mas talvez ele não suportasse reconhecer que todos os seus expedientes, seu gracioso jogo de cintura, suas manhas e improvisos, sua simpatia, desta vez não haviam dado resultado. Os tempos e os ritmos mudam, até o cruzeiro mudara, há cores que passam, os cabelos de ontem fazem rir nas fotografias, e o jeito de viver é o que mais se modifica. Acho que o Lorca considerou todas essas coisas durante um ou mais dias.

Não fui eu com meu adiantamento que evitou que o Lorca sofresse sua primeira crise depressiva. Os que mais contribuíram para reanimá-lo foram o Tonight e a Puta Poeta!, que, com massagens no coração e boca-a-boca, levaram-no para a noite, arranjaram-lhe alguns especiais e o puseram de novo em forma, pelo menos aparentemente.

Nesse retorno, acompanhei os três uma vez só que me lembre, porque a Puta Poeta!, sabendo que eu vivia de escrever, teimava em declamar, onde estivéssemos, inclusive em táxis e elevadores, seus poemas (ou seria um único poema?) infindáveis, que se tornavam ainda mais monocórdios e sussurrados à medida que entrávamos na madrugada. Nunca soube julgar a qualidade da poesia da Puta Poeta! porque a exclamação fincada em seu apelido pelo Lorca inibia avaliações; evidentemente, porém, a síntese não estava entre suas virtudes essenciais. Divertia-me mais o Tonight, mais breve e alegre, abrindo os *shows*.

Eu não queria ver nada que não fosse Eliana, mas continuava sem sorte. Ela terminara a filmagem do meu segundo filme, descansaria um único fim de semana e voltaria ao trabalho. Sempre que eu telefonava, a afabilidade de Rita ou a secura de Kaíco me dizia a mesma coisa: – Eliana está dormindo, mas não aqui, num hotel, para que não a aborreçam.

Uma só vez me atendeu, embora pela hesitação da telefonista devesse haver uma ordem para o "não está".

– Se queres saber do filme, pergunte ao Gentile – enrolou. – Faço o que o diretor manda e olhe lá. Tive um grande rebu com o câmera, que é um grosso. Se te contarem, não acredites em tudo. Até outro dia, Mílton.

Desliguei.

E tornei a ligar só para dizer:

– Não me chamo Mílton.

– Não te aborreças, esse Mílton também é boa-praça.

Mais sensato era ocupar-me de Marieta, pois, se ela enxotasse meu tio de sua casa, o dinheiro logo se acabaria. Eu gastara com roupas e com o Lorca, em plena Semana da Asa. Fui à casa da filha do general, inseguro e temeroso, como se o fato da marcenaria tivesse sido um estupro. A empregada abriu a porta e eu fiquei só na velha sala a sofrer a espera e o silêncio.

Não sei quanto tempo depois Marieta apareceu, vinda do corredor. Ficou a olhar-me sem nada no olhar. De repente, ela deu uns passos em minha direção, abraçou-me com muitos dedos e força, dizendo-me em tom de ordem e súplica:

– Vamos à marcenaria.

Fomos e, para minha surpresa, havia uma esteira no chão, prova de premeditação, e desta vez tudo foi mais fácil, menos aflitivo e mais demorado. O prazer explosivo do efeito-surpresa pode ser substituído com vantagem pelo trabalho calculado, sem desperdício de tempo e movimentos, se bem que o inesperado seja preferível pelos exibidores cinematográficos.

Ao voltarmos à sala, eu era o mesmo, mas Marieta já não era nenhuma das anteriores. Romântica, segurou-me a mão até a porta do quarto do tio Bruno, que fui visitar. O histórico fascista estava deitado de boa cara e gostou de me ver.

— Como vai a vida? — perguntei.

— Dona Marieta tem sido muito gentil. Acho que já estou bem.

— Mas cuidado, nada de esforços.

— Sobrinho, para onde irei quando já puder andar?

— Deixe esse problema para depois, tio. Agora só pense em sua recuperação.

Marieta não me deixou ir embora logo. Foi à adega e voltou com uma garrafa de vinho português. Ela queria falar, parecia ter muitos assuntos; quando, vi depois, o assunto era um só.

— É a primeira vez que gosto de alguém desde meu marido... Acredita?

— Não há muito para duvidar.

— E você, o que sente em relação a mim? Seja sincero.

Em geral sou sincero, mas não apressadamente, pois sentimentos precipitados causam mais prejuízo que atitudes precipitadas.

— Sinto-me um tanto indigno de você...

— Por quê? É um escritor. Seu tio disse que até recebeu um prêmio.

— Sim, é verdade. Um bicho de bronze. Mas isso faz tempo. Minha produção atual parece não ser do seu agrado.

Marieta riu, usando o rosto todo com uma naturalidade que as mulheres só alcançaram nas feiras e mercados.

— Você faz essas pornografias para viver. E para viver se faz qualquer coisa. Entendo. Que tal o vinho?

— Desde *Os lusíadas* que Portugal não fazia nada melhor. Aceito mais um copo.

Marieta voltou a falar; reafirmou que gostava de mim e via nesse sentimento o fim duma longa solidão. O pai não lhe fizera companhia, sempre na oficina, dependência da casa cujo encanto e utilidade só recentemente descobrira.

– Também gosto de você – disse. – Acho que dá para sentir. Voltarei sempre.

Apesar do tom de minha voz, uma garantia, Marieta não se satisfez.

– Ah, você só quer assim?
– Assim como?
– Não quero ser uma mulher que recebe visitas.
– Mas estando meu tio aqui, ninguém imaginará outra coisa.

O argumento me pareceu perfeito durante vinte centímetros, a distância que me separava da dona da casa.

– Eu não gosto desse tipo de relações – ficou irritada, muito mais italiana, mais filha de general. Saltou de pé.

– Marieta... – balbuciei, temendo um escândalo como já vira nos filmes de De Sica e noutros. – Disse o que disse porque você é casada. Hamleto pode voltar.

Ela não se acalmou, mas sentou-se. Pelo menos, não queria agredir-me.

– Jamais seria uma amásia...

Essa palavra, amásia, prezadíssima pela antiga imprensa e sempre ligada a assassinos em cortiços e casas de cômodos, incomodou-me bastante. E ainda mais dita com bastante sotaque, pois o nervosismo, percebi, reaproximava Marieta de seu idioma familiar. Percebi a delicadeza da situação, respirei certo e fiz uma cara inocente.

– Acho que está havendo um mal-entendido...
– Se me quer apenas como amásia vá e não volte mais. Está enganado a meu respeito... Se consenti aquilo foi porque imaginava que suas intenções eram outras.
– Minhas intenções são as melhores. As melhores, Marieta...
– Quais?

Quais? Como gostaria que naquele momento tio Bruno entrasse nu na sala para me desobrigar da resposta. Não entrou, embora eu olhasse ansioso para o corredor.

– Marieta...

Beijei-a na boca como se o impulso fosse irresistível. Ação entretém mais e compromete menos. Ela conseguiu com um canto de lábios fazer uma pergunta:
– Se casa comigo?
Fui pela Constituição:
– Ainda não temos divórcio.
Ela me empurrou um pouco; seus olhos, como uma câmera dupla, enquadraram-me.
– Não é preciso quando há amor.
Tentei responder com outro beijo, mas ela preferia som na nova cena muda. Exigia uma resposta.
– Penso como você, querida, mas vamos fazer uma ponderação – essa ponderação boiou como uma tábua no meu mar de náufrago. Segurei-a com firmeza, receando que uma onda, forte, a levasse para longe.
– Ponderar o quê? – perguntou Marieta, desconfiando mais de mim que da palavra.
– Sou um homem pobre – disse. – Não nasci assim, mas as coisas foram piorando. O que eu ganho não daria para sustentar uma mulher e muito menos uma mulher como você. Esse é o problema.
Ela sorriu piedosamente e disse:
– *I love you as you are, my darling*.
A bem da verdade eu ouvi em inglês, mas ela falou em português com sotaque de italiano. Estávamos não mais numa comédia da Itália do pós-guerra, mas numa *love story* hollywoodiana de antes da guerra.
E se eu me confessasse comunista? Bobagem, ela perdoaria.
Meu pensamento foi até o quarto de tio Bruno e voltou com a solução:
– Também a amo, Marieta, e a partir deste momento estamos noivos. Vamos nos comportar dentro da normalidade. Ficaria feio aos olhos do meu tio se eu me mudasse amanhã para cá com minha máquina de escrever. Não teria coragem de encará-lo e creio que você também se sentiria embaraçada. O noivado, além de gostoso e romântico, servirá para aplainar tudo, avisar amigos e parentes, e tirar o caráter de aventura que nossa união possa aparentar.

Duvido que tenha falado com essa clareza e nessa sequência tão expositiva, mas o sentido das minhas palavras foi esse e o resultado foi este:

– Estou de pleno acordo, querido.

Beijei-a em seguida com respeito e formalidade.

– Este é o dia mais feliz de minha vida – disse como quem constata, não como quem quisesse convencer alguém.

Ela me abraçou e fez a pergunta que eu aguardava, pois a teria escrito se tudo não passasse dum roteiro.

– Mas quando casaremos?

– Quando sentirmos que chegou o momento – respondi, sensato.

Creio que aí me retirei; melhor, ia me retirando, mas me detive e bebi o resto do vinho para comemorar o evento. À saída, a empregada de Marieta me lançou um olhar diferente. Com certeza já adquirira o aspecto de noivo, o que lhe chamara a atenção.

37

Evidentemente passei a frequentar no mínimo três vezes por semana a velha e confortável casa de minha noiva. Tio Bruno recuperou-se e adaptou-se ao novo lar. Nos dias de feira, útil, acompanhava a empregada e carregava as cestas. Mas foi como jardineiro, qualidade desconhecida para mim, que conquistou o afeto de Marieta. E se qualquer coisa necessitasse de conserto, podia contar com ele. Seu horário de demência ou de descompasso com a realidade, quando recitava Malaparte, era no fim da tarde, reservado a longos passeios pelo bairro, quase sempre em torno do mesmo quarteirão onde morava. Na casa tinha acesso livre, apenas advertido para não entrar na marcenaria, espécie de santuário do falecido. Lá apenas eu e Marieta entrávamos e, mesmo se fosse noite, não acendíamos a luz. Ocorreu-me uma vez que eu poderia criar uma cena de sexo para um próximo filme na mais absoluta escuridão, inclusive sem a presença de atores, deixando toda a imortalidade a cargo da imaginação livre da plateia. Ao expor essa ideia ao Gentile, ele tratou de ampliá-la, sugerindo que todas as cenas de sexo (explícito) do filme fossem rodadas no escuro, o que seria mais econômico, mais rápido e não criaria problemas com a censura:

– Isso provaria definitivamente que os pornógrafos são os espectadores e não nós, que apenas produzimos os filmes!

Isso tudo poderia estar entre parêntesis, pois o assunto era a casa de Marieta com seu novo hóspede. O importante é saberem, por enquanto, que eu e a filha do falecido general, pelo menos na sala e nos corredores, tínhamos um noivado absolutamente normal. A sós ou diante de visitas (eu já começava a ser exibido às poucas amigas de Marieta) agíamos às claras, sem afetar ou exagerar atitudes puritanas.

E como tio Bruno recebeu a notícia? Eu contei a ele, de acordo com Marieta, numa tarde em que lhe fiz companhia num dos seus giros ao redor do quarteirão. Usando o sexto sentido, das mulheres e dos loucos, tio Bruno adivinhava qualquer coisa. A princípio, só fiz perguntas sobre sua saúde e seu bem-estar, às quais não respondeu com palavras, mas com expressões. Disse-lhe que o levaria de volta ao Lar, caso não estivesse se sentindo bem lá. No lugar de responder, parou e recitou, olhando para a própria mão:

– "A pele, a nossa pele, esta maldita pele. O senhor não imagina sequer de que é capaz um homem, de que heroísmos e infâmias é capaz para salvar a pele. Esta, esta pele suja, está a ver? Tempo houve em que se sofria a fome, a tortura, os mais terríveis padecimentos, se matava e se morria, se sofria e fazia sofrer, para salvar a alma, para salvar a própria alma e a dos outros. Era-se capaz de qualquer grandeza e de qualquer vilania para salvar a alma. Não só a própria alma, mas também a dos outros. Agora sofre-se e faz-se sofrer, mata-se e morre-se, realizam-se feitos maravilhosos e feitos horrendos já não para salvar a própria alma, mas para salvar a própria pele. O resto não conta. Hoje se é heroi por bem pouca coisa. Por uma feia coisa. A pele humana é uma coisa feia. Veja. Uma coisa suja. E pensar que o mundo está cheio de herois prontos a sacrificar a própria vida por uma coisa assim!"

– Malaparte?
– Curzio.
– Malaparte não era fascista – disse-lhe, como sempre.
– Mas foi, foi, foi.

Esperei que a emoção do texto declamado se esvaísse totalmente – o que aconteceu logo porque ele espirrou – e então falei de Marieta e de nossas intenções. A informação era quase um pedido para que não desaparecesse de casa, dando trabalho a uma pessoa que o tratava já como a um parente. Mesmo se não casássemos – tudo pode acontecer antes dum fato consumado – seria bom se permanecesse naquela casa para sempre.

Aguardei um comentário até que nos aproximássemos outra vez do ponto de partida. Apenas diante do portão ele abriu a boca:
– Salve a sua pele e não se importe com a minha.

Marieta, no jardim, veio ao meu encontro:
– O que ele disse?
– Disse... que o general ficaria muito feliz se estivesse vivo.

Marieta também achou que sim. Não com muita convicção, mas achou.

38

Eu já estava noivo, percebia-se à distância, usasse traje de passeio ou pijama, quando o Cármen apareceu no Elevado. Interrompi a sinopse inspirada na marcenaria: O sexo é melhor no escuro, a história de dois amantes clandestinos, residentes numa pensão estritamente familiar, onde se se acendesse a luz seriam flagrados pela esposa dele ou pelo pai dela – e recebi o andrógino com um abraço cauteloso.

– Sua visita sempre me dá um grande prazer.
– Mentirinha de primavera. Você sabe que trago um alô da nossa china.
– Ela que o mandou aqui?

– Preferia vir a seu pedido, geninho, mas ela está *p* da vida com seu sumiço. Inda mais agora que acabou a filmagem e está precisando de alguém pra sair do bagaço.

– Amigos ela tem demais, os tais teóricos de cavanhaque e a turma do fumacê.

– Eliana brigou com todos eles. E sabe por causa de quem? Por sua causa.

– Por minha causa? Invente outra, dona Cármen.

– Eu estava lá e vi tudo. Eliana virou onça. Quase assisto a um quebra-quebra. Kaíco tentou fazer peso do outro lado, e por um triz não entra bem. Agora, a negra Rita é sua do peito, fiel às pampas. Se não fosse a princesa Isabel, eu comprava ela e lhe dava de presente.

– Mas por que brigaram por mim? Aqueles fumetas mal me conhecem!

– Foi uma brigona do gênero intelectual. Eles acham que Eliana não deve filmar suas pornochanchadas, que já pode dar uma de atriz difícil e tirar a bunda do lance. Sabe, estão nessa de protesto e querem que a moça embarque. Como picharam você, William Ken Taylor!

– E ela? Quero saber o que ela disse.

– Ah, Eliana falou tanto... Que isso de cineminha e teatrinho de protesto é coisa pra fresco, pois se ela fosse homem ia é guerrilhar como Marighela. E que... uma porção de coisas! No fim, jogou um copo de uísque na fachada dum talzinho que escreve contos sem vírgulas e pôs todo mundo no olho da rua. Foi assim.

– E o marido dela, anda onde?

– Tomando chimarrão e curtindo nada lá do Sul. O caminho está livre pra você.

– Obrigado, Cármen, pelas *news*. Vou visitar a estrela hoje.

– Faça isso – disse ele, saindo juntamente com um sorriso maroto. – Mas não se esqueça das minorias oprimidas. Depois, novas experiências enriquecem.

Fiquei só, confuso e com uma estranha vontade de comer melancia. Sentei-me para rever e analisar o já vivido naquela semana. Eu dera sorte com a italiana. Livrara-me de sustentar o caro (contrário de barato) tio Bruno e arranjara uma bela noiva, que além de bela tinha casa própria e dinheiro. Até o casamento com ela devia ser cogitado porque, pesando as coisas, o destino não podia me arranjar nada melhor. Parecia intervenção do Odilon, meu anjo da guarda de nariz atucanado. Uma pessoa ajuizada compraria logo as alianças e esqueceria a infernal chinoca. Dispus esses pensamentos em forma de resolução. Mas a atração da Terra puxou uma revista que estava sobre a mesa. Fui repor a revista em seu lugar. Era aquela. A atração não fora do planeta, mas do próprio Diabo.

Repetindo meus dias de obsessão sexual e abacates, pus-me a folhear aquelas velhas páginas. Como o mundo se erotizou depois do invento da máquina fotográfica! O texto, com o tempo, fica superado e o que disse está dito. Mas a imagem, oh, a imagem é a imagem! A vida é para ser vista, não contada. Eliana, na página dupla, nua, de costas para a objetiva, procurando um objeto sob um divã rasteiro... Número antigo, o 37 da revista, porém, apesar do Elevado, ainda ouvia o clique mágico da câmera. O clique que prende um momento como se fosse um alfinete de gancho, o clique que grampeia emoções, o clique que cola o tempo para que não passe. Houvera Rúbia, havia Marieta, mas o 37 ainda me pegava.

Assim, bochechei, me penteei e fui.

39

O apartamento de Eliana estava cheio de flores, e, no momento em que eu entrava, Rita recebia mais um buquê da floricultura. No geral era sempre assim, mas aquela tarde havia certo exagero. Perguntei quem mandava tudo aquilo.

– Fãs – respondeu Rita. – Às vezes, a patroa nem lê os cartões de quem manda.

Embora as flores simbolizem pureza, gosto delas no jardim. Quando enviadas, em embalagens, sempre conduzem um recado sujo.

Tive de esperar, com cigarros e dois Campari, que Eliana acordasse, apenas eu na sala. Quando ela apareceu, usava um vestido de estar em casa, estilo indiano. Devo ter feito o sorriso duma criança favelada que vê Papai Noel à porta de seu barraco. Demo-nos um abraço integral, apertado, sem pressa, e eu senti o contato que os *sex*-óculos, tridimensionais, tentavam simular. O abraço saiu tão bom que o bisamos naturalmente, eu pelo menos com mais cálculo e ousadia. Eliana correspondeu aos apertos com um largo sorriso, enquanto eu os levava muito a sério.

– Então você está de repouso! Vou lhe fazer companhia!

– Descansar também cansa – disse ela. – Estou um pouco cheia de ficar em casa. Não saio desde segunda. Chegou a hora de me mostrar um pouco.

Eu preferia o lar doce lar, mas nossos planos não coincidiam.

– Quer sair? Talvez chova.

– Que chova. Já me guardei demais. E logo vem aí outro filme. Vamos jantar fora. Estou morrendo por um churrasco.

– Quem mandou tantas flores?

– Uns assanhados.

– Gente do ofício ou de fora?

– Tem aí até um banqueiro – disse Eliana sem convencimento. – Me espere, não demoro, mas não te excedas no escocês.

Qual era o sentido desse conselho? Certamente não desejava que eu dissipasse energias e perdesse meu pique. Nem toquei em garrafas cujo venenoso conteúdo às vezes deve ser evitado. Rita, que passou por mim, indo e vindo nos seus afazeres, endereçou-me alguns sorrisos maliciosos. Melhor que ninguém, era ela quem adivinhava ou entendia as intenções da patroa. Antevi nesse trânsito e risotas algo verde, um sinal. O homem sentado à sala parecia alguém que esperasse a hora de ser eletrocutado, porém como se a cadeira elétrica fosse uma fonte de prazer instalada num parque de diversões.

A Eliana que reapareceu usava um vestido feito de transparências, folgas e aberturas. Para o calor melhor mesmo só um banho frio. Nunca saíra com ela sem o séquito, e por um breve momento tive a impressão de que iria à rua levando pelo braço um dos cartazes do Guanabara. Mas esse passeio, além de retratar o grande sonho da década, oferecia a compensação da vaidade satisfeita. Ser visto entrando num restaurante, bar ou no Inferno com Eliana supervalorizava o acompanhante, despertando uma inveja capaz de torturar até mesmo um impotente total e irreversível. Ser alvo de sentimentos negativos à noite ou na primavera corresponde a uma elevação vertical de *status* e possibilidades, sempre útil nesta sociedade corrompida. Um perdedor jamais iria com Eliana Brandão comer churrasco ou mesmo comer pipocas diante dum circo. Portanto, ser visto com a rainha dos pornôs aqui e ali, testemunhado em toda parte, anotado para colunas de mexericos, era uma vitória para o moço do Elevado, uma apoteose visual e mental digna de fumaça de gelo-seco e de outros recursos cênicos.

Apanhamos um táxi, meu carro ainda não havia sido comprado, e fomos à melhor churrascaria da cidade, no dizer de Eliana, que entendia do assunto. Nossa entrada chamou a atenção de todos. Creio que mesmo montado num elefante e vestido de Cristóvão Colombo eu não seria tão olhado. A carne servida era boa, mas eu, menos materialista, pensava em prazeres que excluíam o feio pecado da gula.

Eliana como toda pantera adorava carne, era uma devoradora alegre e insaciável. Comia comentando a qualidade e o gosto de toda aquela espetaria, cujos nomes, regionais, não pude memorizar. Ao animal morto, apesar do requinte do ambiente e do profissionalismo do *maître* e dos garçons, preferia, como os vegetarianos, o animal vivo, lá sentado. Paga a conta, rezei, sim, rezei (creio no sobrenatural) para que Eliana quisesse voltar para seu apartamento.

– Sabes aonde vamos? Ao Ipiranga – decidiu Eliana.

– Pensei que estivesse cansada de cinema – disse, não como quem se opõe, mas como quem considera.

– Quero ver a Diana Marçal. Dizem que ela está me fazendo sombra. Conheces a peça?

Diana Marçal, uma loura com açúcar nascida ao sol de Ipanema, já capa das revistas de maiores tiragens, realmente estava fazendo bilheteria em todo o País, com fila no Rio e em São Paulo. Evidente que Eliana a conhecia, mas que a temesse não podia supor.

Fomos ao Ipiranga ver o filme, o insosso *Nuazinha da Silva*, cujo roteiro só servia para uma coisa. A atriz, porém, Diana Marçal, uma dourada criatura, fora planejada numa prancheta para ser em louro o que Eliana era em moreno. Um produtor inteligente oferecera uma opção na década das alternativas. Olhei de ladinho e vi que Eliana mordia os lábios. Cacoete ou raiva? Tentei segurar sua mão para dar-lhe meu voto. Foi só um minuto porque a chinoca trouxera balas na bolsa e precisava das mãos.

À saída, ela quis saber com interesse sob controle:

– Que tal a Diana?

– Um lixo – menti em cima.

– Achas mesmo?

– Francamente.

– Por que um lixo?

A resposta exigia presteza e capacidade de invenção:

– O corpo é bonito, mas tem expressões idiotas e trabalha muito mal.

– Um crítico falou bem...

– Eu sei, foi o Jota, aquele que você obrigou a comer a crítica.

A beleza de Diana Marçal mexeu muito com a gaúcha. Como já não podia tirar-lhe o apetite, tirou o sono.

– Vamos ao Gigeto, estou com sede.

– Meia-noite – avisei.

– Só isso? Mas então não gostaste da Marçal?

Entramos no Gigeto, onde muitos artistas se reúnem à noite. Eu preferiria um local menos exposto e mais escuro, algum piano-bar que fabricasse clima romântico, não importava o preço. Eliana, depois de ver pela primeira vez na tela sua mais direta concorrente, sentia necessidade de reavaliar sua popularidade e testar poderes. Escolheu a mesa em que era impossível não ser vista. Assim que sentamos pediu vinho caro e começou a disparar sorrisos. Parecia ter esquecido a outra, já com uma alegria natural, quando viu numa parede um cartaz de *Nuazinha da Silva*, com Diana Marçal de norte a sul. Não estava nua, coincidia uma sombra onde era o sexo.

– Isto já é sem-vergonhice! – escandalizou-se Eliana. – Já posei nua, mas para revistas enveloupadas. O que dizes dessa aí?

Sacudi a cabeça, pendulando a mais severa desaprovação.

– Tudo tem limite. Chamo a isso apelação.

– Porque erotismo é outra coisa...

– Claro que é.

– Mas aposto que o povão vai gostar. Ele prefere quem mostra mais. Eu é que não entro nessa competição. Se aparecerem outras assim, ninguém me verá mais.

A ameaça foi breve, mas a indignação, mais longa, permaneceu no rosto de Eliana.
– Está querendo dizer o quê?
– Eu já disse. Não vou lutar nessa guerra. Então ganha quem é mais pirata? Ah, eu saio.
– Não encuque, essa Diana logo cai do cavalo.
– Mas viu como o cinema estava cheio? Soube que tem estado assim todos os dias. E já vão lançar outro filme dela ainda mais indecente. No Rio ela já emparelha comigo.
– Com roteiros como esse duvido que vá longe.
Então Eliana disse uma grande verdade:
– Esse público não vai ao cinema para ver histórias. Se fosse assim, logo você estaria rico, paulista.
Tinha razão. Fazia tempo que não me diziam coisas tão positivas. A última fora minha mãe, que, mostrando-me fogo, explicou que ele queimava.
Tentei acalmá-la, porém nunca deu resultado estancar erupções vulcânicas com argumentos. Deixei que as lavas jorrassem sobre a mesa, monossilabando uma ou outra palavra de solidariedade.
A mais triste consequência desse cataclismo, apesar dos belos efeitos pirotécnicos, foi soterrar em poucos minutos minhas possibilidades sexuais da noite. Eu, que contava com o cio ou com o ócio da pantera, e que até no espelho do restaurante me vira com o chapéu de cortiça dos caçadores, tive de admitir que a expressão *sine die* dos frustrantes adiantamentos tinha de ser usada. Fiquei tão chateado ao ver o esperado prazer entrar por um túnel, que, mesmo sem fome, pedi uma salada de frutas apenas para adocicar um pouco a decepção.
– Sou capaz de jurar que ela usa silicone – disse Eliana. – É uma fabricada.
– Pode ser – concordei, disposto a permanecer ao lado do vulcão, não o irritando com conselhos e panos quentes. – Já havia pensado nisso: silicone.
Por um instante Eliana deixou pra lá seu rancor, passou um guardanapo de papel pelos lábios para limpar o azedume e sorriu como se quisesse começar a noite de novo.

Minhas possibilidades não eram assunto apenas para arqueólogos. Uma pelo menos ergueu-se entre as lavas. Vibrei. Houve entre nós um momento de olhares e intenções. Perguntei junto com a última colherada da salada de frutas:

– Onde vamos depois?

A pergunta-convite foi e não voltou. Eliana passou a língua pelos lábios. Ficou considerando. Achei que a sorte estava lançada e que o Rubicon não seria mais problema.

– ... onde?

Avancei minha mão sobre a mesa. Cacei a dela atrás dum copo. Senti que Eliana se surpreendia um pouco com minha ousadia, mas os dedos não. Ainda havia um túnel cujas luzes agora se acendiam. O autor de roteiros decidiu chamar a conta para empurrar o fato seguinte com ações e não com palavras.

Aí, uma voz em *off*, duma pessoa não enquadrada pela câmera foi ouvida por nós.

– Vocês aqui? Que bom encontrá-los!

Era Kaíco, que, sem pedir licença, sentou-se à mesa, chamou bebida e começou a tagarelar. Eu, ingênuo, acreditei que não demorasse. Logo chegaram outras pessoas para espichar a conversa. Reuniram duas mesas; tornei-me apenas mais um. E não sobrou mais nada de minhas esperanças quando alguém falou mal de Diana Marçal para agradar Eliana.

A noite já era uma velha caquética, uma fotofóbica apavorada com a luz da manhã a caminho, quando deixamos o restaurante. Kaíco deu o braço à Eliana:

– Vou dormir em seu apartamento, estão pintando o meu.

Uma noite jogada no lixo.

Pegamos um táxi, deixei as duas no apartamento da atriz e fui para o Elevado, onde o Lorca e o Jardim, na mesa, jogavam cartas, crapô, jogo que o tecladista, na juventude, aprendera com uma velha cafetina. Mas não participei; pedaços de Eliana satelitavam em torno de minha cabeça. Abri a janela e joguei na pista o ódio que sentia pela oriental. Como derrotar a guardiã da imagem de Eliana? Então tive uma ideia: precisava valorizar no *script* um bom personagem como era o Cármen. Dar-lhe mais falas e ação. Subir sua colocação no elenco. Foi o que fiz, no dia seguinte.

40

Fui ao Cármen logo após o almoço, sempre feito num bar-restaurante da Marechal Deodoro, menos aos sábados ou domingos, quando íamos aos Almanaras, hábito que o Lorca adquirira e nos impusera, tarado pela culinária árabe. Ele não entendia felicidade plena sem quibe, cru, frito ou cozido. Eu não apreciava tanto esse prato, mas obedecia à tradição grupal, tendo como certo que em tudo os fins de semana deviam ter um gosto diferente.

Cheguei lá. O que ia fazer? Consolidar uma aliança como se faz na paz e na guerra.

Toquei a campainha e o Cármen abriu a porta para um homem triste. Sem nada dizer, entrei, olhos no chão e pedi água. Não deem tanto valor aos atores dramáticos. É fácil obter resultados, principalmente se houver uma única pessoa na plateia.

– Sente-se, escriba. Quem lhe deu o pontapé no saco?

– Aquela mulher... aquela...

– Kaíco? Cuidado, ela é faixa preta. Já a vi quebrar um garçom e imobilizar dois outros. Uma vez me derrubou só com uma ameaça de rasteira. Eu, em seu lugar, afinava.

– Me deixe contar.

– Não se importa se eu ficar nu? Preciso me pulverizar.

Cármen tirou a roupa e levou uma lata de talco cheiroso para a cama. Não imaginava que a tarefa exigisse tal diversidade de posturas. Era um solo de Kamasutra.

– Bem, eu...

– Não se perturbe. Mas se não puder controlar-se eu entenderei.

Tentei ignorar o belo espetáculo.

– Ontem, se não fosse Kaíco ter aparecido no restaurante, eu dormiria com Eliana. Está sempre na minha cola, não me permite agir. Se ela continuar com essa marcação corpo a corpo, vou enlouquecer. É a maior corta-onda do planeta.

Sob a chuva de talco, Cármen era um ser totalmente branco. Parecia um enorme bebê Johnson.

– Mas não ponha toda a culpa na japa. Se Eliana quisesse, não haveria barreira. Pode ser até que ela use Kaíco pra se livrar de você. Veja as coisas por esse prisma, conforme-se e escreva mais um roteiro. Ah, nada como me sentir aromatizado! Quer um pouco de pó cheiroso?

– Eliana não está usando Kaíco, não. Ela nem sabe que eu gosto dela. Ainda não tive oportunidade de demonstrar. Por isso... Olhe, Cármen, a coisa é séria. Preciso de você. Largue um pouco essa lata...

– Que quer que eu faça?

– Quero que ela saiba, por seu intermédio, e na presença de ninguém, que o meu interesse por ela é... é... Você sabe o que dizer. Pode fazer esse favor? Sei que isso de se recorrer a intermediário não pega muito bem, mas não fale dessa nossa conversa. Faça de conta que lhe contei em segredo, confiando em sua discrição.

O homem de pó, já no fim da lata, não era sensível apenas aos contatos periféricos.

– Uma gama sempre me comove muito, William.

– Faz isso pra mim?

– Já fiz favores até para um cara que queria me matar. Imagine pra amigos.

– Mas seja hábil, não vá despejando como um boato qualquer.

– Eu sei, William. Tenho cancha. O coração é um órgão bom de lidar. Mas é preciso ter aquele plá. E com Eliana a coisa não é mole. Ela cuida da imagem e só faz o que quer, não o que assopram. Só isso?

Eu sabia que nessas questões o intermediário, o Cupido de aluguel, geralmente não funciona, é zero. Esse tipo de personagem é típico da ficção do antanho e já foi devorado pelas traças. Além do mais, o Cármen pertencia ao terceiro e eu não sabia avaliar a eficiência dele nessas tarefas.

– Era só isso – disse, já com a mão na maçaneta para que o Cármen não me cobrasse atuação mais sincera em benefício das minorias sacrificadas.

O que houve depois foi a espera. E a espera não é um acontecimento, mas sua ausência total. Só observei que o Lorca, embora empurrado pelo Tonight e pela Puta Poeta!, voltava ao desânimo. O vinco já não perfeito de suas calças era a evidência. Preocupei-me. Se ele não me emprestasse um pouco de sua alegria de viver, de sua irresponsabilidade, de seu jeito, eu teria de enfrentar o verdadeiro Elevado e não o da comédia.

Perguntei ao Jardim:

— Mas o que está acontecendo com o Lorca? Ele já não está escovando os dentes quatro vezes ao dia.

Jardim não era bom detetive, mas tinha uma pista:

— Acho que ele está envelhecendo. Mas não diga nada a ele.

— Por quê, ele não sabe?

— Não, justamente porque ele sabe.

Esperar é desagradável, mas é coisa que se pode fazer em qualquer lugar. Não ficava plantado no Elevado. Era mais fácil me ver no Soberano, tomando cerveja, ou na empresa do Gentile. O produtor já tratava da produção de *O sexo é melhor no escuro*, entusiasmado.

— Já falou com Eliana Brandão?

— Ela tem feito muitas fitas este ano. Estou pensando noutra atriz. O que me diz de Diana Marçal? É uma parada e não obriga os críticos a comerem papel.

— Pra mim, está longe de Eliana.

— Não é opinião de todos. Percebeu como Eliana está engordando? Coitada, passa os dias nos massagistas e faz todas as dietas que andam por aí.

— Nada de precipitação, Gentile. Eliana tem um público fiel. Não a trocará por outra.

— Eu pensava assim até ver o borderô da fita dessa moça. Me queimou os dedos. Mas vou levar seu conselho pro travesseiro. Talvez faça a escolha na hora da escalação.

Ao passar novamente pelo Soberano vi o Guanabara. Tinha engordado e estava quase branco. Logo que me viu pediu outro casco. Falamos sobre a Triumpho, as últimas da censura e sobre seu trabalho, já bem falado por todos.

— Vi seu cartaz da *Piranha de primeira classe*. Dinamite.

— Precisava ver o que estou fazendo dum filme duma loura que está emplacando.

- Diana Marçal?
- Acho que atingi o máximo. Mas o corpo dela ajudou. Parece feito de espuma de borracha com mel por cima.
- Ainda prefiro Eliana. Tem mais verdade.
- Estou falando do contorno, não do recheio. Honestamente, William, de mulheres só entendo por fora, o que me diz o lápis. Meus contatos com elas são breves, nem o nome pergunto. Entro e saio. Não sou de ficar vendo. Meu interesse por esse bicho está nas pranchetas. Aí, sim, vem aquela vibração. Devo a elas tudo que comi e vesti. Não sei desenhar outra coisa, nem gato, eu que amo os gatos. Uma vez, numa agência de publicidade, me pediram o *layout* dum trator. O trator saiu com mais curvas que Marilyn Monroe. Me deram o azul. Mas, para desenhar uma mulher de biquíni diante dum espelho multifacetado, assoprando um chiclete de bola, duvido que existam dois Guanabara.
- Vai outra?
- Casco escuro.

Por falta de assunto ou porque todos nos parecessem fúteis, ainda trocamos elogios. Diálogos de espera, apenas para ajudar o tempo a passar.

O Cármen, porém, não aparecia para prestar contas de seu serviço. Aliás, sempre ouvi dizer que os do terceiro não são dignos de confiança, e quem neles acredita, escorrega. Decidi não esperar por ele e seguir o que meus pés mandassem.

A verdade, porém, é que a vida vem em ondas e não com a continuidade dos romances.

41

Repito que a vida vem em ondas e não com a continuidade dos romances. Digo isso a propósito de um encontro com Bonfiglio – conhecido de jornal, profissional aposentado – no Paribar, onde, como já devo ter dito, eu parava, atraído ou detido pelas forças concêntricas da metrópole. Noutros tempos era lá que eu aguardava as chances, mas depois do Odilon e dos roteiros ia só para beber e para descansar da Triumpho.

Bonfiglio, que passava, me ouviu e veio à minha mesa. Era um sujeito pequeno e ardido, grande ledor da história pátria, que sabia tudo sobre o 15 de novembro de 1889 e quase tudo sobre as sociedades secretas do Primeiro e Segundo Impérios. Seus assuntos eram poucos e longos. E, naquela tarde, revelou-se para mim o líder dum partido político, embora ainda sem adeptos.

– O que acha você do Brasil? – perguntou-me.

– Acho que a população daqui devia ser transferida para outros continentes – disse. – A América Latina cumpria melhor a sua função como uma grande reserva ecológica habitada apenas por guardas florestais.

– Pessimismo demais – atalhou Bonfiglio. – Temos um futuro. Quer saber qual? Eu digo: a divisão do território em diversos países. Os filhos do gigante adormecido às margens plácidas, entendeu?

– Sou contra o separatismo. Veja, dá a impressão de muitos irmãos, órfãos e pobres, sendo que o único que conseguiu emprego, chamado Paulo, abandonou os outros no meio da rua.

– Precipitação. A minha não é a velha ideia do separatismo. Aquela de 32 era elitista, coisa de gente do café. A minha nasceu do bom senso. Ouça: os quatro Estados do Sul formariam um país chamado São Paulo ou Piratininga. O país chamado Rio de Janeiro incluiria também os Estados do Espírito Santo e Minas Gerais. O Nordeste seria Nassau. E o quarto país, a Amazônia.

– Para nós, paulistas, qual seria a vantagem? Livrar-mo-nos dos contistas mineiros?

– A vantagem seria para todos. O orgulho dos oito milhões de quilômetros quadrados termina no curso primário. Esse tamanho é um trambolho. Não dá para administrar essa coisa. A maior parte do País fica no abandono. Estão aí os nordestinos, sempre à espera de que façamos algo em benefício deles. E nós aqui, no Paribar. Você está neste momento pensando nos nordestinos?

– Não, Bonfiglio.

– E alguma vez já pensou profundamente no sofrimento deles?

— Profundamente reconheço que não.

— Mas não se envergonhe disso. O espírito de solidariedade não tem a autonomia de voo dos grandes aviões. O meu é um partido-tesoura destinado a partir, dividir, separar vantagens e responsabilidades. Cada um pega seu pedaço e cuida dele.

— Quantos adeptos tem seu partido?

— Tinha um bastante entusiasta: minha mulher.

— E o que aconteceu? A primeira-dama abandonou os ideais?

— Faleceu.

— Lamento, Bonfiglio.

Bonfiglio estava em campanha:

— Quer entrar para o partido? Não haverá despesas a princípio. E tenho telefone.

Quando Hitler entrou para o microscópico Partido Nacional-Socialista, só tinha uma velha máquina de escrever e uma escarradeira. Podia ser a grande oportunidade de minha vida. Me vi entrando ministeriável no Soberano, o Lorca chefe da Casa Civil e o Jardim chefe de polícia. No entanto:

— Quero algum tempo para pensar.

— Mas me dê seu endereço. Vou lhe mandar os mapas dos novos países. É uma ideia tão forte, que basta o visual, em cores, para convencer qualquer um.

Dei meu endereço, porém com um receio:

— Isso não pode ser visto como subversão? Já estive preso uma vez.

— A polícia política está tão preocupada com comunistas e estudantes que não tomará conhecimento do PDB.

— PDB?

— Partido Divisionista Brasileiro. Mas não se assuste com siglas. Ele deixará de existir assim que alcance seus objetivos. Ele é um ideal, não uma filosofia.

Como tudo o que acontece no bar, supus que esse encontro não teria dia seguinte. Mas teve; na mesma semana recebi pelo correio o material propagandístico do PDB. Quatro mapas da divisão, São Paulo ou Piratininga, Rio de Janeiro, Nassau e Amazônia, e o manifesto, curto mas não grosso, em que o Bonfiglio explicava e defendia as razões e metas da nova agremiação partidária.

Para ele, o equilíbrio econômico-financeiro, a própria felicidade e o futuro de milhões de brasileiros, dependiam simplesmente duma tesoura, objeto de uso caseiro, de fácil manejo e preço acessível.

Bonfiglio era mais convincente por escrito porque nos livrava de seu hálito desagradável, mas decidi não ingressar no PDB nem noutro partido qualquer porque até associados de clubes de pingue-pongue e esperanto corriam perigo. Além disso, havia Eliana, que ainda ocupava a maior parte de minhas horas.

Resolvera então não depender do Cármen para mais nada, indo até onde desse, quando vi, pela janela do Elevado, um alvo par de asas de pombo. Cármen entrou com uma blusa ilustrada: um homem numa ilha solitária à sombra duma única palmeira. E uma legenda: Te espero, Sexta-feira.

– Demorei, Kenzinho?

– Se fez serviço bem-feito, a espera está perdoada.

Aí o Lorca entrou, tratou o adamado cortesmente, mas foi logo para o quarto, dizendo, para mim, em voz baixa:

– *Sorry*, não trabalho com esse artigo.

O Cármen quis água gelada; fui servir, sabendo que ele faria suspense para valorizar a informação. Lembrei-me de um homem calmo, o Aranha, e imitei a calma dele.

– Falei com ela ontem – disse o pombo.

– Pode soltar tudo, Cármen, eu aguento.

– Mas as coisas não saíram tão más assim. Você é de quê?

– Aquário, fevereiro.

– Seria melhor se fosse de Peixes, mas mesmo assim pode dar certo. Peguei ontem a chinoca de bom humor. Ela anda meio onça com a tal Diana Marçal e está estraçalhando tudo. Por isso não falei antes. Comecei com uma perguntinha, sem Kaíco perto.

Era um *flashback*:

– Eliana, sabe quem gamou por você? E não é brincadeira, não. É outro que vai se jogar.

A atriz ficou interessada, mas dividiu seu interesse em pedacinhos.

– Gamado por mim? Invenção sua. É de se jogar também? Quem é o tal, Cármen?

– Eu digo, mas ele não autorizou.

– Ah, é segredo? Então conte, que eles são feitos pra isso.

– Bem, a pessoa é... – aqui o Cármen usou a velha receita dos romances de William Ken Taylor quando uma faca atirada ou o disparo de um revólver interrompia a revelação. – É...

– Não vai me dizer que é aquele deputado que defende nosso cinema.

– É seu roteirista predileto, o nosso bom Kenzinho.

– Você supõe isso ou ouviu falar?

– Ouvi isso do próprio.

Eliana riu alto, mas não explicou a risada.

Rita, que ouvira tudo ou parte, participou:

– Eu sempre soube disso. E querem saber? Gosto muito dele.

– Você gosta de qualquer um – rebateu Eliana.

– Engano, patroa, tenho também minha lista negra.

Aí Cármen ficou à espera de resposta ou comentário de Eliana com uma tensão de fim de capítulo, já com pena do roteirista, caso o inexplicável riso fosse bisado.

– Eu não sou boba – disse Eliana. – Distingo à distância até pessoas que não gostam do vermelho ou do verde. Notei, sim, o interesse dele. Até quando está de costas se percebe. Mas eu não sou de encucação e para tudo há um momento. Há coisas que acontecem...

Terminando o *flashback*, o Cármen disse:

– É isso. Eliana é uma roleta. Nem romântica nem interesseira. É uma roleta.

A imagem da roleta, apesar da ligação imediata com luxo e sofisticação, não me agradou. Vejo sempre na TV a cara dos ganhadores da loteca. Nunca são pessoas que perseguem a sorte, a sorte é que vai ao encontro delas. No geral são chacareiros, empregados de eletromecânicas, funcionários de almoxarifados ou aqueles que aguardam nomeação para os Correios e Telégrafos. A fortuna determinada por bolas e números não tem a função de premiar ou recompensar, não atende a preces ou periquitos e sofre duma deplorável falta de imaginação. Sempre vem para quem precisa, mas nunca para quem a deseja ardentemente. Péssima comparação a do Cármen, que enfiou meu maior desejo num saco cheio de pedras de tômbola sem me informar em que dia e a que hora seria a quermesse.

Porém, essa história maluca, feita de carne e fotografias, não me separava de minha noiva, Marieta, a quem visitava com constância. Agora mais tolerante com minha profissão, que admitia como um mal transitório, pedia-me, inclusive, que lhe levasse os roteiros pornôs, e não simplesmente para me ser agradável. Lia-os na hora, em minha presença, vorazmente, amassando as pontas das páginas nas viradas, e dando mordidinhas nos lábios. depois, abrindo a boca, ato simultâneo ao espreguiçamento dos braços, respirava fundo. E, na mesma sequência, pegava-me pelo braço e levava-me à marcenaria, reproduzindo com o autor algumas das cenas que acabara de ler, com falas também extraídas do roteiro, obedientes à orientação das rubricas, o que dava àquilo o aspecto dum ensaio geral.

Por ser o *script* mera fantasia, uma soma de irrealidades, Marieta não se sentia depois envergonhada. Eu, sim, talvez demonstrasse algum pudor por ter escrito o que havíamos feito. Na verdade, pondo os pingos nos "ii" ou os tremas nos "uu", éramos os dois apenas vítimas dos fatores energizantes do roteiro e da escuridão. Então eu pedia que ela fosse à adega do general, donde trazia alguma garrafa bojuda e empalhada de vinho tinto ou alguma fina e comprida de branco. O amor requer complemento; tendo-o, é perfeito.

Quanto ao meu querido tio Bruno, às vezes o cumprimentava ou apenas o espiava, se estivesse dormindo. Parecia gozar de boa saúde. E quem goza boa saúde praticamente não precisa de mais nada.

42

Minha visita à Eliana, após o trabalho do pombo, foi a melhor de todas, uma coisa boa desde que Rita me abriu a porta sorrindo, ela que era o semáforo naquele apartamento. Kaíco felizmente não estava lá com seu Fecha-te, Sésamo, e antes que eu desse as duas tragadas no final de um cigarro, a extravagante Eliana Brandão, minha obsessão desde a primeira página, apareceu com um vestido simples, desses que se destinam a provar que a beleza não necessita de enfeites ou truques. Veio a mim com os braços abertos e, com verbos na segunda pessoa, me deu um abraço longo e saudoso em que os seios exerceram função preponderante. Não a larguei e nem ela me largou, conversando colados, embora as palavras servissem apenas para prolongar a cena e disfarçar intenções.

– Quer beber alguma coisa? – ela perguntou.

Respondi que não, recusando, talvez pela primeira vez desde a maioridade, uma dose de qualquer bebida.

– Prefiro ficar assim – disse.
– Assim como?
– Assim.

Então, como sempre acontecia aos meus pornôs, ela deu-me um beijo inesperado, na boca, o efeito-surpresa tão do gosto do Gentile, que meus lábios tardaram a corresponder. No segundo, a iniciativa foi minha e, como não percebesse resistência, achei que ele podia ser o trampolim para a próxima etapa.

– Vamos? – eu disse mais como quem decide do que como quem pergunta.

A resposta foi outro beijo, que não entendi se era um sim ou reticências. Pareceu-me um beijo mais técnico que apaixonado, de quem sabe e não de quem quer. Indaguei-me se aquilo era um presente ou um começo, se oferta da casa ou um já compromisso.

E repeti, misturando palavras com cabelos:
– Vamos?

Ela afastou a cabeça um palmo com uma curiosidade tão grande que me pareceu curiosidade e mais nada.

– Verdade que gostas de mim?
– Já gostava antes de conhecer você pessoalmente.
– Gostas como?
– Estou apaixonado.

Então Eliana afastou-se um pouco; precisava de mais espaço para ponderações.

– Paixão às vezes é pouco e passa. Não quero cair noutras.

– Juro que não é nenhum capricho – garanti. – É coisa antiga, verdadeira.

Acho que eu estava sendo convincente, apenas duvidava de que houvesse alguma originalidade em minha confissão.

– Dizes que me amas, mas ages como os outros. Já queres me levar para a cama.

– Não há nenhum mal nisso – disse. – É que uma união tem de ter um início.

– Esse início podia ser um passeio num jardim.

– São Paulo quase não tem jardins. Sempre lamentei isso.

– Eu preciso pensar – disse ela.

Aproximei-me; aquela cena não podia se desfazer em diálogos para não correr o perigo da saturação da imagem.

– Eliana... Olhe bem para mim. Basta isso e verá que sou sincero.

A atriz, como se ouvisse um diretor, obedeceu. E fez a cara de quem procura algo abrindo e fechando gavetas dum armário. Não sei se encontrou.

– O que atrapalha... – ela disse – ... é nós sermos nós.

Eu não entendi; solicitei a tradução.

– E quem queria que fôssemos?

Eliana respondeu duma forma que não lembro bem. Desculpem-me, meus sentidos registravam a conversa melhor que o cérebro. Ambos, sentidos e cabeça, nunca funcionam bem simultaneamente. Mas foi mais ou menos isto e assim:

– Eu sou uma atriz que tira a roupa e o que costumo despertar não é bem amor. Todos se chegam praquilo. Alguns até pensam que me amam de verdade, mas o que têm em mente são as fotos, os cartazes e os filmes. Por isso, a emoção da primeira vez é tão grande que não se repete mais.

Lembrei-me das grandes beldades do cinema internacional que terminaram os dias na solidão, sem falar das que foram internadas em manicômios ou se mataram. A fama faz dessas coisas, a gente sabe. Lê-se no noticiário de Hollywood. E o que é mau para os americanos é mau para os brasileiros também. Mas eu não podia aceitar o ponto final.

– Não sou como esses a quem se refere – disse, movendo indeciso uma das pedras do tabuleiro. – Você se refere a espectadores, gente que não é do ofício e que se sugestiona com imagens e com a publicidade. Eu estou atrás das câmeras.

Achando que o papo estava sério demais, Eliana riu como prólogo do próximo argumento.

– Nem todos os que me cercaram eram gente de fora. E quanto a ti...

E quanto a mim?

– Diga.

– Você (ou tu, não lembro) é quem escreve, quem manda dizer e fazer. Seria difícil esquecer teus roteiros. Quando tu falas, às vezes me parece uma deixa. Se eu for à cama contigo vou ter a impressão de que milhões estarão nos vendo nas telas, gente na bilheteria comprando ingressos... e antes da gente terminar, a cama pode desabar para que a turma se esbalde. Ou, pior ainda, no finzinho talvez entre um censor, chegando às pressas de Brasília, para cortar ou proibir tudo...

Eu fiquei sério, sofrendo o lado dramático do humor, pensando inclusive em me retirar e oferecer um roteiro para a sedutora Diana Marçal. Eliana, no entanto, relançou no ar o riso que servia de prefixo para sua fala. Voltou a abraçar-me, sempre a rir, toda à vontade, desatenta às marcações do diretor imaginário, e deu-me outro beijo, na boca, feito de gestos dos sorrisos, sensualidade e um pouco de saliva.

– Você estava brincando – disse eu. Há roteiros que só faço com os dedos, não com a cabeça. Meu humor pornô é apenas uma mercadoria. Não é minha vida.

– Pode ser, William.

– Então o que você disse, mesmo as risadas, não quer dizer não?

– Se gostas mesmo de mim, precisas ter paciência. Os que não tiveram, já levaram um chute e entraram em órbita. Isso (pausa para um "note bem" não dito), se não pretendes apenas um caso passageiro – que não me interessa!

Um caso passageiro já seria algo além da imaginação. Uma só tarde ou noite, uma só vez, uma era tudo, porém não podia confessá-lo naquelas circunstâncias. Aliás, em relação à Marieta, acontecia quase a mesma coisa, ao contrário: eu quem ponderava, esfriava a cabeça, defendia comportamentos. Se colocasse o fato diante do espelho, entre mim e Marieta, a diferença estaria no eixo de visão, na inversão de imagens.

Mas isso, essa trama, esse jeito, não era eu, era Pirandello! Olhei o chão, que é o melhor para se olhar quando os argumentos faltam ou despencam. Temi estar sendo castigado, não por Deus, mas por um dos seus imediatos. Sempre fui vítima das subcúpulas no jornal, no rádio, na publicidade.

– Esperarei um século – disse, superando longe o paciente Jó, um apressadinho comparando-se o tempo e as circunstâncias.

Fui saindo, lento, como se a derrota fosse uma carga pesada que eu teria de puxar como um cão de trenó. Esta ação, do Pierrô em trajes comuns e sem lança-perfume, comoveu a deliciosa chinoca dos churrascos, que correu interpondo entre mim e a porta.

– Não será preciso esperar tanto tempo. Vou acabar com o Jarbas duma vez e aí teremos uma conversa séria.

Isso dito, abriu a porta e me empurrou com o trenó para fora.

43

Eu diria que começou aí um período em que eu era namorado de minha amante (Eliana) e amante de minha noiva (Marieta). No que diz respeito a esta, o cenário rude e proletário da marcenaria continuou em uso e, no tocante àquela, foi posto em ação um palco giratório com inúmeros *sets* montados: o apartamento da gaúcha, restaurantes, boates e trechos de ruas e avenidas por onde passávamos... A consagrada pornoatriz, que fora da tela conservava princípios morais, dizia que não tomaria nenhuma resolução sem antes pôr o marido, a quem muito prezava, a par de tudo. Essa decisão, na segunda pessoa do singular, parecia-me irrevogável e eu acatava.

O namoro foi excitante, embora excessivamente dispendioso. Chegei até a lembrar com saudade, um namoro aos dezesseis anos, juntos a um muro, também excitante, mas gratuito. Sair todas as noites com a moça da página dupla me esvaziava os bolsos, consumindo depressa o que ganhava lentamente com os roteiros. Nesse período escrevi mais dois, para outros produtores, ambos de tão má qualidade, que não vou descrevê-los aqui. Apenas lembro que um deles era sobre uma quadrilha de moças que assaltavam cavalheiros solitários e depois os estupravam em terrenos baldios. Mas a angústia financeira era compensada pelo prazer da companhia e pela vaidade satisfeita. E foi uma festa para meu ego o dia em que uma revista anunciou o romance.

Gentile, que leu a notícia, mostrou certa preocupação:

– Então você está de caso com Eliana?

– Ainda não é um caso. Estamos apenas saindo juntos para nos conhecermos melhor.

– Cuidado, ela já tirou muita gente dos trilhos. Soube de um produtor que vendeu até o carro e não conseguiu nada.

– Eu não tenho carro.

– Então nem compre.

O conselho do Gentile entrou por um ouvido e, embora tenha demorado um pouco, acabou saindo por outro. Mesmo porque aquela noite eu e Eliana fomos a um bistrô sem gente nem luz e ao som dum velho sucesso de Dina Shore, que a eletrola repetia devido a um defeito mecânico. Coloquei a mão direita em todos os atrativos de bilheteria da atriz e senti, então, como era pouco expressivo o uso do *sex-óculos*, tridimensinal, da revista *for men*, e que a arte gráfica diz pouco mesmo quando exagera nas cores e volumes. O tato não requer claridade, dispensa os olhos para remeter suas mensagens ao cérebro, e é o mais completo dos sentidos, segundo uma publicação científica que li num trem. Aliás, meus conhecimentos a respeito da matéria não foram somados no aludido bistrô, mas na marcenaria do general, onde tudo acontecia com a porta e as janelas cerradas.

Meu namoro com Eliana, como já esclareci, foi vivido numa sucessão de cenários. Lembro dum aperto feroz num elevador, interrompido pela entrada dum homem de muletas, dum beijo animalesco no cofre dum banco onde Eliana fora depositar dólares e da vez em que ela levantou o vestido até sua calcinha preta num apartamento vazio que uma amiga sua pretendia alugar. E no solário do seu edifício, quando só nós, no paraíso, fomos surpreendidos por um helicóptero... Não, risquem, essa é uma cena de *A Sereia do Guarujá*, confusão perdoável, já que o próprio presente, aqueles hojes, misturava realidade com *takes* dos roteiros.

A verdade é que o que eu vivia se aproximava muito do meu mundo escrito. A diferença talvez residisse apenas nos parágrafos e espaços exigidos pela clareza da redação. Cheguei a crer que era a fumaça do Lorca, tóxica e constante, o motivo dessas fantasias e duma certa coceira na garganta.

Houve um clímax justamente quando Eliana me avisou que Jarbas, o marido, retornava com seu conjunto folclórico. Ela ia dizer-lhe que tudo entre os dois estava definitivamente acabado e que ia passar a viver com uma pessoa. Ficou combinado, inclusive, que a princípio eu me mudaria para o apartamento dela e que, se Deus ajudasse, produziríamos um filme com o dinheiro oficial da Embra. Essa ideia de produzir fora copiada doutra atriz, que, por engordar muito, trocara o estrelato pela produção, dando-se bem. Provavelmente temesse que não poderia por muito tempo resistir à concorrência de Diana Marçal e doutras que já circulavam pela Triumpho de nariz em pé.

Sei que na véspera da chegada de Jarbas bebeu-se muito, desde o começo da noite, durante o coquetel de estreia do *Piranha de primeira classe*, embora a sessão inaugural da tarde não tivesse sido o estouro esperado. Minha euforia nada tinha a ver com o filme, que era ruim de som e um tanto prejudicado por um péssimo elenco de sustentação. Não estava à altura do material produzido pelo Guanabara, que prometia um festival de sexo. No mesmo dia e hora, outro filme, feito no Rio, com Diana Marçal, nua e praieira, ainda mais ousada que no anterior, e beneficiada por um diretor de imagens melhor que os frequentadores do Soberano, estreava num circuito de doze cines. Gentile bobeara.

E continuou a sede, minha e do grupo, do qual participavam o Cármen, feliz com um rapazinho que ele apresentava como sobrinho, Kaíco, vestindo um traje masculino de linhas angulares, gente do elenco, todos com um pé na glória, o Lisboa, que dirigia melhor automóveis que filmes, e outras pessoas dessas que basta vê-las uma vez para esquecê-las para sempre.

Fomos a um restaurante chinês muito caro cuja conta espantou a maior parte das pessoas da mesa para os toaletes. Eu e Eliana dividimos a despesa, já demonstrando uma generosidade que só um bom coração ou o álcool assumem. Dali fomos para um *pub* fechado, um pedaço de Londres com *fog* e tudo, onde nos sentamos próximos e íntimos. Não lembro, porém, quantos éramos, se seis, três ou nenhum, pois essa passagem só soube mais tarde por informação. A noite, acredito, estava no fim, mas não para nós, eu e Eliana, que dispúnhamos de meios para encompridá-la.

Num dos bares em que estivemos, Eliana tomou a iniciativa de pegar minha mão, acariciando-a. Eu devia ter parado aí ou ido para o toalete lavar o rosto. Mas alguém, Kaíco, suponho, apressou-se em encher meu copo. Como Eliana também havia bebido, achei que seria trair-lhe a confiança se me pusesse sóbrio. Um cavalheiro não abusa duma mulher embriagada mesmo se ele estiver sem gravata. Fiz o que sabia: deixar que a noite fizesse sua história sem auxílio ou cautelas exteriores.

O resto da noite foram sons e imagens distorcidos, mas lembro de sanduíches, táxis e mictórios. Cármen e Kaíco brigaram e um (qual deles) atirou um copo no outro. Em dado momento Eliana caiu; ao abaixar-me para erguê-la descobri que fora eu quem caíra. Acho que aí veio o apartamento de Eliana, embora o edifício me parecesse outro. Não sei se o Cármen e Kaíco nos acompanharam e se foram eles que ajudaram a mim e a Eliana a tomar quase um litro de Grant's.

A última coisa que vi, foi no quarto de Eliana: ela, a atriz, completamente nua, de frente para mim. Mas isso se parecia tanto com uma miragem que não dei a devida atenção. Nem mesmo o que vi pelo espelho, a miragem vista por trás, inteira, não me convenceu plenamente, apesar de saber que as miragens, como os *outdoors*, não possuem o outro lado. Tirando tudo, menos as meias e os sapatos, eu teria ido para a cama. Antes que eu me apagasse, a luz foi apagada. Mas entre uma coisa e outra houve um intervalo, que não sei se preenchido pela lucidez ou pela compulsão. Então, sim, sobreveio a morte absoluta, que posso descrever como sensação de queda ou de vácuo cósmico.

44

Acordei muitas horas depois; senti que estava vivo e tomei conhecimento do local. Era o quarto de Eliana. A cama, bastante desfeita, podia ter sido ocupada por duas pessoas. Provavelmente ela voltaria; fiquei deitado à espera, quando descobri que dormira de sapatos. Aí não eram apenas meus olhos que haviam acordado; os sentidos também despertavam.

Cansado de esperar por Eliana, levantei-me da cama, vesti as calças e fui para a sala.

Kaíco estava lá, de pé, diante da porta, com uma cara terrível.

– Onde está Eliana? – perguntei.

– Saiu.

– Saiu?

– Foi encontrar o marido na Chácara (não lembro agora o nome da chácara mas apenas dum "l" terminal).

Dirigi-me à porta, não sei se dizendo: – Vou para lá.

Precisava de melhores informações sobre a noite passada.

– Fique aí!

Era Kaíco que me ordenava, não somente com a voz, mas também com o corpo: fechou meu caminho e estendeu os braços em minha direção. Entendi que era a lição número 1 de algum livro sobre judô ou caratê. Empurrei-a para o lado, mas ela, já na lição número 2, me passou a perna e caí. Levantei-me depressa, quando então levei um pontapé na altura do rim esquerdo.

– Que é isso? – perguntei, engolindo todo o ódio com um pouco de saliva.

– Você abusou dela ontem à noite – disse a japa.

— Não seja tão retrô — falei. — Foi tudo uma farra. Nem me lembro — e tentei outra vez alcançar a porta.

Agora foi a vez do rim direito. Kaíco estava em forma e sem piedade de minha ressaca.

— Vamos parar com isso! — berrei.
— Então fique quietinho aí.
— Preciso falar com Eliana.
— Acho que não precisa. Sente-se.

Fiz novo esforço para chegar à porta, porém não em linha reta. Como se trabalhasse com uma bola invisível fui driblando e já pusera a mão na maçaneta, quando a ágil oriental me deu outra rasteira. Caído, pensei em como reagir. Não sou muito forte fisicamente, mas já derrotei, em luta corporal, um cego, dois paralíticos e três velhinhas. Puxei as pernas de Kaíco, que desabou. Mas, mesmo na horizontal, ela continuava ativa. Deu-me uma tesoura com uma habilidade que seria rara até num alfaiate. Aí gritei e por um instante me fiz de morto. Assim que suas pernas me despressionaram, saltei de pé e, vendo a faixa preta tentando levantar-se, apliquei-lhe uma joelhada no queixo que a esticou no tapete. Achando que o troféu já era meu, abri a porta, mas apenas a perna direita saiu da sala. Kaíco, usando seu fôlego de reserva, num único impulso pegou minha perna esquerda e fez com que eu tombasse sobre ela. Houve aí uma luta no chão, bem movimentada e sem ruídos. Um vaso sem flores, mas com muita água, espatifou-se ao nosso lado. Caiu uma cadeira e depois outra. Kaíco pôs-se de pé e correu para a porta, a fim de fechá-la a chave. Eu, mesmo deitado, atirei-lhe uma cadeira, que feriu sua testa. Desistindo de trancar a porta, a nipônica passou a atacar-me com pontapés. Levantei-me e fui recuando, a proteger com as mãos minha genitália. Já perto da parede vi uns livros sobre uma estante e fui atirando, um a um e com toda a força, sobre a agressora. Lamentei que o excelente dicionário do Aurélio não estivesse entre esses livros. Acabada a munição, fiz uso de alguns objetos que encontrei pela sala, sem avaliar preço nem valor estimativo. O chão estava agora coberto de cacos e, sobre eles, eu e Kaíco executávamos um interessante número de dança, embora não nos tivesse ocorrido ligar a vitrola. Os não-sei-quantos pontapés que recebi funcionaram contra a ressaca melhor que qualquer digestivo. Eu me sentia lépido e estava cônscio de que não devia queimar energias com golpes inúteis. Meu lance mais brilhante foi segurar a mão de Kaíco e arremessar a japonesa a um canto da sala. Pareceu-me que já aprendia alguma coisa de lutas orientais, assim como aprendera a escrever histórias policiais e pornochanchadas. E o pior momento foi o impacto duma tesoura-voadora que numa olimpíada seria aplaudida de pé. Fiquei tonto e cambaleei, vendo as tais estrelas tão mencionadas nos livros e desenhadas nas histórias em quadrinhos. Se meu *manager* estivesse presente, atiraria a toalha. Pensei em apelar para golpes sujos, porém Kaíco não tinha saco nem seios. Resolvi lutar boxe, punhos fechados, desferindo golpes no espaço. Era mais civilizado, porém os resultados não satisfaziam: somente evitavam que ela se aproximasse muito de mim.

Eu já admitia que um empate seria melhor resultado, quando a luta acabou. Começaram a tocar a campainha. Pus-me a gritar como se a pedir socorro. Kaíco, desorientada, não sabia se atendia à porta ou não.

– Chamem a Polícia! – berrei. – A Polícia!

A japa abriu a porta: diante dela estava o Cármen muito bem vestidinho e perfumado. Olhou para o chão, espantado com os cacos.

– Santo Deus, o que aconteceu aqui?

Corri para a porta, sem palavras, e fui descendo as escadas do edifício.

Na rua, parei um táxi. Mas não entrei nele sozinho: o xibungo me acompanhava.

– Para onde está indo, Ken?

– Para uma chácara onde está havendo uma festa com um grupo folclórico gaúcho.

– Eliana tinha me convidado. Vamos, então? Mas o que houve entre você e Kaíco? Destruíram a sala inteira!

– Eu e Kaíco nos admiramos muito. Foi apenas uma discussão sobre apicultura. Ela acha que o mel das abelhas africanas tem mais sabor que o mel de nossas abelhas. Eu discordo disso e luto pelo meu ponto de vista, com unhas, dentes e tudo o mais.

E você, Cármen, o que diz dessa questão?

– Prefiro estar por fora – disse o Cármen. – Mas já adivinho qual será a opinião de Eliana.

O tom frio do Cármen foi e me ficou na espinha.

– Sobre nós?

– Não, sobre as abelhas...

45

Chegamos à tal chácara cujo nome terminava em "l", onde havia uma festa gostosa. Vimos lá muitos atores da televisão, do teatro e do cinema, alguns supostamente mortos, mas comendo churrasco, bebendo vinho e dançando ao som do conjunto folclórico do Jarbas, gaúcho que promovia o encontro.

Com uma sede de ressaca, pedi água aqui e ali, porém o que me deram foi vinho num copo plástico. Como um copo de qualquer coisa é sempre pouco, bebi o segundo e um terceiro para experimentar uma marca desconhecida de Caxias. O Cármen, sempre ao meu lado, adorando a reunião, cumprimentava pessoas que jamais vira e sorria até para os que fechavam a cara para suas maneiras e desmunhecadas.

Eu andava entre as pessoas, umas duas centenas, à procura de quem temia encontrar. À distância vi o Jarbas, grandalhão e feliz, comendo churrasco com o pessoal de seu conjunto, todos vestidos à gaúcha, dando clima à festa, mas não me aproximei porque minhas pernas se recusaram. Então tive uma surpresa, aliás duas, porque as duas ou os dois estavam juntos: Lorca e Jardim.

– Mas o que fazem aqui?

– Você nos falou dessa festa, outro dia. Esqueceu?

– Devo ter esquecido, mas já que vieram vamos beber. O vinho aqui é ótimo, desce redondo e não sobe além do pescoço.

O Lorca, o dos detalhes, me observava:

– O que há com você? Está todo amassado!

– Estive lutando caratê.

– Meteu-se numa briga?

– Oh, não! Foi uma academia. É uma verdadeira arte. Acho que vou prosseguir.

O Lorca e o Jardim necessitaram de três copos para fixar uma opinião sobre o vinho. Então, sim, aprovando, começaram, sem concentração.

Foi aí que a vi, ou melhor, ela me viu. Eliana, que conversava num grupo de pessoas que comia churrasco, aproximou-se de mim com a mesma cara da noite em que obrigara o jornalista a comer sua crítica cinematográfica. Mesmo cheia de ódio estava linda.

– Que cafajeste foste ontem à noite! – disse ela.

O álcool derretera algumas horas da última madrugada. Do que era acusado?

– O que eu fiz?

– Eu estava bêbada, inconsciente, tu não devias!

– Eliana, juro, juro, não lembro nada. Bebi mais que você. Lembro apenas que entramos no seu quarto e mais nada. Caí num poço, entende? Não vi nem senti coisa alguma.

Queria descrever o rosto de Eliana, modificado pelas expressões de pura indignação, mas sua voz era mais rápida que minha percepção.

– Ninguém faria aquilo dormindo. Tu estavas bem acordado. Eu é que dormia, seu... seu...

– Eu só sei disso porque está me dizendo.

– E eu que quase acredito em ti!

– Saiba que nem sonhei que estava possuindo você. Não consigo lembrar dum só instante. Não lembro hoje e não lembrarei nunca. Para mim não aconteceu.

Acho que fui bastante convincente. Minhas palavras, como borracha, podiam apagar o ato. Mas não apagavam a humilhação que ela parecia sentir. Para Eliana, aquilo fora um estupro ou uma cena de pornochanchada forte demais que ela se recusava a representar.

– Aconteceu, sim – ela garantiu.

– Peço um milhão de desculpas.

– Não me procures mais – pediu com uma decisão já não produzida pelo ódio. – Quero que desapareças!

Quando ela se afastou, o Lorca e o Jardim reaproximaram-se. Ouviram palavras-peças e formaram o quebra-cabeça.

– Então faturou a gaúcha?! – admirou-se o tecladista.

– Mas foi como eu disse. Um fato tão irreal como uma mentira.

Mas o Lorca e o Jardim, que sentiam os dramas próprios e os alheios mais pelo paladar, aproximaram-se da mesa onde serviam vinho. Eu pensei em deixar a chácara imediatamente, mas não o fiz porque podia sofrer ali mesmo. O Cármen chegou-se e pingou algumas gotas de veneno no meu vinho.

– Falei com Eliana. Ela está puta da vida!

– Não me lembro de nada, Cármen, eu estava mais bêbado que meu peru de Natal.

– Acredito.

– Quem dormiu com ela foi outro, não eu.

– A bronca de Eliana é você ter levado esse outro para o quarto.

Fiz uma pausa do tamanho dum copo de vinho.

– Acha que ela me perdoará?

– Acho, mas vai demorar trinta ou quarenta anos.

Essa resposta pessimista ativou minha sede. Mais tarde vi Eliana e o marido passeando abraçados. Ele beijava-lhe imoralmente a testa. O xibungo, ao meu lado, via a mesma imagem e colocou nela algumas legendas.

– Ela disse que está novamente apaixonada pelo marido... A única pessoa decente que conheceu. Mas Jarbas exige que abandone o cinema. Eliana hesita.

Encostei-me numa árvore com um copo na mão, já o décimo da série A. Começou um *show* gaúcho ao ar livre sob um céu para folheto de agência de turismo. O conjunto folclórico ia fazer uma série de programas no eixo e como novidade apresentava o retorno (temporário?) de Eliana Brandão, que já fora o grande polo magnético do conjunto. Mesmo naquelas roupas rústicas, sob o couro, ela conseguia evidenciar suas curvas e liberar sua sensualidade. A grande ambição do Jarbas era levar o conjunto, com Eliana, para muitos países. Informação assoprada pelo Cármen, talvez com a intenção de que eu retomasse meu discurso sobre as minorias oprimidas.

O conjunto cantou e dançou. Não houve um ingrato que negasse aplausos. Até eu aplaudi, embora com uma única mão. Mas era o primeiro número dum vasto repertório, incluindo até um *jingle* da Varig: "Porto Alegre cidade moderna, bonita demais...". Eliana reintegrou-se ao conjunto num dos números finais, o que fez parecer que haveria mais uma assinatura do novo contrato. Quando se teve a impressão de que o espetáculo grátis terminara, começaram os desafios.

Era a hora da chula! Vamos dançar a chula? Vamos, chê!

Jarbas atirou uma espada no chão. O desafio para o equilíbrio do corpo e das pernas e para a coordenação motora ligado ao ritmo consistia em dançar rente à espada, à direita e à esquerda, sem pisar nela. Era tão fácil como assistir a uma tourada. Aceitando seu próprio desafio, Jarbas, ao som marcado da chula, começou a dançar a centímetros da espada-limite, mas sem encostar os sapatos nela. Os aficionados da chula, que entendiam suas dificuldades e lances, batiam palmas e gritavam olé. Depois, Jarbas vedou os olhos com um lenço preto e fez às cegas tudo o que fizera às claras. Perfeito.

Espiei Eliana, delirava.

Aquilo era um desafio; o campeão se exibira; em seguida seria a vez dos desafiantes.

Um a um, o pessoal do conjunto dançou a chula com muita graça e até com novas improvisações, mas sem alcançar o sucesso do líder. Depois, outros gaúchos presentes, nem todos vestidos a caráter, toparam o desafio, embora sem pretensões técnicas ou estilísticas. A maioria chutava a espada e voltava para seu lugar com o rabo entre as pernas.

Quando mais nenhum valente se atrevia eu dei um passo à frente. Sim, eu, que de coisas gaúchas mal conhecia o churrasco e menos ainda alguns contos gauchescos. Mas não se aprende só pela prática; a observação também conta. E o que conta mais que tudo, em se tratando de chula, touros ou caratê, é a convicção, a ação antes da reflexão.

Da cabeça aos pés senti o peso e a luz de todos os olhares. Vi Jarbas, descrente, não esperando por nada; um Cármen que quase desmaiava; Lorca e Jardim, que subitamente pararam de beber; e Kaíco, sim ela, chegando à festa rural, apressada, com um resto da cara que usara na briga.

Se o passo fora apenas uma intenção, se fora um passo de vinho e não meu, teria agora que se tornar o primeiro duma longa insensatez. Aproximei-me do Jarbas com uma calma que imitei de filmes americanos, principalmente aquela, conhecida, que John Wayne costumava ostentar entre os apaches quando tudo parecia perdido.

– Já dançaste a chula, paulista? – perguntou o ex de Eliana, para quem a dança era coisa séria, tradição e profissão, não pilhéria.

– Nunca, mas o que tem isso? Está topado.

Percebi que Eliana fazia um sinal a Jarbas para que não perdesse tempo: *the show must stop*. Antes que ele abandonasse a arena, fiz uma mesura aos músicos, pedindo ação. Os músicos se entreolharam. Não começaram ao mesmo tempo, mas um atrás do outro.

Daí em diante, tudo virou cinema para o autor-ator, tanto que uma grua, alugada às pressas, foi posta em funcionamento, e um diretor de imagens me fez sinal para o "já"! Observem esta sequência de *takes* entre Jarbas e um dublê.

Jarbas saiu primeiro e não complicou pés nem meneios como um professor de piano que ensina uma criança a tocar o *Bife*. Aquilo seria difícil sem vinho, mas o álcool me punha solto, uma libertação que partia da cabeça, descia à coluna e espraiava-se pelas pernas e braços. Repeti os passos do Jarbas com igual desenvoltura e batendo um pouco mais os pés porque precisava me apoiar no ritmo, usado como bengala.

A minha réplica mereceu algumas palmas esparsas, provavelmente dos amigos do Elevado. Jarbas saiu outra vez, agora enfeitando mais, trançando os pés a centímetros da espada, dobrando as pernas como um cossaco, mas sem exagero. Houve aí um espaço só para a chula. Senti o Lorca como um segundo que subira ao tablado para massagear as pernas do pugilista: era minha vez, fui. O que Jarbas fizera comedidamente, didático, fiz com mais frescura, flexionando as pernas a gozar a imponderabilidade etílica. Eu próprio, creiam, me surpreendi com o que já sabia da coisa e com o comportamento dos meus membros. Desta vez as palmas foram mais e longas, o tônico sonoro de que eu necessitava.

Jarbas riu para que a surpresa saísse pela boca. Mas, ao iniciar seu turno, vi logo que complicava, coordenando braços e pernas, a saltar páginas de seu livro *De como dançar a chula*. Eu via e fotografava, os olhos ensinando os músculos para que a inexperiência não simplificasse os lances daquele balé. O ponto alto da exibição do gaúcho fora brincar com o perigo, saltitando dum lado a outro da espada, porém sem perder o ritmo. Aí contei com aquela sorte que faz com que poucos bêbados, num país de bêbados, morram atropelados por automóveis. Com os olhos fixos na espada, os braços abertos para tirar partido do minuano, repeti a lição do mestre com categoria, acrescentando em seguida uma novidade-sensação: refiz o feito de trás pra frente, trucagem banal no cinema, porém, ousadíssima ao vivo. Acreditam?

Marquei pontos a meu favor, a julgar pela ovação. A surpresa dos músicos quase os faz parar a chula. O Lorca não se conteve e aproximou-se de mim:

– Itararé é hoje! Lembre-se de que lutamos contra o Brasil inteiro e quase ganhamos!

Jarbas, fazendo com a mão o gesto de quem espanta uma galinha, transmitiu ordens aos músicos. Quais seriam? Rotação: ele pedia uma chula veloz como um frevo. Os músicos atenderam e ele partiu com muito mais corda e efeitos num apressado que não admitia hesitações. Pareceu-me que ali era o sangue que agia, o berço gaúcho, o que vem com o leite, e não coisa ensaiada e aprendida.

Querendo perder com honra e orgulho, repeti o gesto do Jarbas aos músicos, exigindo ainda maior velocidade. Era bravata, mas das boas, tanto que se fez silêncio talvez de São Paulo ao Rio Grande do Sul. Eliana e Kaíco estavam juntas, coladas pela tensão; o Cármen tapava os olhos com a mão; o Jardim estava com um ar dramático; o Lorca, igual ao Jardim ou um pouco mais dramático.

Lancei-me, elétrico, à nova etapa do desafio. E mal vendo meus pés, que haviam adquirido vida própria, fui acompanhando a vertiginosa chula como quem não cuidara doutra coisa na vida. Sabia eu, afeito aos visuais, que a velocidade é enganadora e quem a quer dispensa outras qualidades. Não devo ter sido perfeito naquele *round*, mas fui rápido, um raio sinuoso que não tocou na espada e que parou de pés juntos, batidos, num som teatral para chamar palmas.

Cumprimentei o público e, menos bêbado e mais prudente, achei que devia parar ali. Anchieta e os bandeirantes haviam me ajudado até demais. Dispus-me a abandonar a arena, esperançoso de que depois daquele espetáculo talvez Eliana, vendo do que o amor é capaz, tomasse uma grande decisão.

Aproximava-me do Lorca quando ouvi:

– Espere um pouco, paulista.

Era o Jarbas. Não esperou por nenhuma palavra minha. Pegou a espada e colocou-a sobre a mesa do churrasco. Propunha uma chula aérea sobre uma superfície molhada, sebosa e na certa escorregadia. Querendo ignorar o gesto aflito, dei mais um passo na direção do Lorca.

Ouvi um "oh" de decepção, que cresceu e não terminou.

– Acha que ainda vai dar? – perguntou o tecladista.

Voltei para perto do Jarbas, que imediatamente saltou de pé na mesa, jogando na parada o que ele era e o que pretendia ser. Olhei Eliana, que me sorriu, mas não como estímulo. Com quem estaria sua solidariedade?

Já tendo assimilado que a dramatização pode impressionar mais que a perfeição, imaginei algo mais que uma chula sobre a mesa. Havia algumas garrafas: quebrei-as, cobrindo de perigosos cacos o espaço ao redor do novo tablado. Pisar simplesmente na espada não seria o pior. Minha proposta era sangrenta, algo semelhante ao que fazia meu querido Aranha vibrar. Percebi que, enquanto eu quebrava as garrafas, lá do alto Jarbas me observava assustado. Então houve um pequeno tumulto na assistência: o Cármen desmaiara.

Não com a mesma agilidade do Jarbas, subi na mesa, sorrindo para contrastar simpaticamente com a carranca de meu adversário. Os músicos somente venceram a hesitação a um sinal decisivo do líder. A chula recomeçou, não tão quente como antes:

lenta, um tanto arrastada, os instrumentistas convertidos em plateia, querendo mais ver do que tocar.

Jarbas dançou a chula quadradinho, sem visagens, preocupado mais com a segurança do que com a criatividade. Sentindo que o vinho, depois de tanto esforço e suor, já não me comandava, preferi não inventar nada, copiando quase tudo o que o Jarbas fizera, e só no final dei uma de cossaco, estirando ora uma perna, ora outra. Queria que o desafio fosse desativado pela monotonia a fim de que eu, e não ele, determinasse seu ponto final.

O gaúcho achou então que podia complicar. O primeiro turno fora apenas para experimentar o chão. Voltava mais liberto, num balancê à vontade, com muita perna e ignorando a espada. Reencontrou também o sorriso, fazendo-me crer que Eliana, lá visível, estimulava-o com sua torcida. Não só dançou, criou. Dois passos pra frente, um pra trás, ou dois pra trás e um pra frente. Coreografava pra dificultar imitações e inibir os improvisos. E, pela primeira vez durante o desafio, ao aproximar-se, falou comigo:

– Toma cuidado com o sebo da mesa, paulista.

– Não se preocupe, chê. Eu sei voar.

Jarbas fez sua exibição mais longa, e bem-sucedida, como provaram as palmas que recebeu. Preferi, desta vez, não imitar sua *performance* fotograma por fotograma. Alguns dos seus requintes eu não registrava muito bem. Vi-o com as mãos na cintura à espera do "lá vou eu!"

Comecei por marcar bastante o ritmo, pondo peso nos pés. O compasso, bem acentuado, fazendo a chula fluir, podia causar mais efeito que os malabarismos técnicos do Jarbas. Senti que ia bem. Vi o Lorca aproximar-se da mesa, apoiando o ritmo com palmas, como se quisesse chamar o público a meu favor. O Cármen, refeito do desmaio, atirou-me um beijo. O Jardim bebia vinho às pressas, para bloquear emoções fortes. Eu continuava dançando, mais como um canguru do que como um gaúcho, apostando no ritmo forte e bem marcado. Foi aí que eu vi o céu, e minhas mãos seguraram depressa o nada dos aflitos; senti a queda, antes do chão, aquelas pontas verdes dos cacos de garrafa que eu espalhara pelo terreiro. Não sofri a dor inteira porque, ainda com a chula nos ouvidos e as imagens que haviam caído comigo, perdi totalmente os sentidos.

46

Acordei num pronto-socorro ou pequeno hospital, no dia seguinte. Tudo bondade do Lorca. Disse-me que um doutor me tirara tantos pedaços de vidro do corpo, que daria para fazer uma garrafa inteira. Cheio de cortes, pontos e esparadrapo, fui levado de volta ao Elevado. Eu estava na maior baixa, um *down* de fazer pena e com muitas dores espalhadas ou concentradas. Podia dizer que somente meus cabelos não doíam. E pior que a queda era a derrocada: tudo perdido, o coração sem vontade de bater.

O Lorca tentou consertar com palavras minha alma quebrada.

– Você esteve soberbo aquela tarde! Eu e o Jardim sentimos orgulho de você. Nunca se dançou a chula daquele jeito. Pena que estava de bode e caiu. Se não fosse o maldito escorregão, acho que sairia da chácara levando a Brandão às costas como um saco de Papai Noel.

Foi nesse estado de sofrimento sem queixa, em que o melhor é morrer, que recebi a visita do Cármen. Não lhe disse uma palavra nem virei a cabeça para seu lado.

– Precisava ver o escândalo que Eliana fez quando viu o apartamento daquele jeito. Virou onça. Não perdoou nem a Kaíco. E acabou com ela; a japonesinha anda por aí, sozinha no mundo e falando em suicídio. Culpou até a Rita daquela destruição. Disse que devia estar lá e não visitando parentes em Amparo. Acho que a negra dança – aí o xibungo fez uma pausa, tendo selecionado o pior para o final. – Só quem se salvou do dilúvio foi o Jarbas, que está lá com ela. Acho que Eliana larga tudo e vai com ele. É só não mostrar mais a bunda no cinema e eles recasam.

Aí entrou o Lorca com abacate. Quis saber:

– E o que ela disse do nosso amigo? Preocupada com os ferimentos dele?

O adamado balançou a cabeça:

– Preocupada, Eliana?

– Ela não disse nada?

– Disse: que é o maior filho da puta que ela conheceu e quer que morra.

O Cármen sentiu que sua cena terminara e foi embora.

Vieram outras visitas. O mulato Guanabara fez perguntas, uma básica: se depois do escâ...briga com Eliana, eu ainda seria recebido na Triumpho, profissionalmente, claro. Temia que, como minha cria, fosse prejudicado. Com cortes e pontos nos lábios, não pude responder.

A resposta foi dada pelo próprio Gentile, que apareceu mais tarde.

– Veja se melhora logo. Está pintando um filme em coprodução com os italianos.

Uma "co" sempre fora sonho do Gentile. É provável que a múmia do Elevado tenha até sorrido.

Depois vieram o Tonight e a Puta Poeta!, apressados e solícitos. Eram desses que dão o sangue para salvar os amigos da noite. Tonight veio com um hipotético *spotlight* e apontou a mão para o próprio peito, como se ele mesmo fosse a próxima atração. Olhei para eles demonstrando gratidão, até o ponto que o esparadrapo permitia. Puta Poeta! sentou-se na cama e recitou um poema que fizera especialmente para mim, desta vez pequeno, em atenção à pouca resistência do doente.

Marieta não apareceu porque não haveria como explicar a ela o fato, retirando-se dele o vinho, a chula e Eliana Brandão. E ela nada sabendo, meu tio também ignoraria.

Dias mais tarde, já podendo mover-me na cama, e até fazer a barba com o auxílio do Lorca, disse-lhe algo assim:

– Obrigado, Lorca, você foi irmão.

O Lorca, mais acostumado aos elogios noturnos dos bêbados, quando tocava nas boates, bloqueou minha fala, erguendo a mão:

– Ora, quando aconteceu aquilo, eu não sabia o que fazer. O Cármen desmaiou novamente e o Jardim queria partir para a briga. Sorte foi ter aparecido lá um amigo seu, um narigudo...

– Amigo meu? Narigudo, você disse?

— Não que o nariz fosse tão grande, é que tinha uma forma...
— Atucanada?
— Pode ser. Uma bela pessoa. Foi quem chamou a ambulância e resolveu tudo depressa. Acho até que pagou um adiantamento exigido pelo hospital.
— O nome dele?
— Não lembro.
— Odilon?

Lorca sacudiu a cabeça.

— Acho que não disse. Mas já sabe quem é, não? Não há duas pessoas neste hemisfério com aquele nariz.
— Sei, claro.
— Certamente vai aparecer.
— Não tenho dúvida.

Minutos após, eu já desacreditava desse diálogo, uma mentira não do Lorca, mas minha, apesar de o referido nariz persistir no quarto como qualquer coisa bastante real. Há personagens que necessitam de muitas páginas e capítulos para adquirirem contorno. Aquele imprevisto Odilon, porém, apenas com o nariz ingressava em minha galeria de tipos, marcando sua presença e mudando circunstâncias. Preferi, contudo, sentir a dor dos cortes provocados pelos cacos de garrafas. Escrevam: é a dor física que geralmente salva o homem da loucura. Quando percebi que a cama apenas prolongava ou repetia a queda da mesa, como uma câmara de eco produzida para espichar sons, decidi levantar-me. Fez-me bem rever o Elevado na vertical. Logo quis ir à rua, pisar a cidade. Minha primeira expedição solitária foi ao hospital. Retiraram os pontos, paguei.

— Alguém deu o adiantado?
— Deu.
— Quem?

Havia um recibo impresso, assinado. Não me pareceu letra do Lorca nem generosidade do Jardim. Ilegível.

— O senhor se lembra dessa pessoa?
— Só me lembro do senhor entrando, ensanguentado.
— Não lembra se tinha um nariz de tucano?

O funcionário do hospital começou a gargalhar porque a pergunta era de brincadeira, não era?

Fui depois à Triumpho. Parei primeiro no Soberano, o que se faz quando se entra ou sai dessa rua. Além do mais, queria ser visto.

O *Piranha de primeira classe* já era sucesso e Gentile terminava *O sexo é melhor no escuro*. Boa onda, pena que a chula me havia custado caro e ainda para impressionar a Marieta eu mandara a tio Bruno uma nota preta. Esvaziei dois cascos na companhia dum eletricista e fui à produtora.

O excelente produtor (refiro-me ao seu coração e dotes morais) ficou algum tempo examinando meu rosto. A secretária da peruca vermelha também. Evidentemente, o episódio da chula fora contado em toda a rua.

– Tudo muito bem costurado – disse o Gentile.
– Como vai a "co"?
– Entrou areia.
– Verdade?
– Os italianos exigem Eliana.
– E ela?
– Vai embora.
– Vai mesmo?
– Fiz o que pude. Fui ao apartamento. Quis convencer ela a filmar, mas o marido pôs o pé na frente. Depois daquele forró no apartamento, tudo quebrado, e do que houve na chácara, ele endureceu.

– O que sabe a meu respeito?
– Tudo. Até que abusou da mulher dele enquanto ela dormia. A tal Kaíco se encarregou de contar.

Aí olhei para os jurados e disse:
– Eu não faria isso com uma mulher inconsciente. Posso até ter feito, mas não faria.

Gentile não se importava com o que acontecia na ausência do diretor de imagens. Não era esse lado que o afligia, era o outro.

– O fato é que perdi a "co"!
– Por que não chama a tal Marçal?

— Os italianos não conhecem. Assunto encerrado.

Fui saindo sem encontrar alguma expressão que substituísse "lamento muito". Jamais culpem ficcionistas e pessoas que cometeram o erro involuntário de usar esse chavão. Ou se repete o lugar-comum ou não se diz nada.

— Mas vamos fazer *O sexo é melhor no escuro* — disse o Gentile, apenas para recuperar uns vinte por cento do seu costumeiro bom humor.

Apesar da promessa, não acrescentei mais nenhuma palavra em minha participação e saí. Na verdade, não era a perda da "co" que me aborrecia. O pessoal da Triumpho vivia a ilusão de coproduções que dificilmente se realizavam; minha cara e atitudes eram de quem perdera uma grande paixão e que ainda não se habituara totalmente a essa verdade. Quando tive notícias de mim, já estava no apartamento do Cármen. Atendeu-me à porta usando uma calcinha preta. O resto do corpo nu.

— Ah, é você?!
— Quero saber de Eliana. Tem visto ela?
— Vi ontem. No aeroporto. Foi embora com o Jarbas. Largou o cinema.
— Largou mesmo? Me conte tudo. Posso entrar?

Começou a fechar a porta.

— Outro dia. Agora estou recebendo um amigo meu que acaba de chegar da Suécia.

Passei pelo edifício onde Eliana morava; havia um "aluga-se". Olhei para cima e vi no segundo andar uma vidraça quebrada. Devia ser um *take* da briga com Kaíco que eu não registrara naquele momento. Achei que devia reagir e guardar de Eliana apenas a página dupla. Dirigi-me à casa de minha noiva, senhora Marieta, segurando-me numa tábua que boiava no oceano, a mesma talvez que já salvara tantos náufragos na ficção do passado.

Ao chegar lá, me perguntei:

— Como será que ela vai me receber depois de tantos dias?

Sofrendo o suspense da pergunta-gancho, toquei a campainha.

47

Eu aguardava na sala quando Marieta veio do corredor e parou. Não disse nada, deixando que o silêncio cumprisse seu papel dramático. Nas comédias, o vazio é imperdoável, mas nos dramas as pausas, pequenas, médias ou longas, são de extrema utilidade para atores e diretores. Às vezes, valem mais que um bife de página inteira.

– Mas o que aconteceu com você?

Ela aproximou-se para examinar meu rosto. Mostrei-lhe as mãos e os braços. Ergui as barras da calça e mostrei-lhe as pernas com cicatrizes recentes. Era um mapa hidrográfico de grande interesse para colegiais e sertanistas. Esperei por novas perguntas.

– Sofreu algum acidente?

Era minha deixa:

– Fui atropelado por um caminhão de bebidas.

Queria que a mentira tivesse um pouco da química da verdade. Que houvesse, embora tênue, uma relação entre uma coisa e outra.

– Onde foi isso?

– Numa dessas marginais. O caminhão brecou e algumas caixas de garrafas se espalharam pela via. Fui arremessado pelo para-choque e caí sobre cacos de vidro. Que sangueira!

– Levaram você a algum hospital?

– Levaram, sim. Fiquei (exagero) uma semana. Depois fui para a chácara dum tal Odilon.

– Por que não me mandou chamar?

– Fiquei muito feio. Você teria péssima impressão.

– E eu pensando tantas coisas!

Para que não cometesse enganos ante a fome de detalhes sempre demonstrada pelas pessoas que interrogam acidentados, abracei a filha do general e permaneci nesse abraço como um *stop-motion*.

Entendendo que eu preferia não lembrar o acidente, tão atual na minha pele, foi dizendo:

– Senti muitas saudades suas... Eu o esperava todos os dias. Seu tio disse que você era um safado e que não voltaria... Até briguei com ele por sua causa... Cheguei a passar diante do prédio onde você mora, mas não tive coragem de entrar... Já fui rejeitada uma vez, você sabe. Mas graças a Deus você está de volta! Meu amor...

Não sei se essas reticências são da ocasião ou se mais recentes. Como também podem ser resíduos duma radionovela que escrevi no passado. As emoções alheias são sempre piegas e nelas cabem reticências que nas nossas cortamos ou camuflamos. Mas era essa pontuação sentimentaloide que me permitia ocultar o rosto nos braços de Marieta, evitando que uma falha de representação ou *close* de olhos revelasse a fotomontagem do caminhão de garrafas.

Um noivo vivo é ótimo, apesar dos pontos e esparadrapos. Fomos ver tio Bruno, que falara mal de mim. Apertei-lhe a mão sem ressentimentos, perguntei de sua saúde e pus-lhe um punhado de cédulas no bolso para comprar mais alguns metros de sua simpatia. Eu perdera Eliana, mas em compensação aprendera a dançar a chula e podia casar-me com uma mulher quase rica.

– Agora vamos falar sobre nosso casamento – eu disse já na sala. – Apenas gostaria que apanhasse uma garrafa de vinho, qualquer dos franceses.

Confortavelmente sentado, tomando um vinho de luxo num ambiente calmo e sóbrio, os sons da rua barrados pelas cortinas, achei – e teria marcado o tempo com giz – que uma nova vida deveria começar ali. Eu estava pronto para ser um marido ideal. Lorca, Jardim, Tonight e Puta Poeta! seriam o passado, que eu poderia relatar, em memórias, com uma caneta Parker. E quanto aos pornôs, abandonaria o gênero, que viajara com Eliana para o Sul. Com cama, teto e adega, poderia dedicar-me a um tipo de prosa menos questionável, sei lá qual, ou (um velho projeto) tentar reviver a literatura cor-de-rosa, para moças, anos 20, readaptando as imundícies ficcionais, o lixo cultural que tanto prejudica a mocidade que está aí. Era onde talvez me fixasse: romances para moças, enredos de verão, personagens com boa formação moral, muito beijo na testa e o final sempre na igreja, noivos no altar, tudo resolvido na última página, o sol nos vitrais e nenhum problema, mágoa ou protesto para a contracapa.

– Em que está pensando, querido?
– No casamento, lógico. Vai ser bom.
– Vai ser ótimo! Posso marcar o dia?
– Marque já.

Escolhemos o dia, a hora e o minuto. Haveria uma pequena festa, umas quinze pessoas: parentes e amigos de Marieta e do general. Meu representante familiar seria apenas tio Bruno, que usaria um terno quase novo do falecido Sandro. Minha mudança seria feita por mim mesmo: algumas roupas, alguns livros, as obras completas de William Ken Taylor, os roteiros pornôs e o bronze, lustrado. Uma simples viagem de táxi me levaria da incerteza à felicidade. O único fato triste desse episódio feliz seria comunicar ao Lorca e ao Jardim que eu abandonava o rodízio. Talvez não tão triste porque o Jardim sempre planejava alugar o apartamento, às tardes, para casais. O Lorca opunha-se à ideia, embora fosse favorável à sua prática.

Então, numa tarde em que estava sozinho no apartamento, apenas à espera do dia do casamento – tanto que já havia dito no Soberano que ia deixar a raia, tendo lá tomado a última garrafa de casco escuro na boa companhia do Guanabara – quando dois punhos bateram fortemente à minha porta.

Abri.

Eram eles: dois democratas.

48

Não eram os mesmos que me haviam prendido na *kitchenette*, mas sabiam de mim, pois eu já era uma ficha. Recuso-me a descrevê-los, dizendo apenas que um tinha sotaque nordestino e o outro não.

Falavam e moviam-se com aquela segurança que só uma ditadura dá às pessoas. A princípio, não tive muito receio porque já me livrara de alguns romances comunistas como *A moreninha*, *Ouro sobre azul* e *Nossa vida com papai*. Apenas me esquecera de queimar *O moço loiro*, provável biografia de Karl Marx, quando jovem.

– Vamos fazer uma revistazinha – avisou um deles entrando, mais civilizado que o outro, que já entrara.

Eu não dispunha de muitos livros na ocasião e julguei que a operação seria breve. Começaram a abrir as gavetas. Um deles folheou a revista através da qual me apaixonara por Eliana Brandão e a enfiou num dos bolsos. O *souvenir* de minha maior tara ia ser levado embora. Fingi não ter visto para que se retirassem logo.

Aí um deles, não sei se o número 1 ou o número 2, retirou duma gaveta uns folhetos: eram aqueles que o Bonfiglio me enviara do nascente PDB, original partido que possuía um único membro, seu fundador e presidente, alguém que resolvera crer em algo para não descrer de tudo.

– Isto é propaganda comunista? – perguntou-me o número 1.
– Oh, não – respondi.
– Claro que é – garantiu o número 2.

Desculpem-me a numeração, mas era assim, numerados, que os via, acostumado aos roteiros, onde movimentamos figurantes com ou sem falas. Na Triumpho, o Gentile escolhia os figurantes pela janela, acenando a atores e atrizes desempregados que passavam ou paravam no fronteiro Soberano.

– Isso não é propaganda comunista – expliquei.
– Então o que é?
– São folhetos. É apenas uma ideia de administração do País em zonas – devo ter dito.
– Quem lhe mandou?

Não disse quem, com pena do matusca Bonfiglio.

– Chegou pelo correio. Muita gente deve ter recebido.

O número 1 e o número 2 entreolharam-se. Por um momento pensei que a visita de cordialidade acabaria ali, mas o nordestino, mais preocupado que o outro com a segurança nacional, decidiu:

– Vamos levar você para o doutor Pessoa.

Não opus a menor resistência, aquilo de quem não deve não teme. Mas, apesar de minha boa vontade, seguraram-me fortemente pelos braços. À saída, assim levado, vi o Lorca que entrava no prédio e pisquei para ele. Notei que entendeu e recuou. Soube depois que fora correndo à procura do Jardim.

Na delegacia o policial doutor permaneceu longo tempo examinando os folhetos. Minha esperança era de que concluísse o exame com uma gargalhada. Provavelmente, o próprio Bonfiglio já encerrara as atividades do partido ao consumir a carga de sua caneta esferográfica. Alguém de bigodinho entrou e participou do exame.

– A velha estratégia, dividir para dominar.

– Não resta dúvida – concordou o dono da sala.

Tirada a conclusão, que não posso julgar precipitada, começou o interrogatório. Não vou transcrever aqui perguntas cômicas num trabalho literário que classifico de tragédia erótica. Perguntaram-me até qual era meu grau de amizade com o presidente deposto. Não o conhecia, mas lembrei-me de que eu já jogara dominó com o vereador em Serra Negra. Política só fizera no ginásio, candidato derrotado à segunda secretaria do grêmio estudantil. Minha chapa reivindicava a compra do *Tesouro da Juventude* e a instalação dum bebedouro à entrada do pátio. Nossa chapa perdeu por causa do voto das meninas, que achavam nosso presidente muito feio, cheio de espinhas, e não pertencia ao quadro de basquete.

A pergunta decisiva, a única a que disse sim:

– Você já esteve preso como subversivo?

Coisa que não podia negar. Depois me perguntaram sobre o aparelho, referência ao apartamento no Elevado. Quantos comunistas moravam comigo? Quais nossos objetivos imediatos? Fabricávamos bombas?

– As pessoas que moravam no apartamento não eram comunistas e já se mudaram há muito tempo.

– Quantas eram?

– Duas.

– Os nomes?

Hesitei: o Lorca morreria se fosse posto numa cela onde não há a estimulante divisão entre o dia e a noite. E quanto ao Jardim, ele ainda pensava que o presidente da República fosse Getúlio Vargas.

O delegado deu ordens aos números 1 e 2:

– Descubram quem é o proprietário do apartamento e vejam pelo contrato os nomes das pessoas que moravam lá.

Fui levado a uma cela coletiva com uns dez prisioneiros; o homem de charuto da primeira vez não estava lá. Todos suspeitos de atividades esquerdistas, inclusive um padre, sem batina, o único que declarava corajosamente seus ideais.

Três dias após voltei à presença do delegado.

– Tem alguma ideia onde seus companheiros teriam se escondido?

– Não foram encontrados?

– Os dois abandonaram o apartamento. Mas já temos os nomes deles.

Foi um alívio. Como Tiradentes, preferia chamar toda a culpa sobre mim.

– Não sei onde possam estar, mas...

– Teriam ido para Cuba?

– O que iriam fazer em Cuba?

– Vocês é que sabem. Agora conte tudo que fez desde que esteve preso pela primeira vez. Como vivia? Onde trabalhava? Vá contando e citando nomes.

Disse ao delegado que vivera aquele tempo todo escrevendo filmes pornográficos. Quis saber para quem? Para comprovar minha explicação tive de citar o nome do Gentile. O único que pronunciei em todos os interrogatórios. Mas a parte mais longa deste e dos outros referiam-se às atividades do PDB. Onde e quando nos reuníamos, quantos éramos, se havia aparelhos noutras cidades, qual era nossa gráfica e que tipo de ligação tínhamos com outros partidos subversivos?

Minha sistemática negativa, os muitos "não sei", no lugar de cansar a polícia estimulava-a. Entendi que supunham ter encontrado um novo veio, um traço de união ainda sem união e não a chave, porém já o buraco da fechadura duma porta que escondia uma perigosa trama política.

Na minha cela, logo se soube que eu era o homem do PDB, talvez uma ala à esquerda. Tive de explicar o partido. Era mais fácil que negar sua existência. O padre à paisana, com gestos que acompanhavam ou abriam caminho para a argumentação, revelou-se logo um grande opositor às ideias de Bonfiglio. Para ele era um crime mexer nas fronteiras do País, fosse qual fosse o pretexto ou propósito. Disse que o PDB era reacionário e facilitava a dominação estrangeira. Muito apegado ao mapa da infância, chegou a enfurecer-se.

– Seu partido prega a desunião entre irmãos. Uma lástima.

– Não gaste seu latim comigo, padre. Não tenho ideais, sou um pornógrafo – disse estreando essa palavra em voz alta.

– O que está querendo dizer?

– Escrevo filmes imorais – e dirigindo-me ao pessoal todo: – Alguém aí assistiu *A Sereia do Guarujá*? Obra minha.

Eu! Eu! Eu! Num espaço de oito metros por quatro, três pessoas tinham pago ingresso para ver a fita. Fiquei vaidoso.

– E gostaram?

– Eu fiquei nas duas sessões!

– Aquilo que é filme!

– Só queria saber uma coisa: você comeu aquela atriz?

Ninguém me disse por quê, mas um mês depois fui transferido para uma pequena cela. A princípio, só eu e uma cama vazia. Aí, longe dos fãs do roteirista, pude pensar um pouco. Ocorreu-me escrever à Marieta. Logo passei um X nisso. Era o que a polícia queria: um endereço. No entanto, recebi uma visita. Duvido que possam adivinhar quem. A vida, a falsa monotonia do cotidiano, sabe preparar surpresas que escapam ao ficcionista, preocupado em selecionar emoções mais fortes. Quando me conduziram a um palratório, pensei que se tratasse de Marieta ou Eliana, pois já sabia que a visita era feminina.

– Como estás, *pibe*?

Era Rúbia, a *strip-teaser* boliviana. Já não era uma loura inacabada. Gastara um tubo todo de tintura para cabelos.

– Puxa! você?

– Não me esperavas, *pibe*?

– Como soube que mudei para este hotel?

– Lorca.
– Onde anda ele?
– Fugiu do apartamento com o Jardim. Tudo bem, descansa.
– Não teve medo de vir aqui?
– Tive, mas fiquei com tanta pena... Foi meu marido que me deu força. Disse que os amigos são para os maus momentos. Se eu demorar, ele corre para o consulado.
– Bom sujeito deve ser ele. Mande-lhe um abraço.
– Sabe quando sai?
– Não.
– Quer que eu procure alguém pra *usted*?
– Vou lhe dizer o endereço duma moça chamada Marieta. Procure decorar. Diga-lhe que fui preso por engano como está acontecendo com muitos. Mas não peça que me venha visitar ou que ponha advogado nisso.
– Vou falar com ela.
– Obrigado, Rúbia.
– O Lorca vai passar em casa hoje à noite para ouvir notícias suas.
– Diga pra ele não dizer a ninguém que me conhece. Agora vá indo. Tem um cara aí de escuta.
– Te guarde, *pibe*.

Dias depois recebi, não outra visita, mas uma carta. Era um poema da Puta Poeta! escrito a mão e longo demais, mas para quem não tinha o que ler era melhor que um haicai. Preferi a poetisa por escrito porque podia saltar alguns versos e estrofes.

Uns dez dias mais tarde chegou um companheiro de cela. Estudante, chamava-se Ciro, classe social B-1 e não parecia assustado com a prisão: tinha advogados cuidando do seu caso e um tio do lado deles, deputado do partido do governo. Sorte, a do tio.

A companhia de Ciro foi ótima para mim porque lhe davam direito de receber jornais. Não sabia que amava aquele tipo frágil de papel. Pude ver anúncios de meus filmes e um grande, de lançamento de *O sexo é melhor no escuro*, com o cartaz-base do Guanabara. Eliana, toda reinventada, com novas curvas, nua, sob o jato duma ducha.

Na semana seguinte, Ciro, a quem eu contara o meu ofício, leu uma pequena crítica sobre o filme.

— Falam de você nesta coluna!

— Já sei, metem-me a lenha. Não precisa ler.

Ciro leu com olhos e lábios.

— Até que não fala tão mal, poxa! Ouça só o finzinho: seria um excelente roteirista se já não tivesse sido atingido pela maldição da Rua do Triumpho. O que quer dizer isso?

— O quê?

— Se já não tivesse sido atingido pela maldição da Rua do Triumpho... Que significa?

— Não sei.

— Mas deve querer dizer alguma coisa.

— Aposto que sim.

— Existem ruas malditas?

— Parece que em Londres.

— Você se sentiu atingido por essa maldição?

— De fato, sofri uns azares desde que conheci essa rua, mas ela me deu dinheiro, alguns bons papos e tem um ótimo bar. Afinal, não se pode exigir muito duma pequena rua velha.

— Eu, em seu lugar, investigava a respeito. Esse sujeito pode estar muito bem informado.

— Prometo fazer isso. Se sair antes, mando-lhe um telegrama com os resultados.

— E esse filme, é bom?

— Não deixe de perder – aconselhei.

Conversávamos o dia todo, enchendo com palavras e fumaça de cigarros as horas e os dias. Uma tarde recebi um embrulho preto que já fora violado. Rasguei o papel curioso. Era o bronze, o pesado bicho do distante êxito-promessa, com certeza enviado pelo Lorca. Tive de explicar ao delegado o que era aquilo, desconfiado de que se tratasse dalgum símbolo do perigoso PDB. Disse o que a escultura representava, na esperança vã de que me sabendo escritor premiado relaxasse a prisão. A ilusão durou alguns dias, menos que outra, a de que Marieta, avisada de tudo pela Rúbia, aparecesse.

Aqui faço um corte porque Dostoiévski nunca foi dos meus prediletos e porque o bronze tinha do passado uma força tão magnética que o presente parou numa só imagem, atravancando a passagem do tempo. Eu sentia mais o momento atual quando dormia; em sonhos havia um nariz salvador, do Odilon, que surgia entre as barras da cela, anunciando o "pode ir". À saída do presídio, Odilon oferecia-me como lembrança uma pena de suas asas e voava sobre a cidade.

Acordado, eu via o Ciro, que na segunda semana de convívio passou a ser de cartolina plastificada, com brilho de *display*, posto lá talvez pela minha imaginação. Então revi coisas velhas, fotos de arquivo que me deram a certeza vazia de que a vida não passa duma série de impressões, geralmente da infância e da juventude, um álbum que os visitantes jovens gostam de folhear para rir de como eram no passado as caras, as roupas e as poses. Essa existência, que tanto se preza e se valoriza, com a qual se explica Deus e os mistérios, é um negócio assim, uma realidade pequena da qual os próprios usuários se esquecem, a não ser dum punhado de sensações e imagens, que boiam melhor com o álcool, na prisão, na doença fatal e no *réveillon* de 31 de dezembro.

O que me sobrara para lembrar era pouco e o pouco era vago, curto e nem sempre em cores. Gentile estava certo com seu cronômetro quando vetava histórias que ultrapassassem três minutos, pois vidas de dezenas de anos, resumidas, podem ser contadas em algumas linhas ou simplesmente enumeradas por recenseadores. Persistia muito a ação e uma cena multifacetada dum corso de antigo carnaval, eu num carro com parentes, talvez sentado à capota porque era conversível como a maioria, lembrança que se esfacelava ao ser captada. Mesmo dando à memorização um ritmo lento, cuidadoso, não a retinha mais que um instante e seus décimos, suficientes, porém, nesse mergulho, para aspirar um quase-nada de rodo metálico e identificar alguma marcha de Lamartine Babo. Às vezes, ficava totalmente imóvel, é fácil isso numa cela, mas o carro, apesar da lentidão do corso, movendo-se, rasgava ou furava o já lembrado, e de mais sólido só ficava o casual contato duma serpentina no meu rosto. Algo como pescar sem anzol num rio seco.

Outro desses *slides* que tentava projetar na parede, o que conseguia na ausência de moscas, mostrava apenas um edifício em construção visto por dentro. Seria apenas imagem e não lembrança se não fosse o cheiro de cal, inconfundível, vozes e ruídos da rua, entre os quais a memória selecionara um, típico da época, o esmeril duma amoladeira de facas arranhando nervos e metais, e, mais do que cheiros e sons, presente, uma sensação sem desenho, mais aguardada que sentida: uma garotinha, suponho um ano mais velha que eu, sabendo que na hora do almoço os pedreiros não se achavam na obra, fez-me subir os degraus descalços a puxar-me mais pela malícia que pela sua mão. Então, sós, dentro daquele esqueleto de tijolos, a aspirar os cheiros provisórios da construção e a ouvir a amoladeira, melhor que o silêncio para dar ideia de solidão, ela sentou-se sobre uma lata, abriu bem as pernas e ergueu o vestido até onde pôde. Vi a estreita tira branca de sua calcinha, que algum movimento estreitava ainda mais, porém o foco principal foi do sorriso: novo nela e nunca visto noutras pessoas, soma de desafio, provocação, escárnio e ingênua brincadeira infantil. Ajoelhei-me sobre aquele chão incompleto, à espera de que o sorriso me permitisse ou me ensinasse o que fazer. Não sei se foi só isso, acho que foi um pouco mais, e se foi ou não foi, há lembranças, mesmo as mais caras, que, comprimidas demais, quebram ou se dissolvem ao peso residual dos novos dias. Por isso, a prisão ou uma perna engessada ajudam nessa psicanálise gratuita, de horário integral, pois é na imobilidade que certos grãos de poeira, fotogramas perdidos de nossas vidas, voltam ao foco da percepção, passando diante do nariz ou nele pousando.

Aquele pedaço de lembrança do corso e o da menina no edifício em construção com bandas de sons e cheiros não foram os únicos que se desprenderam do passado. Outro entrou pela boca, provavelmente quando fumava. Senti um gosto bom e inédito, quente e ardido e vi meus pais e metade de uma terceira pessoa no reservado dum restaurante. Comia *pizza* pela primeira vez e talvez fosse a segunda que ia a um restaurante. Devia ser uma extravagância da família, já que no meu paladar havia a firme intenção de gostar. Se Ciro fosse atento, perceberia os movimentos de minha boca, reencenando um prazer de trinta anos, sob o olhar dos meus pais, ansiosos por minha aprovação. A outra pessoa, ora cortada como uma figura de baralho, ora apenas um contorno pontilhado, animava-me para comer mais, argumentando que aquele era o melhor prato do mundo. Por mais que me desligasse do presente, usando inclusive o recurso manual de espremer a cabeça com as mãos, não a identifiquei. A *pizza* e seus condimentos, mais fortes que o visual, não me permitiam ver tudo, pois, afinal, era outro sentido o do paladar, que preponderava. Para Freud, talvez esse relato, duma *pizza* inaugural, não seria de nenhuma valia. Mas lá na cela, a vida parada, todos os assuntos já conversados com o companheiro de espaço, o esporte ou entretenimento só podia ser cataléptico, dum morto que sabe que está vivo. Eu, no entanto, não apontava com o dedo o que pretendia reviver; as imagens, animadas ou não, surgiam imprevistamente, numa sequência sem ordem, a não ser que as unisse algum fio invisível.

 Apenas muito tempo depois, já fora da cela, ocorreu-me que cada uma das cenas tinha algo a ver com o despertar dos sentidos. A do corso era o olfato, que se apaixonava pelo lança-perfume, novidade química de grande capacidade de fixação. Cheirei e guardei para sempre o que havia ao redor do cheiro. A lembrança seguinte, a da menina no edifício em construção, já com o sentido do olfato atento e minucioso, era outro despontar, o sexo, quem sabe o clichê duma primeira Eliana Brandão, fotografada entre tijolos nus, sobre latas de tintas, pernas abertas, a sorrir para uma página dupla. O terceiro quadro-memória, o do restaurante, talvez mais velho que o segundo, tinha o enigma plástico, surrealista, da meia pessoa, mas era a descoberta do paladar como fonte de prazer, não um castigo para um menino inapetente, a marca forte daquela reminiscência.

 E muito antes dessa conclusão sobrara outra sequência, mais visível e frequente pela manhã porque ficara fixada ao sol dum dia em começo. Havia nos fundos de minha casa um segundo quintal, pequeno, para acúmulo de inutilidade, cujo muro, alto demais, separava dois mundos. Do outro lado dele morava, numa burguesa rua paralela, uma baronesa. Sim, como eu disse, uma baronesa, provavelmente uma das últimas que existiram no País, feitas pelo café. A ideia de espiar a rica residência, vê-la por trás, na intimidade de seu jardim, era um sonho que ia virando obsessão, mas havia o muro. Lembro que daquele universo proibido apenas uma coisa me chegava: um forte aroma de jasmim, longo e tóxico, quem sabe a única dádiva que a baronesa oferecia aos pobres. Era um perfume comentado em toda a rua e muito aguardado na primavera. Certo dia, em que uma mesa aposentada foi deixada no quintal, coloquei sobre ela uma cadeira e sobre a cadeira alguns tijolos. Inseguro, porque passava meu tremor aos tijolos, à cadeira e à mesa, subi já com um medo que suplantava a curiosidade. O que vi foi pouco e breve. Uma menina loura corria por um gramado a perseguir, alegremente, um cachorro pequeno e branco, que lhe escapava, entre arbustos, mas como quem brinca, não como quem foge. Pouco atrás, uma mulher alta, com certeza uma governanta, gritava, com um sotaque estrangeiro acentuado, repetidas vezes e em tons diversos, um nome terminado em "i" ou em "y" (não sabia se da menina ou do cachorro), mas sem autoridade para deter o folguedo. O animalzinho subitamente ergueu a cabeça e, vendo-me, começou a latir na direção do muro. Quando a menina tentava descobrir o que lhe chamara a atenção, o espião matutino desapareceu. E nada mais que isso. Hoje, vertendo em palavras aquele instante, ordenando percepções que foram simultâneas e tumultuadas, não percebo nesse relato a menor importância. Mas tinha, tinham para mim todos eles um gosto vicioso, indescritível como a pesca e o cigarro, que se não apressavam o tempo ao menos abafavam o gemido de suas emperradas rodas de carroça.

– Hoje eu saio – avisou-me Ciro, depois duma conversa com o delegado. Ficara detido mais do que calculara, porém chegara o seu dia.

– Felicidades! – disse. – Vai se meter noutra?!

– Acho que já fiz o meu pedaço. Agora me preocuparei em ganhar dinheiro.

– Isso é ótimo.

– Ninguém dirá que não participei.

– Pode apostar que não.

— Quer que leve algum recado a alguém?

— Gostaria que se comunicasse com um amigo chamado Odilon, mas perdi o endereço.

— Desejo que saia logo.

— Eu também. O aposento é razoável, porém não suporto esse vento encanado.

Fiquei três dias sozinho na cela. Depois vieram outros companheiros. Só recordo de um que entrou calado e, após um mês, saía também calado, e dum pastor protestante, preso apenas porque seu nome, sobrenome e apelido eram os mesmos dum líder comunista muito procurado. Com ele aprendi um belo hino, os dez mandamentos em ordem correta, a história completa do rei Saul, os malefícios do fumo e do álcool e, principalmente, que a reza ou oração nem sempre alcança resultados imediatos, mesmo quando pronunciada por lábios profissionais. Na verdade, era eu que habitualmente o consolava. Mesmo depois de ter-se esclarecido o equívoco sobre sua identidade, ficaria ainda algumas semanas atrás das grades.

Não recordo, como já disse, dos que vieram antes do pastor ou depois dele. Cansara-me dos *closes* e planos americanos. Mas ficaram vozes, riscar de fósforos, flatos com ou sem pedidos de licença, trechos de sambas do repertório de Zé Kéti e Jamelão, roncos noturnos, palavrões berrados os sussurrados, descargas hidráulicas, gemidos de cólica renal, um grito do fundo dum pesadelo, o abrir nervoso de cartas familiares e os *the, by of* e *from* dum prisioneiro que aproveitava o tempo para estudar inglês.

O delegado mandou me chamar, consultou uma pasta magra, vergonhosa para o líder dum partido e pediu-me que assinasse um papel.

— Pode ir.

— Estou livre?

Nem respondeu.

Gentile sempre me prevenia, ao analisar roteiros, que os acontecimentos deviam ser preparados, sempre antecedidos por uma cena capaz de criar expectativa. Dizia: dê um tempo para o público curtir a mudança de sequência. Besteira, na vida não há desses requintes técnicos, o equilíbrio entre o áudio e o vídeo é dispensável, seu ritmo não é o das câmeras. E, no meu caso, não houve nem a palavra e o sorriso do porteiro que Hollywood reserva às personagens quando saem dos presídios.

Vi que estava livre, dei por isso, quando alguém esbarrou em mim. Olhei o apressado com simpatia. Não longe começava a Rua do Triumpho: achei que era um bom ponto para recomeçar.

49

Entrei na produtora do Gentile, que telefonava:

– Então ficamos assim: eu não lhe telefono e você não me telefona. Tome nota. Tchau.

Ao repor o telefone no gancho, ele me viu e ficou movendo o maxilar como se comesse a grande surpresa. Depois de mastigar, engoliu e então exclamou, em blocos:

– Puxa! É você? Está livre!

– É mentira tudo o que dizem da polícia. Às vezes, ela solta a gente.

– Mas você emagreceu alguns quilos! Dez?

– Aproveitei a oportunidade para fazer regime. Cortei as proteínas.

Gentile não percebia o humor quando em som direto.

– Você passou fome?

– Garanto que não. O chato lá era comer caviar só uma vez por semana.

Aí apareceu a secretária da peruca vermelha, que me examinou aos pedaços e depois costurou tudo com um sorriso fino como uma agulha.

– Como estão as coisas aqui? – perguntei.

– A censura está apertando ainda mais. Não passa nem vida de santo.

– Filmou *O sexo é melhor no escuro*?

– Filmei, mas não vão liberar. Implicaram justamente com o

escuro. Acham que ele sugere coisas cabeludas demais. Foi um buraco n'água. Perdi nele o que ganhei nos outros.

– Quer dizer que não está filmando?

– Decidi fazer uma parada. Não aguentaria agora um novo investimento. Mas, se houver uma melhorada, conte comigo. Estamos aqui.

Fui ao Soberano; o ruído de cerveja no copo soou como uma bela e antiga melodia. Musical, vistosa e gelada. O primeiro casco mereceria um capítulo inteiro de minha autobiografia. E o fígado, zerado, estava no ponto para receber o levedo. Algumas pessoas que entraram, reconhecendo-me, aproximaram-se com olás e perguntas. Outras, porém, fingiram não me ver, ou porque não pertenciam ao PDB ou porque temessem complicações.

O reencontro, que poderia ser acompanhado de orquestra, foi com o Guanabara. Embora já usasse *blazer* e com novo *layout* no seu visual, continuava o mesmo, o camaradão de sempre, definitivo desde os dias das edições piratas. Apesar da crise da Triumpho, continuava muito solicitado como cartazista, pois os pornôs de outras nacionalidades passavam pela censura sem problemas.

– Quer que lhe mostre meus últimos cartazes?

– Adoraria, Guanabara, mas no momento o mais urgente é beber.

– Pago a próxima.

Naquele mesmo dia procurei o Max. Possuía dinheiro no banco, porém temia que o futuro doesse. Max não estava tão pessimista como o Gentile, tanto que reformara seu escritório e estava de carro novo à porta. Mas não tinha boas notícias para mim:

– Acabo de contratar um roteirista para o próximo.

– Está tudo certo. Se precisar de mim, assobie.

Passei a noite no Copa do Mundo, na Triumpho, em companhia dum litro de uísque. No dia seguinte, tratei de embelezar-me, pois ia visitar Marieta. Num luxuoso salão de barbeiro fiz cabelo, barba com toalhas quentes, unhas e exigi capricho dum engraxate. Comprei uma camisa com *Italian touch*, tomei um banho de lavanda e escolhi no espelho a melhor cara para a ocasião. Preferi não imaginar o encontro, não antever resultados. Deixei o esforço de ir para as pernas, guardando a tensão e os receios numa gaveta do hotel.

Enquanto me dirigia à casa de Marieta, revia a cidade como se tivesse estado ausente durante anos. Usava esse tempo para lembrar com nitidez de minha noiva e de tio Bruno. Lá na pensão, dedicara-me mais ao passado remoto, às sensações de primeira vez. Agora tinha de voltar à tona e tirar o escafandro. Mas ainda não nadava, boiava. Cheguei à rua onde Marieta morava e parei à esquina. Um pouco de sorte e tudo estaria muito bem. Vi um juiz de paz de nariz atucanado, provavelmente o Odilon. Parado, esperei por um pouco de otimismo. Voltei a andar, devolvendo às pernas a capacidade de decidir. Ante o portão, as incertezas: estaria com a cara certa? Seria melhor apresentar-me em estado de depressão ou em núpcias com a liberdade?

Toquei a campainha.

A mesma empregada veio abrir a porta. Nunca disse nada dela, mas digo agora: era velha e parecia não gostar de mim (quem sabe ouvira fungos suspeitos na marcenaria), impressão que se acentuou, naquela manhã, enquanto subia as escadas.

Fiquei na sala à espera da noiva. Assim que a câmera a fixasse, saberia se seria bem ou mal recebido. Ajustei a lente. Esforço inútil porque ela entrou pela porta da frente, pois devia estar no quintal quando eu chegara.

– Aqui estou outra vez! – exclamei, abrindo os braços.

Marieta não se moveu, distante como no dia em que nos conhecemos. Deixei cair os braços como um boneco abandonado pelo marionetista. O próprio som que produziram, batendo no corpo, foi de madeira. Pressenti o correr das cortinas.

– Não quero saber mais de você – ela disse, informando sem rancor.

– Mas o que eu fiz? Tive culpa de ser preso por engano? Isso está acontecendo com muita gente nestes dias. Na minha cela havia um pastor protestante que foi detido e apanhou só porque tinha o mesmo nome dum líder comunista.

– Por favor, não me conte histórias.

– Não estou inventando nada. No meu caso, encontraram em meu apartamento alguns folhetos enviados pelo correio. Apenas tinha passado os olhos neles.

Se ela sentasse eu teria esperanças, mas continuou de pé.

– Odeio confusões! Sofri muito com a política de meu pai!
– Não tornará a acontecer. Nem processo contra mim existe.
– Vá e me deixe em paz.
– Jamais esquecerei o que houve entre nós.

Pareceu-me uma boa frase, embora pouco criativa. Tinha ligação direta com a marcenaria e os pecados no escuro. O sexo era meu último trunfo, ele que sempre é o primeiro.

– Eu já esqueci tudo.

Uma senhora honesta faz aquilo e esquece? Em que mundo nós estamos?

– Você foi meu único e verdadeiro amor – disse bastante consciente de que baixava o nível literário. – Não deixei de pensar um só momento em você nesses meses todos.

Marieta encaminhou-se para a porta interna:

– Feche a porta ao sair!

Era o fim, mas podia haver um *P.S.*:

– E meu tio, como ele fica?

– Vai continuar morando aqui. É boa pessoa. Quando quiser visitá-lo, telefone antes para marcar hora.

Não havendo mais o que fazer ali, fui saindo. Lendo, pode ser uma cena comum; vista, porém, arrancaria lágrimas. Ao chegar ao portão, ouvi passos: tio Bruno, apressadinho.

– Não tive nada a ver com isso.

– Por que essa virada?

– Ela tem muito medo de complicações e não gostou nada do jeito daquela moça que veio aqui trazer seu recado.

– Que mais?

– Ah, aqueles cortes que você sofreu! Saiu numa revista que foi uma briga, e não um desastre como lhe disse.

– Não foi bem uma briga, mas um desafio. Agora já não tem importância. Espero que vocês se deem muito bem.

Tio Bruno tirou algo do bolso traseiro: era uma garrafa dum vinho português. Roubara da adega para traçar um elo de simpatia entre nós dois, já que o futuro é sempre incerto. Para mim valeu por um atestado de sanidade mental: estava curado.

Voltei ao hotel, bebi o vinho e, à noite, parti para outros reencontros. A Puta Poeta! já não estava na antiga boate, mas noutra chamada Yes-club. Deu-me um bonito abraço e puxou-me para uma mesa. Perguntei dos amigos.

– Tonight está internado num hospital – disse. – Tem alguma coisa grave no estômago. Acho que não emplaca o ano que vem. Fui visitá-lo. Sabe que os enfermeiros não conseguiram tirar o *smoking* dele?

Certo, Tonight! O *smoking* era sua verdadeira pele.

– O Lorca?

– Coitado do Lorca, com aquele repertório velho não arranjava mais nenhuma beirada.

– Por onde anda?

– Vi há um mês, um tanto bêbado. Ia para Santos, tocar nos bares do cais. Disse que estava precisando dum pouco de mar, Se não conseguisse nada, tentaria embarcar num navio como tecladista.

– Não sei imaginar o Lorca no oceano.

– Um dia, quando menos se espera, ele aparece.

– Não será de dia, será de noite, mas aparece. E o Jardim, tem notícias?

– Casou-se.

– O Jardim?

– Casou-se com uma de suas clientes, de papel e igreja. Ela pagava o Jardim para encontrar seu marido, mas depois se soube que morrera há muito tempo, suicidara-se num rio. Está muito bem, ela é proprietária dum salãozinho de beleza aí na Vila Buarque. O Jardim, precisa ver como está gordo! Fica na caixa, de olho em tudo. Para nós, ele faz desconto. E o cinema? Me fale.

Bebi aquela noite até fechar o Yes-club e tomei o último num bar da Ipiranga, que abria. No dia seguinte passei pelo edifício, e, do táxi, quis ver os seus fundos, a janela-palco onde eu, o Lorca e o Jardim dávamos nossos *shows* de *strip*. Passei também pelo apartamento de Eliana. Fiz a besteira de tocar a campainha.

– O que deseja?

À porta uma jovem senhora com uma criança de cada lado. Um cheiro de comida vinha da cozinha. Espiei a sala: ainda haveria cacos da briga que eu travara com Kaíco?

– Procura por alguém?

— Queria falar com Eliana Brandão.

O nome de Eliana acionou na mamãe uma reação em cadeia de respiros e tremores.

— A atriz? Ela mudou. Vem tanta gente procurá-la...

Pela porta entreaberta vi a nova pintura da sala e os móveis dispostos com o capricho duma boa dona-de-casa.

— Ignorava que tivesse mudado. Agradecido.

A mulher relutou em fechar a porta animada por uma curiosidade indefinível. Os enganos dos que procuravam por cotidiano acanhado. Mas não fez perguntas como talvez desejasse e foi fechando a porta lentamente.

Retomei meu posto no Soberano, esvaziando a cada casco minhas reservas bancárias. Uma vez telefonei à Marieta, ela própria disse que não estava em casa. Como a Triumpho continuava em crise, ou eu é que andava sem sorte, decidi apelar para meu anjo da guarda, parando no balcão de anúncios dum jornal.

Odilon, apareça

Dispensaria nome e endereço? Acrescentei um e outro, não telefone, para não me expor a trotes. Não saí do hotel. No fim da tarde ensaiei uma reza, informal, na qual lhe dizia que não precisaria aparecer se estivesse muito atarefado. Bastaria abrir outra porta, apontar novo caminho. À noite fui dormir cedo. Quem sabe Odilon usasse o recurso bíblico dos sonhos? Mas se sonhei não lembro. Não virá mais, concluí. Saltei da cama e tomei meio banho. Ia para o Soberano. Alguém me esperava na portaria do hotel.

— O senhor é... — disse meu nome.

— Sou.

— Meu nome é Odilon.

Olhei: era gordo, baixo, bem-vestido, cheiroso e segurava uma pasta comercial. E mais: o nariz era atucanado. Paciente como os anjos devem ser, não subira para meu quarto. Preferira esperar-me embaixo. Outros saíam do hotel, porém foi a mim que se dirigiu.

— Leu o anúncio?

— Li.

– Podemos conversar?
– Claro.
– Tem um bar aí, o Soberano. Vamos até lá.

Eu e Odilon entramos e sentamo-nos a uma das mesas do restaurante.

– Toma uma cerveja? – arrisquei.
– Tomo um Campari.

Chamei o garçom, decidido a não começar o papo antes que as bebidas chegassem. Na verdade, estava embaraçado. Com que palavras começaria? Odilon, ao contrário, mostrava-se bem à vontade.

– Calor, não?

O anjo sorriu. Para ele bastava voar quinhentos metros e a temperatura melhorava.

Vieram as bebidas.

– Quando leu o anúncio?
– Ontem, mas quinta-feira é um dia terrível, não pude vir.
– Quer dizer que para o senhor o corre-corre é às quintas?
– Havendo chamado, trabalho qualquer dia.
– O senhor perguntou meu nome no hotel. Não me conhecia?
– Tenho a impressão que sim, mas a gente conhece tantas pessoas!

Fiz uma pergunta que me pareceu importante:

– Costumam chamá-lo pelos jornais?
– Isso já aconteceu.
– Curioso! – exclamei, ainda embaraçado com as palavras. – Muito curioso!

Odilon tomou a metade do Campari duma só vez.

– O jornal é um meio de comunicação – comentou com simplicidade. – No Rio, uma vez me chamaram pelo rádio.

– Pelo rádio?
– Foi um locutor. Ele disse: "Odilon, não esqueça que faço anos hoje, traga o bolo".

Contou esse caso com um sorriso bastante contagiante: ri também. Mas rir não era minha disposição.

– Vamos ao que interessa – declarei. – O senhor já me ajudou duas vezes, embora nunca tivéssemos tido contato direto. Sou-lhe grato.

– Eu tirei você do buraco?
– Uma vez através do Aranha, outra através do Gentile.
– Não conheço esses, mas é possível. Quantas vai querer?
– O quê?
– Quantas das verdes?
– Que verdes?
– É como nós, do *black*, chamamos.
– Continuo não entendendo, seu Odilon.

Ele olhou ao redor para certificar-se de que ninguém ouvia. Baixou a voz porque um bêbado da noite passada dormia numa mesa próxima.

– Quantos dólares? Mais de cinco mil, faço um descontinho – prometeu. – Ainda é o melhor negócio. Está sempre lá em cima como cortiça. Fácil de compra e venda. Eu que o diga. Tenho seis bocas lá em casa. Compre o mais que puder, vai subir.

– Então o senhor vende dólares?
– Estou no *black* há dez anos. Graças a Deus. Mas não foi para comprar que me chamou?
– Receio que perdeu o seu tempo. O Odilon que chamei mexe com uísque escocês. É meu fornecedor.

Odilon não se mostrou muito decepcionado. Tomou mais um golinho de Campari.

– Negócio perigoso, isso de contrabando. Quem compra, também, às vezes se complica. Não invejo o xará. Mas por que não compra um pouco de dólares?

– Sou um Durango Kid.
– Uma pena! Vai haver alta esta semana. Lucro líquido, sem imposto, não falha.
– Mais Campari?

Odilon levantou-se. De perfil, o nariz não parecia tão atucanado. Ou não era atucanado? Devia perguntar ao garçom?

– Não sou muito de beber. Tomo Campari mais porque gosto do vermelho.

Seria ele um anjo *black* do esquadrão volante de Lúcifer? Fiquei olhando o doleiro afastar-se com sua pasta e sair do Soberano. Decepcionado, fui para a porta ver a Triumpho. Um carrão brecou diante do bar, era o Max com um cara um tanto aflito.

– Conhece alguém que vende dólares?
– O quê?
– Dólares! Estou precisando duma penca.

Corri até a esquina: Odilon já voara.

50

Eu não ficava o dia inteiro parado à porta do Soberano. Às vezes, ia até a esquina, nem sempre a passeio, mas empurrado por uma pressa de quem forja um objetivo. Acho que aquela expressão do crítico sobre a maldição que pesava sobre a Rua do Triumpho assustava-me, principalmente às sextas-feiras, nos dias 13 e nos mais cinzentos. Era como se fizesse alusão ao destino de alguém, tão sindromatizado por fracassos e azares, que se encolhera ao ponto de ter uma só rua como passarela no vasto mundo. Minha maldição poderia ser, em resumo, a de estar eu, entre tantos, condenado a ficar à porta do Soberano, à espera de oportunidades, por preguiça, vício ou covardia. Ou, quem sabe, o autor do anátema, premiado pelo editor do jornal, apenas escrevera mais uma frase em sua coluna com a única intenção de finalizar o trabalho do dia.

Numa tarde em que fui um pouco além do meu círculo de giz, vi a sempre imprevista Rúbia, agora uma senhora concluída, bem diferente da antiga *stripper*.

– Então saiu da cadeia! Como está?
– Mais uns banhos e sai o mofo todo.
– Foi bom encontrar você. Tenho uma coisa que o Lorca me deu para guardar. Vamos até meu apartamento.
– O que é?
– A máquina de escrever. Vai precisar dela, não?

Esperei à porta do edifício onde Rúbia morava e logo ela reaparecia com a máquina embrulhada num plástico.

— É como se tivesse reencontrado um filho que perdi na feira — disse.

— Espero que escreva coisas lindas.

— Estou bolando uma história de anjos que levam leite em pó para os flagelados do Nordeste. Apenas não decidi quem comanda a operação, se Deus ou a Nestlé.

Agradeci a Rúbia, que só me fizera favores, e afastei-me com a máquina. Mas era uma tarde para encontros. Um imbecil cavalgando uma metralhadora parou sua moto diante de mim. Era Ciro, o estudante, meu companheiro de cela.

— Como tem passado? — perguntou.

— Na luta, e você? Pendurou as chuteiras?

Respondeu com frases do presídio:

— Eu já fiz o meu pedaço. Ninguém pode dizer que não participei.

— Continuo na ativa — respondi, mostrando a máquina. — Vou colocar esta bomba-relógio na catedral, pra hora da missa. Vamos?

Ele ouviu e partiu; já fizera seu pedaço.

Ao tornar ao Copa do Mundo, coloquei a máquina sobre a mesa, retirei o plástico e comecei a olhá-la enamoradamente. Na verdade, era a mais concreta de minhas personagens. Mais tarde recebi a visita do Guanabara e ele também, ao ver a máquina, sentiu alguma emoção. Sabia que eu não teclava há muito tempo.

— Isso é bom porque a gente pode mentir — ele disse.

— O que quer dizer?

— Às vezes, falo, mas depois o sentido me escapa. A gente pode fazer a vida com as mãos, acho que foi isso, William. Deu para entender?

— Creio que está na hora da cerveja — lembrei, preocupado.

— A que horas você bebe?

— A qualquer hora.

Descemos para o Soberano. Tivemos sorte porque os cascos estavam geladíssimos. Mas não conversamos muito. Algo que o Guanabara dissera, ou apenas o som de suas palavras ou ainda menos, o espaço entre elas, me sugerira qualquer coisa. Voltei para o hotel e vi a máquina de escrever, fábrica de pessoas, mentiras e situações. Puxei a cadeira e acendi aquele cigarro importante que antecede, prepara ou configura uma ideia. Sempre queima lento, com muita fumaça, mais rico de expectativas que de prazer.

Então dei um fim nisso, tendo em vista a crença popular de que tudo que é impresso é verdadeiro. E houve a apoteose anunciada por uma orquestra que tanto poderia ser de Glenn Miller quanto de Severino Araújo no momento em que as cortinas prateadas se abriram, apressando-me a datilografar a escadaria, ampla e alta, revestida dum vermelho felpudo, que se alongava para frente e dos lados a figurar um fundo infinito. Um chafariz-piscina imediatamente foi instalado na frente daquilo que era palco e ilusão. Bolas de inflar, multicoloridas, sempre escaladas em todos os *shows* e eventos públicos, desciam da gambiarra sob o foco e o choque de fachos de luz. Precisava de flâmulas e bandeirolas, escrevia-as. Depois pulverizei a cena com partículas dum brilho metálico e cintilante, espécie de lantejoulas espaciais de inesperado efeito cênico. Um perfume noturno de jasmim, vindo do céu ou da memória, ocupou todo o cenário, mais essencial ao momento que toda a produção já acumulada.

Explosivo ou em gotas, havia naquilo espaço e artifícios para um *show*, talvez como sempre quis fazer, já nos tempos do bronze. Um espetáculo para milhões, com entrada gratuita para os bêbados, os solitários e os loucos. Subitamente, três bailarinos: Puta Poeta!, Jardim e Rúbia. Era um *charleston* frevado, todo feito para as pernas, que acionava o trio dum lado a outro do palco como se deslizasse sobre trilhos. A dança, porém, era só um veículo, um jeito de expressar uma alegria intramuscular, boa de ver e sentir. Sobre um praticável, com um microfone de lapela, Tonight apresentava a noite, certamente vestia *smoking* e usava um *spotlight* próprio, em cuja área cônica movimentava-se com graça enquanto dizia os nomes dos bailarinos: Puta Poeta! Jardim! Rúbia! Mas, além de anunciar, ele também comandava. A um gesto seu fez-se silêncio, os bailarinos paralisaram-se e uma nova luz, esta azul, revelou, num piano, o Lorca pronto para tocar. Titubeante, mas concentrado, o desaparecido tecladista começou a executar *Sabra Dios*, um de seus pratos fortes, bolero que nos anos 50 abria ou fechava a madrugada.

A esta altura, não me bastava escrever, queria participar. Meu ímpeto era sair da caixa do ponto, onde estávamos eu e a máquina para integrar o elenco, viver aquilo. Foi quando vi o Lisboa, de câmera na mão, filmando, e, atrás dele, com um daqueles sorrisos que só o lucro ou sua expectativa sabe fazer, o Gentile, que, ao ser visto, me viu também.

– Eu compro, eu compro, eu compro!

Era o que repetia, repetindo também o sorriso, enquanto a secretária da peruca vermelha, num bloco de papel, anotava sua reiterada decisão, ambos dominados por um novo ritmo, um mambo-jambo, já sem Lorca, duma quentura que enchia o palco-*set* de fumaça.

Creio que aqui eu bebi qualquer coisa, há sempre uma garrafa para quem a quer, pois me senti ejetado para fora da caixa-ponto, embora sem perigo, numa queda macia porque havia um pouco de lua naquela rarefeita atmosfera. E fui pousar bem perto do artista Guanabara, que me informara ser dele o *layout* daquela apoteose, feito numa mesa do Soberano, capa e contracapa dum sonho elítico que tivera. Não distante dele, magro mas real, estava o inesquecível Aranha com um chapéu de pirata, símbolo de suas piratarias editoriais.

– Alguém me falou que você tinha morrido – eu disse.

– A verdade, às vezes, também é um boato – respondeu com um tipo de lógica que não me pareceu dos vivos, enquanto o mambo-jambo nos distanciava.

Continuei a atuar naquele balé do Elevado, porém muito mais luxuoso e surpreendente, agora com uma cascata de água lilás que desaguava no chafariz-piscina, onde vi, nadando, o xibungo Cármen, alternando braçadas com acenos para mim e para quem os desejasse. Levei um susto ao ver Kaíco, a pessoa má deste relato, mas ela, com as maracas e sem ressentimentos, preocupava-se apenas em dançar o xote, que entrava na trilha sonora do *show*, não deixando cair a peteca da animação.

Ciro, o estudante que já cumprira o seu pedaço, atravessou o palco em sua moto, levando uma gata na garupa. Já não dava para anotar as figurações, pois todos do Soberano e da Triumpho, gente que só conhecia de ver passar, estavam lá, dançando ou circulando, segundo as exigências ou improvisos coreográficos.

O Tonight, em seu praticável, escravo de suas funções, anunciava os que chegavam, nomes que a sonoridade da orquestra geralmente encobria. E por ver antes de ter ouvido, me surpreendi ao notar a presença, no *script* e no palco, de meu tio Bruno, que algo tímido curvou-se para cumprimentar o escuro, espaço para a plateia ainda não preenchido pela imaginação. E logo em seguida, prevista mas não esperada, minha ex-noiva Marieta materializou-se na boca do palco, sorriu, reverenciosa, passou pela câmera do Lisboa, veio a mim, deu-me um beijo no rosto e atirou vários outros para um suposto anfiteatro.

No tudo luz e cores do palco, bonitas moças, algumas ex-meninas do ginásio, nadavam no chafariz-piscina, enquanto a Puta Poeta!, desgarrada do trio, banhava-se nua sob a cascata, e só não era uma Eva devido à superpopulação daquele paraíso. Tocaram-me no ombro; era alguém que não estava no roteiro: o Jarbas, vestido à gaúcha, todo de couro. Sem me dizer nada, saltou para um plano mais elevado e começou a dançar a chula, música também incluída no *long-long-play*. Alguns papéis pintados, verdes, choveram sobre o cenário, obrigando-me a erguer a cabeça e a olhar para o ponto mais elevado de minha alucinada bolação. Viajando num balanço, a gargalhar e a jogar cédulas, com a desenvoltura dum trapezista, vi o doleiro, o quiçá Odilon, que, olhando para baixo, me viu e fez um gesto de quem se desculpa, pois não havia sido convidado ou escalado.

Apanhei um daqueles dólares, falsos como tudo, passando entre as bolas coloridas que subiam e desciam, respingado pelo chafariz e cutucado por um seio transeunte. Fui procurar por trás os telões que eu imaginara de frente, isto é, visitar o outro lado da imaginação, seus fundos e suportes. Foi nessa pesquisa que encontrei, na extensão total da última parede, uma reprodução da página dupla da *for men* que me causara a desastrosa obsessão. Lá o mesmo divã rasteiro da revista, sobre um vermelho de estúdio (e só, mas por enquanto), Rita de Cássia, bêbada, talvez me esperando, fez com as duas mãos, uma aberta sobre a outra fechada, uma mímica indecente que serviu para me chamar a atenção para o que viria depois. Eliana, Brandão!, entrou, usando apenas sapatos altos, como na revista, toda nua, e, ajoelhando-se, pôs-se a procurar, exatamente igual ao 37, algum objeto minúsculo perdido sob o móvel.

Entendi que esse retorno ao ponto de partida, a volta do teipe, coincidia com o desfecho da apoteose, quando o autor reservava sua oportunidade de tornar-se ator. Mas havia surpresas, não datilografadas. Embora a música prosseguisse – agora uma marcha tropicalista para empolgar e sorrir –, todo o elenco desapareceu do palco, dispensado para o lanche. Estávamos sós, eu e Eliana, sob clarões multicores, ela à procura daquilo que não interessava o que fosse, mais pose do que ato. Posição um tanto incômoda, o corpo rente ao chão e o traseiro um palmo mais alto do que seria correto, displicente quadro de erotismo doméstico. Subitamente, a moça, saindo um pouco daquilo que a revista mostrara, olhou para mim marotamente, embora com o rosto meio debaixo do divã, e, não usando sua voz mas a da garota do edifício em construção, perguntou-me:

– Não vais me ajudar a procurar, chê?

Comecei a tirar a roupa. Melhor dizendo, acabei de tirar a roupa, porque algo rápido não tem princípio. Ajustei-me na posição tantas vezes imaginada e corrigida no Elevado, vendo a página dupla, e aí sim, houve, em três tensas etapas, um começo, um meio e um fim.

Concluída a bonita apoteose, as luzes gerais se acenderam, revelando a plateia, antes um manto negro, que se pôs a aplaudir de pé e delirantemente ao som dos últimos e crescentes acordes da marcha triunfal.

Então, eu e Eliana Brandão, de mãos dadas, levantamo-nos com alguma dificuldade, ofegantes, e já sob brilho e cores curvamo-nos, respeitosos, sorrindo agradecidos ao maravilhoso e incansável público dos finais felizes, que, persistindo de pé, clamava e batia palmas em êxtase.

Bibliografia

Livros

Contos, Novelas e Romances

– *Ferradura dá sorte?* (romance), Edaglit, 1963 [republicado como *A última corrida*, Ática, São Paulo, 1982].
– *Um gato no triângulo* (novela), Saraiva, São Paulo, 1953.
– *Café na cama* (romance), Autores Reunidos, São Paulo, 1960; Companhia das Letras, São Paulo, 2004.
– *Entre sem bater* (romance), Autores Reunidos, São Paulo, 1961.
– *O enterro da cafetina* (contos), Civilização Brasileira, Rio de Janeiro, 1967; Global, São Paulo, 2005.
– *Soy loco por ti, América!* (contos), L&PM, Porto Alegre, 1978; Global, São Paulo, 2005.
– *Memórias de um gigolô* (romance), Senzala, São Paulo, 1968; Companhia das Letras, São Paulo, 2003.
– *O pêndulo da noite* (contos), Civilização Brasileira, Rio de Janeiro, 1977; Global, São Paulo, 2005.
– *Ópera de sabão* (romance), L&PM, Porto Alegre, 1979; Companhia das Letras, São Paulo, 2003.

– *Malditos paulistas* (romance), Ática, São Paulo, 1980; Companhia das Letras, São Paulo, 2003.
– *A arca dos marechais* (romance), Ática, São Paulo, 1985.
– *Essa noite ou nunca* (romance), Ática, São Paulo, 1988.
– *A sensação de setembro* (romance), Ática, São Paulo, 1989.
– *O último mamífero do Martinelli* (novela), Ática, São Paulo, 1995.
– *Os crimes do olho-de-boi* (romance), Ática, São Paulo, 1995.
– *Fantoches!* (novela), Ática, São Paulo, 1998.
– *Melhores contos Marcos Rey* (contos), 2. ed., Global, São Paulo, 2001.
– *Melhores crônicas Marcos Rey* (crônicas), Global, São Paulo, no prelo.
– *O cão da meia-noite* (contos), Global, São Paulo, 2005.
– *Mano Juan* (romance), Global, São Paulo, no prelo.

Infanto-juvenis

– *Não era uma vez*, Scritta, São Paulo, 1980.
– *O mistério do cinco estrelas*, Ática, São Paulo, 1981; Global, São Paulo, no prelo.
– *O rapto do garoto de ouro*, Ática, São Paulo, 1982; Global, São Paulo, no prelo.
– *Um cadáver ouve rádio*, Ática, São Paulo, 1983.
– *Sozinha no mundo*, Ática, São Paulo, 1984; Global, São Paulo, no prelo.
– *Dinheiro do céu*, Ática, São Paulo, 1985; Global, São Paulo, no prelo.
– *Enigma na televisão*, Ática, São Paulo, 1986; Global, São Paulo, no prelo.
– *Bem-vindos ao Rio*, Ática, São Paulo, 1987; Global, São Paulo, no prelo.

– *Garra de campeão*, Ática, São Paulo, 1988.
– *Corrida infernal*, Ática, São Paulo, 1989.
– *Quem manda já morreu*, Ática, São Paulo, 1990.
– *Na rota do perigo*, Ática, São Paulo, 1992.
– *Um rosto no computador*, Ática, São Paulo, 1993.
– *24 horas de terror*, Ática, São Paulo, 1994.
– *O diabo no porta-malas*, Ática, São Paulo, 1995.
– *Gincana da morte*, Ática, São Paulo, 1997.

Outros Títulos

– *Habitação* (divulgação), Donato Editora, 1961.
– *Os maiores crimes da história* (divulgação), Cultrix, São Paulo, 1967.
– *Proclamação da República* (paradidático), Ática, São Paulo, 1988.
– *O roteirista profissional* (ensaio), Ática, São Paulo, 1994.
– *Brasil, os fascinantes anos 20* (paradidático), Ática, São Paulo, 1994.
– *O coração roubado* (crônicas), Ática, São Paulo, 1996.
– *O caso do filho do encadernador* (autobiografia), Atual, São Paulo, 1997.
– *Muito prazer, livro* (divulgação), obra póstuma inacabada, Ática, São Paulo, 2002.

Televisão

Série Infantil

– *O sítio do picapau amarelo* (com Geraldo Casé, Wilson Rocha e Sylvan Paezzo), TV Globo, 1978-1985.

Minisséries

– *Os tigres*, TV Excelsior, 1968.
– *Memórias de um gigolô* (com Walter George Durst), TV Globo, 1985.

Novelas

– *O grande segredo,* TV Excelsior, 1967.
– *Super plá* (com Bráulio Pedroso), TV Tupi, 1969-1970.
– *Mais forte que o ódio,* TV Excelsior, 1970.
– *O signo da esperança,* TV Tupi, 1972.
– *O príncipe e o mendigo,* TV Record, 1972.
– *Cuca legal,* TV Globo, 1975.
– *A moreninha,* TV Globo, 1975-1976.
– *Tchan! A grande sacada,* TV Tupi, 1976-1977.

Cinema

Filmes Baseados em seus Livros e Peças

– *Memórias de um gigolô,* 1970, direção de Alberto Pieralisi.
– *O enterro da cafetina,* 1971, direção de Alberto Pieralisi.
– *Café na cama,* 1973, direção de Alberto Pieralisi.
– *Patty, a mulher proibida* (baseado no conto "Mustang cor-de-sangue"), 1979, direção de Luiz Gonzaga dos Santos.
– *O quarto da viúva* (baseado na peça *A próxima vítima*), 1976, direção de Sebastião de Souza.
– *Ainda agarro esta vizinha* (baseado na peça *Living e w.c.*), 1974, direção de Pedro Rovai.
– *Sedução,* 1974, direção de Fauze Mansur.

Teatro

– *Eva,* 1942.
– *A próxima vítima,* 1967.
– *Living e w.c.,* 1972.
– *Os parceiros* (*Faça uma cara inteligente e depois pode voltar ao normal*), 1977.
– *A noite mais quente do ano* (inédita).

Biografia

Marcos Rey, pseudônimo de Edmundo Donato, nasceu em São Paulo, em 1925, cidade que sempre foi o cenário de seus contos e romances. Estreou em 1953, com a novela *Um gato no triângulo*. Apenas sete anos depois publicaria o romance *Café na cama*, um dos best-sellers dos anos 1960. Seguiram-se *Entre sem bater*, *O enterro da cafetina*, *Memórias de um gigolô*, *Ópera de sabão*, *A arca dos marechais*, *O último mamífero do Martinelli* e outros. Teve inúmeros romances adaptados para o cinema e traduzidos. *Memórias de um gigolô* fez sucesso em inúmeros países, notadamente na Alemanha, e foi também filme e minissérie da TV Globo. Marcos venceu duas vezes o Prêmio Jabuti; em 1995, recebeu o Troféu Juca Pato, como o Intelectual do Ano, e ocupava, desde 1986, a cadeira 17 da Academia Paulista de Letras.

Depois de trabalhar muitos anos na TV, onde escreveu novelas para a Excelsior, Globo, Tupi e Record e de redigir 32 roteiros cinematográficos, experiência relatada em seu livro *O roteirista profissional*, a partir de 1980, passou a se dedicar também à literatura juvenil, tendo já publicado quinze romances do gênero, pela editora Ática. Desde então, como poucos escritores neste país, viveu exclusivamente das letras. Assinou crônicas na revista *Veja São Paulo*, durante oito anos, parte delas reunidas num livro, *O coração roubado*.

Marcos Rey escreveu a peça *A próxima vítima*, encenada em 1967, pela Companhia de Maria Della Costa; *Os parceiros* (*Faça uma cara inteligente, depois volte ao normal*), e *A noite mais quente do ano*. Suas últimas publicações foram *O caso do filho do encadernador*, autobiografia destinada à juventude, e *Fantoches!*, romance.

Marcos Rey faleceu em São Paulo, em abril de 1999.